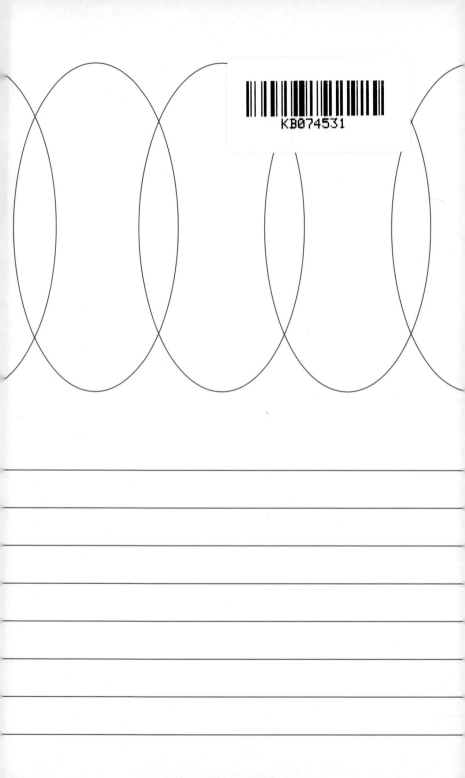

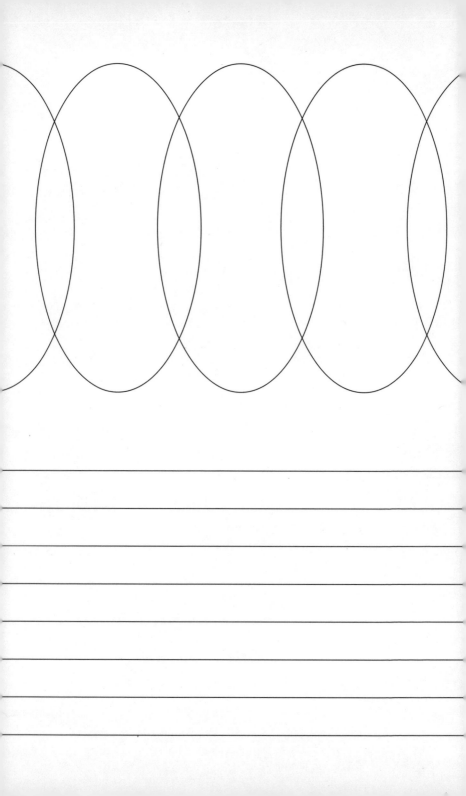

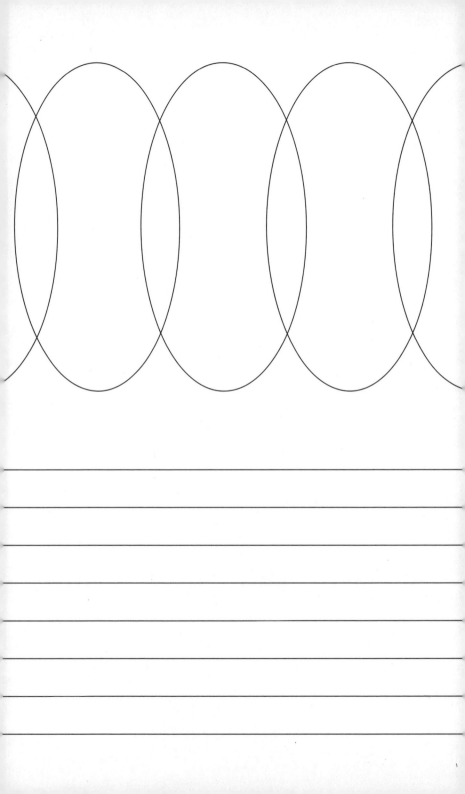

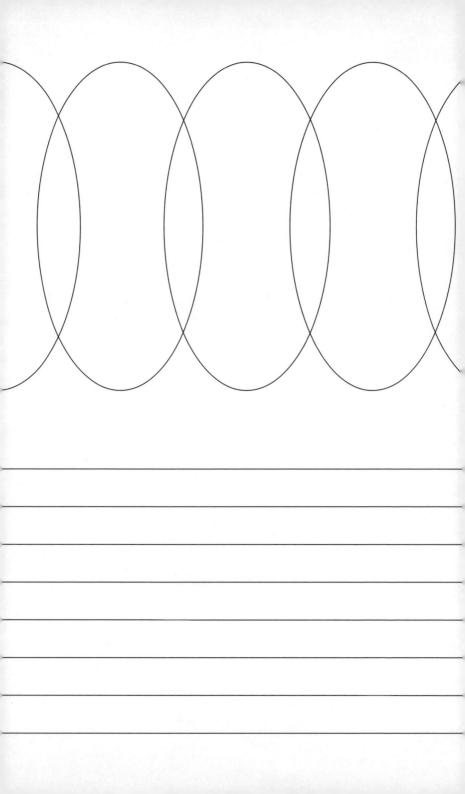

내가 말해 줄게요

내가 말해 줄게요

Let humility be your pride.

강주은의 소통법

ㅁ ㅁㅁ ㅣ ㅅ ㅣ ㅅ +

어제 「강주은의 굿라이프」라는 내 TV 프로그램을 처음 선보였다. 매주 2시간 동안 생방송으로 진행되고, 앞으로 51주간 책임을 져야 한다. 이로써 내 이름이 들어간 쇼의 진행자가 되는 경험을 하게 되었다. 다른 많은 일과 함께 해내야 할 또 하나의 일이 주어진 것이다.

약 5개월 전 책을 만들어 보자는 제의를 받았을 때, 이미 나는 매주 방송되는 TV 토크 쇼에 패널로 출연하면서, 그리고 여성들을 위한 강연을 하면서 내 인생의 새로운 장(章)을 시작하고 있었다. 13여 년의 세월을 아낌없이 헌신한 첫 직장인 서울 외국인 학교의 대외 협력 이사직을 사임한 후였고, 더불어 우리 가족의 일상을 담았던 한 리얼리티 프로그램이 60번째 에피소드를 마지막으로 종영된 시점이었다. (여기서 짚고 넘어가야 할 것은 이 프로그램이 기존에 상식으로 받아들였던 가정 내 문화 규범과 지난 23년간 알게 모르게 만들어진 우리 가족에 대한 인식을 바꾸었다는 점이다.) 출판 제의 역시 지금껏 경험했던 많은 사건과 마찬가지로 중요한 시점에 불쑥 찾아왔다. 내 삶을 되돌아볼 모험과 같은 기회를 얻게 되었다는 생각에 매우 기쁘고 감사했다.

내가 지금껏 했던 선택과 결과에 대해 많은 질문과 답변을 주고받으며 내 인생의 몇몇 결정적 순간과 다시 조우하게 되었다. 그 순간들은 내가 현재 직면한, 그리고 앞으로 끊임없이 해내야 할 선택에 영향을 줄 길잡이들이다. 이 책은 그런 중요한 순간들이 내

인생에 존재했다는 사실을 입증하며, 내가 했던 선택과 그 결과를
여러 사람과 나눈다는 뜻도 지닌다.

남편은 내가 함께하고 싶었던 동반자의 이미지와는 사뭇 다른
사람이다. 지금의 삶도 내가 상상했던 인생이 아니며, 내가 현재
하는 일 역시 기대했던 역할이나 환경과 무관하다. 하지만 나는 늘
책임감 있는 사람이 되어야 한다는 것과, 내 인생에서 일어나는 모든
일이 이미 내가 했던 선택들을 그대로 반영한다는 사실을 잘 알고
있다. 나는 〈내게 일어나는 모든 일은 그게 무엇이든 신에게 가까이
다가가는 데 필수 요소로 받아들이고 감사히 포용하겠다〉는 굳은
신념을 지키기 위해 노력할 것이다.

언젠가 하느님께 아름다운 미소를 간직하며 살 수 있도록 도와
달라고 기도했던 일이 떠오른다. 현재의 내가 멋진 미소를 갖고
있음에 감사하다. 하지만 하느님께서 주신 그 미소조차 끊임없이
평가받고 시험대에 오르게 된다는 것을 알기에 더 겸손해야 함을
느낀다. 그냥 주어지는 것은 하나도 없다. 모두 노력으로 얻어 내는
것이다.

2017년 여름

강주은

I just debuted my first TV Program yesterday, called, "June Kang's Good Life." It was my first experience hosting my own program, live for two hours. I am contracted to host this weekly, for the next 51 weeks, among other various commitments.

When I was invited to create my memoir roughly 5 months ago, I had just begun a new chapter of my life: as a weekly TV personality and panelist for a popular talk-show, and presenting lectures for women. I had just left my beloved first career as an administrator of a reputable international school in Seoul, which I had devoted 13 years to, along with having completed 60 episodes of a reality program that captured my family life (it's important to note that this reality program dared to contradict cultural norms and preassumed perceptions about my immediate family built up over the past 23 years). Nonetheless, the invitation came at an inauspicious moment in my life, much like many I had experienced over the years to-date. I was flattered and grateful to receive this opportunity to venture into an intentional time of reflection, with publishers who believed I could provide a meaningful testimonial for others on this journey of life.

The past months of dedicated reflection brought me back to various determining moments in my life that would influence or guide various choices I have and continue to make. The memoir shares the outcome of my choices, validating some of the determining moments I would have forgotten about had this opportunity not been possible.

I feel grateful. My husband was not someone I ever dreamed to be with. I am not living the life I had thought I would be living. I am not working in a capacity or situation I ever planned. I still feel what I felt as the 6-year-old looking out at the world. I know I need to be accountable and that everything in my journey reflects my choice. I continue to work on my perspective of life: to embrace anything and everything thankfully, accepting they are all necessary ingredients to help me become closer to God.

I recall asking God if he could help me establishing a smile. I am thankful I have a good smile, but I'm humbled to learn that even the smile he gave me is always tested and challenged. Nothing is ever just given, it is earned.

2017, Summer
June Kang

When you do things for others,
do it without conditions

Let humility be your pride

When you are overwhelmed with
people seeking help from you, be
thankful you are in that position
to help.

Make sure you are loving those
closest to you and in your home
and family rather than starting
and focussing on only those from
outside.

Try to use your behaviour as
your best form of communication.

I have the freedom to choose my mindset.

SMYTHSON

차례

Dear June,
    It's hard for me to believe this day has come and the selfish part of me wishes that I had years more working along side you. From the minute I walked into your team you have encouraged me, helped me to grow as a professional, become my friend and more. I am so grateful for your guidance in wisdom I am richer for having worked with you, & I know our friendship will transend this next chapter of your life
    Much love,
    ♡ Sheree

1992년 대학생 시절 운 좋게도 캐나다 런던 시에 있는
빅토리아풍의 아름다운 집에서 2년 동안 살았다.
꽤 넓은 공간이라 친구들을 자주 초대할 수 있었다.

강주은의
문화

어린 시절과 가족
그리고
현재

When I have the opportunity to
help others, let me help without creating
conditions and be thankful that
I am in any position to help.

#
오늘의 기도

다른 사람을 도울 기회가 왔을 때

조건 없이 그리고 감사히 행하는

자세를 가지겠습니다.

1993년 웨스턴 온타리오 대학교 졸업 사진.

1968년 부모님의 신혼 시절. 주말이 되면
공원으로 자주 드라이브를 다녔다고 한다.

우리가 노력하는 건 우리 부모님 세대보다,
그리고 우리가 이전에 겪은 상황들보다
조금 더 나아지려는 의지이죠. 그 노력은
〈우리의 조용한 여행〉이에요.

왜 다들 제게 〈편견〉에 대해
이야기할까 궁금했어요.
오히려 이곳에서 편견을 느꼈어요.
아이러니예요.

안녕하세요. 어떤 호칭이 좋을까요?

편안한 게 제일 좋아요. 주은, 아니면 주은 씨, 언니도 괜찮아요.
저는 어떤 상황에서 어떻게 언니를 써야 할지 아직 그 개념을
몰라요. 만나면 금세 친해질 수 있으니 〈언니〉라고 할 수 있지
않나요? 몇 번을 만나고 나서야 언니라고 불러도 되느냐는
사람도 있었어요. 그런 거 묻지 않고 그냥 〈언니〉라고 해도 전
괜찮아요. 하여튼 그런 미묘한 것이 있더라고요.

한국에선 호칭이 많이 복잡하죠.

제일 부르기 편안한 걸로 불러 주세요.

23살 때 대학교를 졸업하자마자 한국에 왔죠?
캐나다에선 동양인으로서 편견이나 차별을 느꼈을 테고,
이곳에선 갑자기 낯선 문화와 만나게 되었으니 또 다른

어려움이 있었을 것 같아요.

저는 한국인의 피가 흐르지만 캐나다에서 태어났고, 그곳에서
대학까지 다녔어요. 국적도 캐나다예요. 그러니까 그냥 캐나다
사람이에요. 제가 다닌 초-중-고등학교 모두 한국 학생은 한
명도 없었어요. 1천5백 명 있는 고등학교에서도 한국인은 저
혼자! 그런데 저뿐 아니라 다른 학생들의 모습도 다 달랐어요.
인도인, 그리스인, 헝가리인, 유대인, 일본인 등이 있었고, 저도
그 다른 사람들 중 하나였어요. 그래서 한 번도 특별하다는
느낌이나 차별, 편견을 느낀 적이 없어요. 한국에선 왜 다들 제게
〈편견〉에 대해 이야기할까 궁금했어요. 오히려 이곳에서 편견을
느꼈어요. 아이러니예요.

　　보통은 그 반대로 인종 차별이나 이민자에 대한 배타적
　　시선이 있을 거라고 생각하잖아요.

캐나다에서는 차별을 느낀 적이 없어요. 사회, 인생, 아픔, 슬픔,
솔직함, 그 모든 것을 이곳 한국에서 배웠어요. 결혼하기 전
제가 살던 곳은 천국이었어요. 보통 가족처럼 부모님은 회사를
다니셨고, 외동딸인 저를 아끼셨어요. 그리고 자연스럽게 다른
가족과 어울리며 다양한 사람들과 잘 지냈어요. 엄마는 불문학을
전공하셨으니 불어가 통용되는 그곳에서 사람들을 사귀는 데

별 어려움이 없으셨고요. 아빠도 오랫동안 유학을 하셔서 외국
생활이 자연스러웠죠.

부모님은 어떻게 캐나다에 정착하게 되었죠? 부모님에
대해 들려주세요.

아빠는 결혼 전에 덴마크에서 유학 생활을 하셨어요. 그때
캐나다의 퀸엘리자베스 보트를 항구에서 선보이는 행사를 봤는데
덴마크 사람들을 대상으로 캐나다 이민을 장려하는 거였어요.
항구에 정박해 있던 그 큰 배를 보고 캐나다도 괜찮을 것 같다고
생각하셨대요. 그래서 캐나다를 방문했고 그것을 계기로 1960년
중반쯤 캐나다에 있는 화학 회사에 들어가셨어요. 엄마의 집안은
좀 부유했어요. 외할아버지가 종로에서 병원을 운영한 일본
유학파 의사셨고, 외할머니는 한국에 처음으로 꽃꽂이 문화를
알리는 활동을 하셨어요. 엄마는 그런 집안에서 공주처럼 자랐고
성심여자대학교를 졸업하셨어요. 그러니 얼마나 좋은 집안의
신랑감들을 소개받았겠어요? 그런데 다들 마음에 들지 않았대요.
그러다 외국 생활을 한 아빠를 보시고 뭔가 다른 분위기를
느끼셨나 봐요. 그렇게 바로 결혼하셨어요. 그러고는 아빠의
직장이 있는 캐나다에서 이민 생활을 시작한 거죠. 곱게 자라 온
제 엄마가 이민 생활하는 게 참 쉽지 않았을 거예요.

부모님은 결혼한 뒤에 이민을 간 건데 어찌 그리 캐나다
사회에 적응을 잘했는지 궁금해요. 단순히 언어만 잘
구사한다고 되는 건 아니잖아요.

언어가 잘 안 되는 교포들은 세탁소나 슈퍼마켓 등을 운영했는데,
아무래도 적극적인 사회 활동에 한계가 있었죠. 그런데 저희
집은 두 분이 직장 생활을 하셔서 분위기가 달랐어요. 아빠는
일반 기업에서 화학자로, 엄마는 한국 회사에서 법인장으로
활동하시면서 보통의 캐나다 가정과 마찬가지로 아침에
출근하고 저녁엔 퇴근했죠. 저는 학교에 다녔고요. 하루가
끝나고 집에 오면 함께 모여 저녁을 먹었어요. 그런 안정적인
생활이 그 사회에 적응하는 데 많은 도움이 되었던 것 같아요.

어머니는 부유한 집안에서 공주처럼 자라 왔다고
했어요. 직장 생활을 했을 거라는 생각은 못 했는데
어떻게 한 회사의 법인장까지 할 수 있었나요?

엄마의 직장 생활은 아빠의 권유로 시작되었어요. 부부가 각각
사회생활을 하면서 같이 활동적으로 가정을 꾸려 가야 이
나라에서 문화적으로 잘 적응할 수 있을 거라고 제안하셨대요.
다행히 엄마가 활동적이고 사람들과 교제하는 것도 좋아해서
바로 기업에서 일을 맡기 시작하셨어요. 그러면서 차츰 그

직위까지 가게 된 거죠.

　　　　이민 생활은 어땠어요?

이민 가정이라서 특별하다고 느낀 적은 없었어요. 주말에는
셋이 함께 여행을 다니면서 시간을 보냈어요. 다른 가족들과도
디너파티를 하거나 핼러윈 파티에 서로 초대하며 지냈고요.
자연스럽게 캐나다 사람들과 어울렸어요.

　　　　당시에 어떤 사람들을 만났어요?

물론 부모님의 직장 친구들이 많았어요. 엄마는 한국 음식을
만들어서 화려하게 대접하는 걸 좋아하셨어요. 식기도 온통
은제였고, 늘 드레스를 입고 사람들을 맞이했어요. 그런 엄마가
참 매력적으로 보였어요. 집에서 자유롭고 활발하게 교류할 수
있는 자리와 분위기를 만드는 것이 중요하다고 느꼈죠.

　　　　어릴 땐 주로 활동적이었나요? 아니면 혼자 즐기는
　　　　편이었나요?

특별한 건 없었어요. 저는 혼자 시간을 잘 보냈어요. 종이로
만들기 놀이를 하거나 그림을 그리면서 지냈어요. 엄마 말로는

제가 지옥을 그린 적이 있는데 그 표현이 어린아이치고는 너무 사실적이었대요. 작은 머릿속에서 어쩜 그런 상상력이 나왔는지 모르겠다며 아직도 기억난다고 하셨어요. 한편 활동적이기도 해서 롤러블레이드나 스케이트보드를 잘 타고 놀았어요. 친구들이 많아서 같이 어울리는 것도 좋아했고요. 동네 친구들과 〈니키 니키 나인 도어스〉도 했어요. 애들이 모여 다니면서 차례로 남의 집 문을 노크한 다음 숨는 놀이인데, 어른들이 속는 모습을 보면서 좋아하는 거죠. 7~8살쯤이었어요. 한 번은 제 차례가 되어 알렉산더라는 친구네 문을 노크했어요. 애들은 화단에 숨어 있었고 제가 문 앞에서 똑똑 두드리려는데 다 두드리기도 전에 문이 열리더니 알렉산더의 엄마가 나왔어요. 뭐라고 말해야겠는데 너무 당황해서 〈캔…… 알렉…… 컴?〉이라고 말한 거예요. 〈캔 알렉산더 컴 아웃 앤 플레이?〉(알렉산더랑 같이 놀아도 될까요?)라는 간단한 말도 못 한 바보가 된 거죠. 친구들은 막 웃고, 저는 죽고 싶을 정도로 창피했어요. 또 친구들과 놀러 가던 큰 숲에 2백 년 된 커다란 나무가 있었는데 그 나무에 매달린 그네를 타고 놀았어요. 일요일에는 한국인 교회의 주일 학교에서 또래끼리 모여서 성경 공부도 했어요.

그때 한국어를 배웠나요?

한국말은 교회에서 아주 기본적인 것만 배웠어요. 기본은 알아

뒤야 한다고 해서 배웠지만 자라 오면서 딱히 사용할 데가
없었죠. 부모님과는 영어로 소통했고 그래서 여전히 한국말이
서툴러요. 태어나고 자란 환경에서 그 언어를 안 쓰면 어쩔 수가
없어요. 우리나라 학생들이 외국으로 유학을 가서 아무리 열심히
해도 원어민처럼 언어를 쓸 수는 없잖아요. 특이한 경우가 있긴
하지만 일반적으로는 불가능하죠.

　　　　어릴 때 피아노를 배웠죠?

7살 때부터요. 1주일에 1번씩 선생님 댁에 가서 레슨을 받았어요.
하고 싶지 않았는데, 엄마가 저를 설득하려고 같이 레슨을 받자고
해서 억지로 시작했어요. 1년이 지나니까 엄마는 자연스럽게
빠지시더라고요. 저는 그 이후로 10년간 피아노를 쳤어요.

　　　　오랫동안 피아노를 배운 것이 살면서 도움이 되었나요?

그런 것 같아요. 악기를 다루는 기술도 배웠지만 음악을 대하는
태도를 더 많이 배웠어요. 저를 가르쳐 주신 선생님은 세련되고
감성이 풍부하신 분이었어요. 피아노를 치면서 어떤 감정을
담아야 하는지 알려 주었죠. 제가 피아노를 치면 눈을 감고 몸을
막 움직이면서 온몸으로 받아들이셨고요. 기분이 참 좋았어요.
그분의 감정을 깨고 싶지 않아서 숨도 안 쉬고 계속 피아노를

쳤죠. 피아노 자체는 많이 좋아하진 않았지만 칠 때는 어떤
감정을 끌어내야 하는지 알았어요. 여성스럽고 부드러운 분위기,
우아함, 기품을 많이 느꼈던 것 같아요. 발레도 잠깐 배웠는데
발레 선생님의 행동, 말투, 걸음걸이, 몸의 표현 같은 것들을 많이
따라 했어요. 어린 눈에도 그런 게 참 좋아 보이더라고요.

초등학생 옆에서 눈을 감고 심취하는 선생님의 모습이
조금은 재미있네요.

늘 옆에서 심취하셨어요. 8살 때쯤 여느 때처럼 피아노를 치는데
콧물이 조금씩 나왔어요. 계속 훌쩍거리면서 쳤어요. 연주를
멈추고 코를 풀어야 하는데 선생님을 보니 그 분위기를 깰 수가
없겠더라고요. 그런데 어느 순간부터는 감당이 안 되어서 콧물이
배까지 질질 흘러내려 왔어요. 아무래도 멈춰야겠다 싶어서
다시 옆을 힐끔 봤는데 선생님은 눈을 감고 이미 리듬에 몸을
완전히 맡긴 상태였죠. 이미 깊게 빠져들어 가셨는데 감히 어떻게
멈춰요. 그러니 배까지 내려온 코 한 줄을 매달고 겨우 끝냈어요.
선생님이 눈을 딱 뜨는 순간, 절 보고는 〈오, 디어!〉 하며 막
휴지를 찾느라고 허둥대시더라고요. 그 우아한 분께서 콧물을
흘리고 있는 저를 보고 얼마나 놀라셨겠어요.

밖에서는 와일드 키드였고, 집안에서는 어머니와

선생님들의 영향으로 고상한 아이였군요.

지금 돌아보면 어릴 때부터 제 속에 어른이 하나 들어 있었던 것 같아요. 초등학교 1학년 때로 기억하는데, 어느 날 한 아이가 와서 〈주은이는 내 제일 친한 친구야〉라고 해요. 참 기분이 좋았어요. 그런데 바로 그다음 날은 〈오늘은 친구 아니야〉라고 말해서 충격이었죠. 그 아이뿐만 아니라 제 주위의 여자아이들이 그렇게 변덕스럽더라고요. 여자아이들이 우리가 친구다, 아니다로 고민할 때 〈아, 빨리 어른이 됐으면 좋겠다. 정말 이런 걱정은 하고 싶지 않아!〉라고 생각했던 게 기억나요.

인간이 얼마나 약한지를 어릴 때부터 느꼈어요.
그래서 제 역할은 부모님이 가정 안에서
만족을 느끼도록 하는 거였어요.

당시 기대했던 어른은 어떤 이미지였나요?

어른이라는 존재는 적어도 그런 변덕은 안 부릴 것 같았어요. 이리저리 왔다 갔다 하는 변덕스러운 아이들을 보면서 책임감은커녕 진정성도 없다고 느꼈죠. 그런 불안함이 싫어서 아이들이라는 존재에 믿음이 안 갔어요. 어른이 되면 최소한 그러지는 않을 거라고 생각했던 것 같아요. 그래서 빨리 어른이 되길 바랐죠.

　　　　기분에 따라 변덕을 부리는 아이들 사이에서 다른 　　　　차원의 생각을 했군요. 호감이 가는 친구는 없었어요?

물론 있었어요. 그런데 믿음이 가지 않고, 의지도 안 되었어요.

　　　　그럼 무엇에 의지했어요?

그냥 저를 의지했어요. 시간이 지날수록 저를 의지하며 성장해 왔다는 생각이 들어요. 누가 자기를 의지하라고 말해 주면 그 마음은 참 고맙지만 실제로는 그렇게 못 하죠. 기대하는 만큼 실망하는 것도 싫었고요.

　　　　부모님과는 어떤 식으로 대화했는지 궁금해요.

일반적으로 자연스럽게 부모님이 먼저 대화를 시도하고 많은 가르침을 주었다고 생각할지 모르지만, 지금 돌이켜 보면 제가 오히려 부모님께 대화를 많이 청했어요. 대화의 내용도 제가 겪은 이야기보다는 부모님에 대한 것이 대부분이었죠. 언제나 엄마와

아빠가 원하는 게 뭔지를 떠올렸어요. 외동딸로 자라 오면서
본능적으로 예민하게 그런 생각을 했던 것 같아요. 그리고 만약
제게 문제가 생기면 스스로 해결했어요. 어릴 적 부모님께 그랬던
것처럼 지금은 제 아이들에게 물어요. 〈요새 괜찮아? 혹시 힘든
일 있니?〉

　　　　　굉장히 어른스러웠네요. 더 사랑받고 싶어서
　　　　　그랬을까요?

부모님이 저를 사랑하지 않는다고 한 번도 의심해 본 적이
없어요. 늘 제게 집중해 주셨거든요. 제 걱정은 엄마와 아빠
그리고 내가 숨 쉬고 있는 이 보금자리가 어느 순간 깨지면
어쩌나 하는 거였어요. 인간이 얼마나 약한지를 어릴 때부터
느꼈어요. 그래서 제 역할은 부모님이 가정 안에서 충분히 만족할
수 있도록 하는 거였고, 만약 엄마가 아빠에 대해 부족함을
느끼면 그것을 제가 채워 주고 싶었어요. 반대도 마찬가지였고요.

　　　　　부모님이 헤어질지도 모른다는 불안감이 있었군요.

두 분이 서로 많이 사랑한다는 걸 알았지만 싸우는 소리를
들으면 저러다 우리 가족이 헤어지면 어떡하지? 하고 혼자
불안해했어요. 아이들은 부모가 어느 순간 헤어질 수도 있다는

걱정을 안고 살아요. 그런 공포가 생길 때마다 이런 생각을 했죠.
〈맞아, 부모님이 헤어질 수도 있어. 그렇게 되지 않게 나라도 할
수 있는 걸 다 해야겠다.〉

　　　　부모님 사이에서 어떤 식으로 그 역할을 했나요?

어릴 때는 엄마가 불편해지는 것 같으면 귀여운 짓으로 내게
시선을 돌리려고 애를 썼어요. 아빠한테도 마찬가지였고요. 좀
커서는 계속해서 질문하고 대화하면서 부모님의 마음을 헤아려
보려고 했어요. 부모님의 직장 얘기, 거기서 만난 사람들 얘기를
주로 했지요.

　　　　어린 나이에 부모님의 직장 등 사회생활에 관한
　　　　이야기에 공감하기는 어려웠을 텐데요.

여름 방학 때마다 아빠 회사에서 직원 자녀들을 대상으로
하는 인턴 제도가 있었어요. 롬 앤 하스Rohm and Haas라는 화학
회사였는데, 한 해에 인턴을 4명만 뽑았어요. 저는 고등학생
때 3년 연속으로 선발되었고, 마케팅이나 다른 여러 부서에서
일했어요. 사장님이 인턴들을 데리고 가끔씩 점심도 사주셨어요.
그런 분위기에서 사회생활을 처음 배웠죠. 그러니 아빠와
자연스럽게 회사나 일하면서 만난 사람들에 관해 더 많은 대화를

나눌 수 있었어요. 엄마와도 마찬가지였죠. 어머니 회사에
여자는 본인뿐이었는데 다른 남자 동료들이 매일 골프 치러
다니면서 일을 떠넘겼대요. 사정이 그렇다고 본사에다 말도 못
했으니 스트레스가 많았겠죠. 그런 이야기를 서로 자연스럽게
공유했어요.

그렇게 부모님의 기분을 맞추면서 편안한 분위기를
만들었군요.

두 분 성격이 달라서 각자 다른 말이나 분위기로 기분을 맞춰야
했어요. 어릴 때부터 눈치가 빨라서 엄마와 아빠가 언제
예민해지는지 알았어요. 엄마가 아빠의 부족한 점을 토로하면
참 듣기 싫었지만, 오히려 완전히 엄마 편인 것처럼 맞장구를
치고 진심으로 들어 주면서 아빠를 이해할 사람은 엄마뿐이라고
말했고, 아빠한테도 그 방법을 썼죠. 그렇게 부모님의 직장
생활에서든 부부 사이에서든 그분들이 가진 힘든 점을
공감하려고 노력했어요.

그런 딸이 있어서 부모님이 뿌듯하고 든든했을 것
같아요. 부모님은 딸에 대해 어떤 마음을 가지고
있었을까요? 어떤 칭찬을 해주었나요?

주은이는 남다르다, 생각이 깊다, 하느님이 키운 아이 같다, 그림을 잘 그린다, 어쩜 이렇게 재밌게 그릴까, 센스가 있어, 유머도 풍부하구나, 이마가 참 예뻐, 우리 주은이는 체격이 시원해⋯⋯. 이런 식으로 언제나 긍정적인 말을 해주셨고, 주변에 자랑을 많이 했어요. 특히 엄마는 어느 자리에서나 저의 존재에 대해 자부심을 느끼셨는데, 표정만 봐도 알 수 있었어요. 밖에 나가면 꼭 저에 대해 말하고 싶어 하세요.

부모님의 칭찬이나 믿음이 자연스럽게 자신감으로 이어졌을 것 같은데요.

그렇진 않았어요. 그 칭찬들이 객관적이지 않아서 순수하게 믿은 적이 없어요. 그런데 부모님이 저를 칭찬하면서 즐거워하셨기 때문에 막진 않았지요. 어느 날은 엄마가 〈주은아, 내가 좋아하는 그 옷 차려입고 엄마랑 모임에 가자. 알았지?〉라고 해요. 저는 청바지 차림이 편한데 엄마가 원하니까 억지로 엄마가 권하는 옷을 입어요. 게다가 립 라인까지 완벽하게 그리는 메이크업을 좋아하세요. 교회에 갈 때 유독 더 그러는데 교회를 가면 엄마가 자랑스러움이 가득한 표정을 지으며 저를 보시거든요. 못 말린다고 생각했죠. 이제 엄마가 된 저도 제 아이들과 쫙 차려입고 어디든 가보고 싶지만 절대로 그렇게 못 해요. 애들이 귀찮아하는 걸 잘 아니까요.

주관이 분명했던 데다가 부모님 입장까지도 배려하는 딸이었네요. 하지만 부모님의 의견과 너무 달라서 양보하지 못했던 때도 있었을 것 같은데, 반항한 적은 없어요?

가출한 적이 있어요! 17살 때였어요. 엄마가 제 결정을 인정해 주지 않아서 엄마한테 막 소리를 질렀죠. 배낭을 들고 〈나갈 거야!〉하니까 엄마가 〈나가!〉하셨어요. 그래서 문을 쾅 닫고 집 밖으로 나왔죠. 아빠가 사준 차도 있겠다, 손에 몇백 달러도 있겠다, 정말 끝내주더라고요. 어디든 갈 수 있을 것 같았고 〈난 할 수 있어!〉라는 생각만 가득했어요. 그런데 고속도로를 딱 타니까 갑자기 갈 데가 떠오르지 않았어요. 속도는 막 내고 있는데 말이죠. 그렇게 한참 멍하니 달리는데 갑자기 이런 문구가 머릿속에 떠올랐어요. 〈Water, water, every where, Nor any drop to drink〉 사방팔방 물이 있는데 마실 물은 한 방울도 없다는 뜻으로, 새뮤얼 테일러 콜리지라는 시인의 「늙은 선원의 노래The Rime of the Ancient Mariner」의 한 구절이었어요. 길옆 주유소에 차를 세우고는 공중전화로 집에 전화를 했죠. 〈맘, 대디. 지금 이 말이 이상하게 들릴 테지만, 신나게 달리는데 갑자기 머릿속에 떠오른 시가 있어요.〉 엄마는 여전히 화가 난 상태였지만 물어봐 주셨어요. 〈무슨 시인데?〉 그래서 읊었죠. 그랬더니 엄마가 〈하아, 그냥 지금 집으로 와.〉 그래서 집으로 돌아갔어요. 집에

도착하니 저한테 그러시더라고요. 〈주은아, 너는 됐다. 이미 정리가 다 되어 있어.〉 그 시 한 구절로 바로 화해했어요.

자신의 감정에 집중하기보다 사람들의 행동과 그 영향들을 전체적으로 분석하고 파악할 수 있었던 것 같네요. 그래서 그 순간 호기롭게 집을 나왔지만 시 한 구절만으로도 자신의 부족함과 턱없는 자존심을 깨달은 게 아닐까요. 17세에 어떻게 가능했을까요?

글쎄요. 제가 특별하다고 느낀 적은 없는데, 주변 상황이나 사람들의 감정을 잘 파악했던 것 같아요. 전 태어나자마자 낮이고 밤이고 끊임없이 우는 아기였대요. 그에 대한 정신 의학적 해석을 본 적이 있는데, 그런 아기들은 자기 환경을 감지하는 데 굉장히 민감해서 성장하는 동안 여러 면에서 주변을 이해하는 일에 눈치가 빠르대요. 그 분석이 제 경우엔 맞는 것 같아요. 그래서 부모님에게도 조언을 할 수 있었던 것 같고 어렵거나 곤란한 일이 생길 때마다 〈내가 지금 이 상황에서 뭘 해야 하지?〉를 늘 염두에 두고 제 역할을 찾았어요. 책임감을 많이 느꼈던 것 같아요.

부모님에게도 책임감을 느꼈나요?

부모님 사이를 평화롭게 만들 수 있을 것 같았어요. 아주 어렸을

때는 대화가 안 되고 상황도 모르니 그냥 옆에 가서 〈엄마,
슬퍼하지 마〉라고 했어요. 아빠한테도 그랬죠.

부모님 사이를 평화롭게 만들 수 있을 것 같다는 말은
눈치가 빠르고 부모님 성격을 잘 이해해서였겠지만 또한
각각의 관계에 믿음과 자신감도 있었다는 뜻이겠죠.

두 분 모두 저를 많이 아껴 주셨어요. 제게 마음을 활짝 열고
있다는 걸 어린아이로서도 알 수 있었고요. 늘 솔직하게 말하곤
했는데 그럴 때마다 부모님이 제게 마음을 다 내려놓는 게
느껴졌어요. 하지만 당시에 부모님이 내게는 다 내려놓을 수
있지만, 두 분 사이에는 그럴 수 없는 서로의 입장이 있다고
파악했어요. 이유를 다 알 순 없었지만 그렇다고 느꼈죠.
그리고 부모님이 언짢아할 때마다 〈이렇게 예민한 상황까지 갈
필요가 없는데 왜 이럴까. 나는 커서 그러지 말아야겠다〉라고
생각했어요.

아무리 어린 딸이라도 당신들과 다름없는 인격체로
보고 의지도 했기에 가능했을 것 같아요. 엄마와 아빠가
믿어 주니 두 사람을 중재할 수 있는 영향력이 자신에게
있다는 걸 본능적으로 느꼈을 테고요.

커가면서 역할이 더 중요해졌어요. 역할이 필요할 때마다 본능적으로 알았고요. 집안에 기쁨과 평화를 만들고 싶었지요. 그래서 엄마한테는 완전히 엄마를 위한 사람이 되고, 아빠한테는 또 완전히 아빠를 위한 사람이 되었어요. 엄마는 〈내 딸은 내 편이다〉라고 생각하셨고, 아빠 역시 〈주은이는 아빠 편〉이라고 여기셨죠. 함께 있을 때는 제가 두 분 모두의 딸이라는 느낌을 드렸고요.

설사 남편이나 부인에게 날선 마음이 생기더라도 딸이 옆에서 보고 있으면 많이 누그러질 것 같아요. 식사를 할 때나 외출했을 때 등 일상에서 민감한 신경전이 생기면 어떤 행동으로 분위기를 누그러뜨렸어요?

저녁 식사를 할 때도 분위기가 조금씩 불편하게 흐를 때가 있으면 식탁 밑에서 제 한 발을 아빠 발등에 올리고, 다른 한 발은 엄마 발등에 올려놔요.

각각 사인을 주는 방법인가요?

예민한 얘기가 나오겠다 싶으면 그때부터 엄마 아빠 발등에 제 발이 하나씩 올라가죠. 엄마는 제가 아빠에게 발을 올려놨는지 몰랐고, 엄마에게 제 발이 올라갈 때도 아빤 몰랐어요. 엄마가 싫어하는 얘기를 아빠가 하면 아빠 발을 눌러요. 그러다가 엄마가 음식을 더 가지러 간다든지 해서 잠깐 자리를 비우면 아빠 눈을 보면서 〈다 알고 있다〉는 사인을 보내죠. 표정만으로도 위로를 건네면 아빠는 큰 힘을 얻었어요. 아빠가 자리를 비울 때도 마찬가지로 엄마에게 하죠. 그리고 나중에 시간이 주어지면 엄마와 아빠에게 제 의견을 정리해서 따로따로 말씀드렸어요.

　　　그야말로 〈통역자〉였군요. 나중에 이야기할 때 셋이서
　　　같이하지 않은 이유가 있었나요?

꼭 따로 했어요. 두 분에게 각각 특별한 위로를 건네는 거예요. 그러면 마음이 좀 더 빨리 부드러워지거든요.

　　　부모님 사이에서 통역자 역할을 할 수 있게 된
　　　것은 일상에서 경험을 공유하면서 믿음이 쌓인
　　　결과라고 생각돼요. 부모님이 칭찬을 과하게 해서
　　　부담스러웠다고 말했지만 그 속에서 부모님이 자신을
　　　신뢰하고 있다는 걸 느꼈을 것 같고요. 부모님이 어린
　　　강주은 씨에게는 어떻게 대했을지 궁금해요. 아빠와는
　　　어떤 시간을 보냈어요?

바깥에서 자주 같이 놀았어요. 저한테 스케이트, 스키, 자전거

타는 것, 수영하는 것, 차 모는 법, 야구공 잡는 법도 다 가르쳐 주셨어요. 시간만 나면 공원에 가서 산책을 했고 낚시도 다녔어요. 대화보다는 그런 야외 활동을 많이 했죠.

아버지와는 몸을 움직이거나 레포츠를 같이하면서 시간을 보냈군요.

아빠는 워낙 활동적이어서 야외에서 하는 레포츠라면 다 좋아하셨어요. 그리고 긍정적이고 인내심이 대단하세요. 어린 제게 무언가를 가르쳐 주실 때도 스스로 잘할 때까지 기다려 주었어요. 그러니 아빠랑 보내는 시간들을 좋아할 수밖에요. 학기 시작 전에 옷이나 필요한 물건을 새로 사야 할 때가 있잖아요. 보통은 엄마하고 가는데 저는 아빠하고 갔어요. 아빠는 제가 가고 싶은 곳은 어디든 데려가 주시고 다 기다려 주면서 〈그게 좋아? 그래, 그러면 그걸 사자〉 하셨죠. 제가 하고 싶은 게 있으면 그게 뭐든 많이 응원해 주셨어요. 그런데 엄마하고는 뭐랄까, 어린 제가 느끼기에 엄마는 참 복잡했지요.

아빠가 잘 도와주고 호응해 주었기 때문에 아빠 기분을 살피기보다는 자신에게 집중할 수 있었군요. 반대로 엄마와는 의견이 다른 부분이 있었고요.

엄마가 떠올리는 내 모습과 내가 원하는 내 모습이 다를 때가
있었어요. 엄마는 내가 치마를 사기 원하지만 나는 바지가 사고
싶은 거죠. 엄마 머릿속에는 공주 같은 딸의 모습이 있었는데
어릴 땐 그게 싫었어요. 그런데 고등학생쯤 되니까 조금씩 생각이
바뀌더라고요. 여자로서 엄마를 이해하기 시작하면서 엄마가
여태까지 왜 그렇게 복잡했고 힘들어했는지를 알 것 같았어요.
어렸을 때는 엄마가 한국에서 어떤 삶을 살았는지 관심이
없었죠. 그게 중요한지도 몰랐고요. 이렇게 행복한데 불평할 게
뭐가 있느냐고만 생각했는데 고등학생쯤 되니까 엄마의 과거와
현재가 연결되더군요. 그리고 엄마가 여자로서 어떤 느낌을 가진
채 살았는지 어렴풋이 알기 시작했어요.

고등학교는 남녀 공학이었죠? 자신의 여성성에
대해서도 의식하기 시작한 때였으니 자연스레
연결되었을 것 같네요. 여자로서 엄마의 어떤 점을 더
느끼고 공감할 수 있었나요.

10학년이었던 15세쯤 되니까 이성의 반응이 감지되더라고요.
또래 아이들의 모습을 보면서 남녀의 매력이 어디에서 오는지를
느꼈던 것 같아요. 엄마는 아빠가 어디서든 떳떳하게 눈치 안
보고 행동하기를 원했지만 아빠는 그런 모습보다는 생각을
많이 하고 늘 조용한 편이였거든요. 엄마가 어떤 부분에서

답답해했는지 그 감정을 이해하기 시작했어요.

부모를 한 사람의 여자와 남자로 보기 시작했군요.

맞아요. 한 여자와 한 남자로 생각하게 되었죠!

그 남자의 인내심과 관용은 대단해요.
아빠는 온전히 엄마를 떠받들어 주는 남자예요.

그 전에는 아빠가 답답하다는 느낌을 받은 적이
없었나요?

노! 아빠는 완벽해요. 하지만 고등학생이 되고서야 엄마의
생각도 틀린 게 아니라는 걸 알게 된 거죠. 그래서 의도하지
않아도 자연스럽게 엄마 편이 될 수 있었고요. 하지만 아빠를
한없이 보호하고 싶은 마음은 절대로 사라지지 않아요. 그
남자의 인내심과 관용은 대단해요. 아빠는 온전히 엄마를
떠받들어 주는 남자예요. 제게도 그랬고요. 저는 남자들이 다 제
아빠 같은 줄 알고 순진하게 자라 왔어요.

아버지가 보여 주신 인내심과 관용은 보통 사람에게서는
찾기 어려운 점이죠.

그래서 엄마한테 그 모습들을 자꾸 확인시켜 드렸어요. 만약
엄마가 아빠의 어떤 점을 답답해하면 제가 이전에 있었던 일들을
다 떠올려서 엄마에게 말해요. 〈엄마. 지금은 답답하지만, 그
답답한 남자가 이런저런 순간에 엄마를 늘 기다려 주고 다
도와주잖아. 그때 기억나? 지금 이 경우도 비슷해. 이런 걸 해낼
수 있는 사람은 아빠밖에 없어!〉 그러면 엄마가 고개를 끄덕이죠.
엄마 아빠의 좋은 점과 약한 점을 죄다 알고 있어서 여기저기
연결을 잘 시켰어요.

부모님을 객관적으로 보는 눈이 있었기에 그 사이에서
부드럽게 중재할 수 있었던 것 같아요. 그렇다면 당시의
어린 강주은에 대해 부모님은 어떻게 기억하시나요?

엄마는 공주처럼 살다가 갑자기 이민 생활을 하려니 충격이 컸을
거예요. 그래서 어린 저를 전적으로 돌보지 못했다고 말씀하세요.
그런 어려운 상황에서도 제가 스스로 철이 든 아이였다고
기억하세요. 예전 동네에서 2시간 정도 거리에 수목이 우거진
아름다운 숲이 있었어요. 주말에 드라이브를 가거나, 피크닉과
캠핑을 하던 곳이었는데 그때는 가을 단풍을 보러 갔어요. 7살

때인데 차 뒷좌석에 앉아 있던 제가 멀리 있는 단풍을 보면서 이렇게 말했대요. 〈멀리서 숲을 보면 너무 아름답고 색도 알록달록한데, 안으로 들어가면 벌레도 많고 더럽고 먼지도 많아. 우리 인생이 저것과 비슷한 것 같아요.〉상상이 돼요? 7살에 말이죠. 이런 말을 어릴 때부터 툭툭 던졌대요. 그럴 때마다 엄마는 〈이 아이는 인생에 필요한 재료들을 이미 갖추고 있구나〉라고 느꼈대요. 그런 생각이나 지혜를 엄마가 알려 준 거라고는 얘기를 안 하세요.

부모님이 강주은 씨의 이야기에 귀 기울여 주고 편안한 상태에서 대화했기 때문에 그런 조숙한 말도 가능하지 않았을까요. 지금 돌이켜 봤을 때 부모님의 양육 방식은 어땠나요?

저를 아이로 취급하지 않고 동등한 인격체로 존중해 주셨어요. 그 점을 존경해요. 같이 이야기하고 의견을 물어보는 데서 끝나는 게 아니라, 제 의견이 중요하게 받아들여지고 적용되어서 그 가치가 생겼지요. 형식적으로 물어보는 게 아니었던 거예요. 그게 참 파워풀하더라고요. 그래서 저도 아이들을 키울 때 그 점을 늘 의식하고 염두에 둬요.

우리는 참 타인에게만 친절해요.
하지만 바로 옆에 있는 사람이야말로
긍정의 표현이 가장 필요하지요.

아이들과 진심으로 의견을 주고받는다는 것이 말은 참
쉽지만, 실제 생활 속에서는 어려운 일이지요.

상대방의 의견을 묻고 받아들이는 건 아이들한테는 물론 부부
사이에서도 잘 안 하는 것 같아요. 소통, 이건 갑자기 되는 게
아니라 연습으로 얻는 습관이에요. 도움을 준 사람에게 감사
인사하는 것도, 부부끼리 안아 주는 것도, 말할 때 분위기를
부드럽게 만드는 것도 모두 습관이에요. 갑자기 의도적으로 듣기
좋은 말을 하려면 부자연스러워요. 이런 작은 것부터 습관으로
만들면 그 사람의 문화뿐 아니라 집안의 문화도 생겨나요.
어차피 우리 인생사가 비슷하고, 언젠가는 모두 죽게 되잖아요.
그러니 조금이라도 서로 존중하고 도와주는 마음으로 살아가는
게 좋아요. 그걸 밖에서 만나는 사람들뿐만이 아니고 바로 옆에
있는 가족을 대할 때부터 시작하자는 거예요. 내 의견이 소중한
것처럼 남편의, 부인의, 아이들의 의견을 소중하게 여기고 거기에
긍정의 표현을 하는 습관이 중요해요. 우리는 참 타인에게만
친절해요. 하지만 바로 옆에 있는 사람이야말로 긍정적인 표현이

가장 필요하지요. 일단 집 안에서 먼저 시작하면 밖에서도
자연스러워져요.

　　　친구들한테는 어떤 사람이었어요?

옛날에는 정말 왈가닥이었죠. 밝았어요. 〈왜 슬퍼? 왜 우울증이
걸리지?〉라는 생각이 늘 머릿속에 있었고, 게다가 어떤 상황이
주어지면 본능적으로 그게 어떤 경우이든 행복한 상황으로
돌려야 하는 성격이었죠. 사람들을 보면 너무 신나서 가장 밝은
표정과 커다란 제스처로 〈하이!〉라고 인사했어요. 제 친구들이
〈쟤한테 안정제나 놔줬으면 좋겠다〉고 말할 정도였으니까요.
아직도 그런 성향이 있지만 살다 보니까 표정도, 목소리도,
제스처도 많이 조용해졌어요. 어릴 적 친구들은 지금의 저를
보면서 〈와우, 주은, 깊이가 생기고 사랑의 폭이 더 넓어졌네. 참
보기 좋다〉라고 해요. 걔네들은 모르죠, 내가 살면서 어떤 일들을
겪었는지.

　　　연애할 때는 어땠어요?

결혼 전에 연애를 안 했어요. 누군가와 결혼하거나 연애하고
싶다는 마음이 전혀 없었거든요. 그런데 오히려 친구로서는
여자아이들보다 남자아이들과 더 잘 어울려 다녔어요. 자주

삐치거나 자기 맘에 안 들면 토라지는 여자아이들이 주변에
좀 있어서 남자아이들이 더 편했어요. 하지만 사귀는 건
싫었죠. 자주 만나야 하고 전화도 해야 하고……. 얽매이는 건
부담스러웠어요.

        그럼 결혼 전까지 연애 경험이 없었네요?

없었어요. 저와 연애하고 싶은 사람들은 있었지만 저는 친구로
지냈으면 했던 데다가 공부가 너무 벅차서 그걸 다 해내느라
바빴어요. 연애를 하려면 시간이 한참 걸리잖아요. 하고 싶은 거
다 하면서 재밌게 놀다 보면 시간은 다 가죠. 친구들만 보더라도
누구를 사귀면 골치 아픈 문제가 많더라고요. 그런 것까지 신경
쓰는 게 싫었어요. 또래의 한국 남자 친구들은 서너 명 있었어요.
대학에도 한국인 커뮤니티가 있었고요. 거기서 같이 비빔밥을
만들거나 학교생활에 관련된 정보도 알려 주고, 타지 생활이
힘들어 보여서 생일이면 케이크도 사다 주고 그랬어요. 그런
와중에도 사귀고 싶은 사람은 없더라고요. 호감이 생겨도 바로
없어졌어요. 〈에이, 저 남자는 알고 보니 그런 사람이구나〉 하고
말았던 거죠.

        특별히 강주은 씨를 좋아했던 남자도 없었어요?

미스코리아 대회에 나가기 전에 사귀자고 정식으로 청해 온
남자가 하나 있긴 했어요. 대학교에서 공부하면서 만난 사람인데
저를 매우 좋아했어요. 자기 친척들한테도 〈너무나 좋은 사람을
대학교에서 만났는데, 이번에 미스코리아 대회 출전 때문에
한국에 가지만 돌아오면 정식으로 만나기 시작할 것 같다〉고
편지를 써서 다 알렸더라고요. 섬세한 사람이었어요. 도서관에
갈 때마다 저를 찾아왔고 케이크나 음료수를 갖다 주며 자상하게
관심을 보여 주니까 고마웠어요. 그래서 대회가 끝나면 만나
볼까 생각했죠. 하지만 미스코리아 대회에서 남편을 만나는
바람에 캐나다로 돌아가자마자 결혼한다는 얘기를 하게 됐죠. 그
남자의 아랫입술이 떨리더군요. 여러 가지로 곤란했어요. 저도
갑자기 결혼하게 되어서 멍한 상태인데, 지금 내 앞에 앉아 있는
한 남자는 울려고 하고. 당혹스러워서 그만 웃음이 나왔어요. 그
남자가 제 얼굴을 보면서 말했어요. 〈주은에게는 우습게 보일지
모르겠지만 나는 참 견디기가 힘들어.〉 하지만 그 마음을 받아
줄 여유가 없었지요. 잘 살아가기를 바란다면서 그 자리에서
헤어졌어요. 그러곤 제가 남편과 살게 되었잖아요? 무슨 생각이
들었냐면…… 나 제대로 벌받는구나.

친구들 사이에서 혹은 학교생활을 하면서 콤플렉스는
없었나요?

친구들은 〈너는 앞으로 멋지게 살 것 같다〉는 말을 자주
해줬어요. 당시 애들은 제가 잘나가는 동네에 사는 걸로 알고
있었죠. 새로 생긴 동네였는데, 큰 농장이었다가 주인이 죽은
뒤 일부는 아트 센터에 기증하고 일부는 마을로 만들었어요.
그러니까 그 동네를 모르는 사람이 없었어요. 10살 때부터 그
동네에 살기 시작했는데 모두가 아는 괜찮은 새 동네에 살고
공부도 꽤 하니까 백인 아이들이 저를 좋게 생각했지요. 그래서
친구들 사이에서 특별한 콤플렉스나 다른 불편함을 느끼지는
않았어요. 이마가 좀 넓어서 가리고 다녔던 것 정도?

　　　별명이 〈걸어다니는 이마〉였다고.

어떤 친구가 절 그렇게 부르는 걸 듣고 이마를 가리고 다니던
때가 있었어요. 좀 오래갔던 콤플렉스예요. 부모님은 예쁘다고
해주셨지만 믿지 않았죠. 그런데 남편이 제 이마가 당당해 보이고
예쁘다고 말해 줬을 때 그 콤플렉스가 많이 해소되었어요.

　　　친구들과 싸우거나 경쟁했던 적은 있는지요.

전혀요. 전 누구와 경쟁하는 게 아니라 제 자신과 많이 싸우는
편이었고 지금도 그래요. 백인 친구들은 공부를 잘하고 싶은
욕심이 그렇게 많지 않더라고요. 그래서 성적 갖고 경쟁하는 일은

더욱 없었어요.

　　　주위 사람들에게 어떤 캐릭터였나요?

밝고 착했대요. 공부도 잘하고 순진한 데가 있으면서 엄마같이
주변을 살뜰히 챙기는 성격이라고 친구들이 말해 줬어요.
교회에서도 힘없이 계시는 노인들에게 먼저 다가가 이런저런
이야기도 나누고 그랬어요.

　　　집 밖에서는 특별한 관계가 없었나요? 아주 친한
　　　친구라든지 선생님이라든지요. 타인과 어떤 관계를
　　　맺었는지 궁금해요.

어디서 무슨 영향을 받았을까를 묻고 싶은 거죠? 제가
굉장히…… 강해요. 제 자신이 완벽한 왕따 같다고 할까.
혼자만의 시간을 정말 즐겨요. 그렇다고 허세 섞인 자신감은
아니에요. 그냥 어떤 일이 생길 때 스스로 물어봐요. 〈아, 지금
내가 하는 일이 옳은가?〉 거기에 대답하려고 자신을 객관적으로
돌아봐요. 그리고 항상 나를 잘 돌아보고 싶어요. 엄마와 아빠를
보고 자라 오면서 어떤 부분에서는 본인들이 스스로를 돌아보지
못하는 걸 많이 봤거든요. 그러고 싶지는 않았어요.

보통 사람들과 정반대되는 반응을 보일 수 있나?

전 반대로 하고 싶어요.

　　자기를 돌아보는 것이 습관이나 가치관으로 연결되기도

　　하고 주변 환경과도 영향을 주고받죠. 어떻게 스스로를

　　돌아보는 연습을 했나요?

저는 늘 부모님을 보면서 〈왜 이런 순간에 그 생각을 못 하실까?

그게 그렇게 힘들까? 나도 저런가?〉 하고 스스로에게 물었어요.

그렇게 내가 본받고 싶은 점과 절대로 그렇지 않은 걸 많이

정리했지요. 저희 엄마는 걱정이 많고 그 순간에 〈걱정이 된다〉고

바로 얘기하는 사람이에요. 저는 그런 모습은 원하지 않아요.

엄마는 불안하면 〈어, 주은아, 주은아!〉 하고 높은 톤으로 저를

불러요. 그러면 속으로 〈꼭 저런 목소리로 나를 불러야 하나?〉

했죠.

　　갑자기 분위기가 싹 바뀌는 톤이 있지요. 심장을

　　철렁이게 만들거나 불안을 부추기는 말투나 분위기

　　같은 것들이요.

불안한 분위기를 참 싫어해요. 그래서 저는 정반대의 사람이

되려고 했어요. 큰 사고가 나더라도 침착하게 주변 상황을
돌아보고 사람들을 챙기고 싶어요. 큰 위기일수록 〈보통
사람들과 정반대되는 반응을 보일 수 있을까?〉 하는 테스트를
스스로 하는 거죠. 사고가 났을 때 1백 명이면 1백 명에게서
나오는 공통 반응이 있잖아요. 〈허!〉 하면서 혀를 차거나 기가
막혀 한다거나 커다란 제스처나 표정으로 놀라거나. 전 반대로
하고 싶어요. 그래서 그런 상황이 제 앞에 닥치면 〈음, 이런 일도
있구나. 괜찮아? 당신이 괜찮으면 나도 괜찮아〉 하고 침착하게
대응할 수 있는지 나를 시험해요. 그러니까 상대방이나 옆에 있는
사람들이 받는 충격을 내가 먼저 줄이고 싶은 거죠.

　　　　외부의 충격을 정신적으로 완화하고 싶은 거네요.
　　　　위험하거나 불안한 상황이 닥칠 때마다 의식하나요?

완전히 의식해요. 어떤 일이 생겼을 때 나오는 본능적인 반응이
뭔지 다 알잖아요. 저는 그 본능을 드러내 보이고 싶지 않아요.
상대방도 그 반응을 예상하고 있을 거예요. 하지만 저는 정반대의
모습을 보여 주려고 하죠! 그러려면 몇천 번이나 자신을 죽이는
연습이 필요해요.
몇 년 전, 말레이시아 여행 때 우리 가족이 탄 택시가 크게 사고가
났어요. 저는 뒷좌석에서 애들 둘을 양쪽에 두고 앉았고, 남편은
앞에 있었는데 택시가 서 있는 트럭을 그냥 박았어요. 멈춰야

하는 순간인데도 계속 가니까 저는 순간적으로 손을 앞의 양쪽 의자 뒤에 대고 고개를 숙이고 눈을 감았죠. 속도가 빠른 것은 아니었지만 그래도 시속 55킬로미터 정도였어요. 남편은 앞 유리에 받혀서 얼굴이 피투성이였고, 애들은 의자 밑에 있는 쇠붙이에 찔려서 다리 피부가 다 찢어졌더군요. 저도 팔이 찢어졌어요. 그 순간 주변에 있던 원주민들이 갑자기 와르르 우릴 둘러쌌어요. 피를 잔뜩 뒤집어쓴 모습에 저는 남편이 정말 어떻게 된 줄 알았고, 애들은 피를 보고 충격을 받아서 막 울었죠. 그래서 제가 〈다른 건 괜찮지? 큰 문제없을 거야. 진정하고 나가자〉 하고는 차 밖으로 나갔어요. 그 순간 집중이 되더니 차분해졌어요. 그런데 남편은 끝까지 움직이질 않아요. 제가 손가락으로 꾹 찔렀더니 그제야 움직이더라고요. 정신을 차리면서 〈주은아, 괜찮아?〉라고 말하는 순간, 안도가 되었어요. 결국 남편은 커다란 들것에 실려서 피를 흘리면서도 〈주은아, 괜찮아?〉를 연발했어요. 저는 속으로 말했죠. 〈당신 걱정이나 해. 지금 내가 애들하고 당신을 다 차분히 이동시키고 있으니까.〉 병원에서 치료를 받고는 마이클 잭슨의 「스릴러」 뮤직비디오에 나오는 사람들처럼 여기저기 붕대 감고 반창고 붙이고 호텔로 들어갔죠. 식구들을 씻기고 다 진정시키고 있는데, 남편이 그러더라고요. 〈어쩜 그렇게 흥분 한번 안 하고 차분하게 일을 처리해?〉

엄마로서 아이들을 보호해야겠다는 본능이 나왔겠지만,
그동안 〈반대로 반응하는 훈련〉이 빛을 발했군요.
그렇게 부모님의 모습을 보면서 자신의 모습을 다듬어
나갔군요.

우리의 노력은 우리 부모님 세대보다, 그리고 우리가 이전에 겪은
상황들보다 조금 더 나아지려는 의지이죠. 그 노력은 〈우리의
조용한 여행〉이에요. 예전엔 스스로 아이들한테 좋은 엄마라고
생각했고, 그래서 아이들이 저를 자랑스럽게 여겨 주길 은근히
바랐던 것 같아요. 그런데 애들이 제 인생을 모르니 엄마로서
노력해 온 제 모습을 당연하게 여기더군요. 제가 얼마나 나
자신과 싸우면서 훈련하고 노력했는지는 알 리가 없죠. 그래서
어느 순간부터는 기대하지 않아요. 일단 스스로 만족하는 게
가장 중요해요. 〈나는 최선을 다했다〉라는 만족감. 자꾸만
남편한테 뭔가 기대를 하거나 주변 사람들이 나를 인정해
주었으면 하던 때가 있었어요. 그런데 그건 내 욕심이에요. 그런
마음이 클수록 실망도 자꾸 커지죠. 그래서 〈엠 아이 해피?〉
내가 행복한가, 과연 내 자신은 괜찮은가? 그렇게 스스로한테 늘
물어보며 혼자만의 여행을 이어 가죠.

단순히 즐거운 것만을 행복이라고 한다면
그 행복의 범위가 너무 좁아요.
그걸 넓히고 싶었어요.

어떻게 하면 행복할지 항상 궁리하나요?

어릴 때부터 늘 행복에 대해 이리저리 생각하고 헤아려 봤던 것
같아요.

강주은 씨가 여기는 행복은 뭔가요? 어떻게 하면
행복해지나요?

엄마도 제게 행복한지 수시로 물어보셨어요. 늘 행복하다고
대답했지요. 행복이라는 건 제 나름대로 만들어 가는 것 같아요.
행복은 좋고 편안하고 즐거운 순간에만 있는 것이 아니라 힘들고
불안정하고 불편한 순간에도 있다고 생각해요. 단순히 즐거운
것만을 행복이라고 한다면 행복의 범위가 너무 좁아요. 그걸
넓히고 싶었어요. 물론 훈련을 해야겠죠.

그런 훈련은 어떻게 하죠?

기도를 많이 해요. 제 기도에는 중요한 원칙이 하나 있어요. 주일 학교에서 〈하느님은 감사의 기도를 특히 더 좋아하신다〉는 말을 들었을 때 그 순간 그걸 기준으로 삼아야겠다고 결심했어요. 누군가 진심으로 고맙다고 말해 주면 참 뿌듯하잖아요. 그런데 저는 좀 더 나아가서 저만의 기준을 만들었어요. 행복하고 편안하고 대놓고 밝을 때가 아니라, 힘든 상황에서도 행복할 이유를 찾아내어 감사의 기도를 하겠다는 거였어요. 평범한 감사의 기도보다 훨씬 더 귀하게 인정해 주실 것 같았어요. 처음 감사의 기도를 올렸던 때가 기억나요. 부모님이 다투실 때였는데, 목소리가 날카롭게 올라갈수록 외롭고 무서워졌어요. 주일 학교에서 말한 기도를 해보기로 하고 침대에서 막 울면서 기도했죠. 〈하느님 감사합니다. 너무너무 감사합니다.〉 그러면서 머릿속으로 그 감사의 이유를 찾았어요. 하나도 떠오르지 않더라고요. 〈지금 감사할 것을 말하고 싶은데 그게 잘 안 돼. 다음에는 꼭 감사의 이유를 찾을게요. 죄송합니다. 이렇게 우는 것도 용서해 주세요. 그리고 감사합니다.〉 그게 제 훈련의 첫걸음이었던 것 같아요. 그런데 조금 시간이 지나니까 부모님이 싸우는 상황이 없었으면 더 어려운 지경이 됐을 거라는 판단이 들었고, 그 순간과 부딪쳐야지 나중에 비슷한 상황을 피하거나 이용할 수 있겠더라고요. 불합리하고 불안한 순간들이 있어야지만 덕분에 더 좋은 상황이 생긴다는 걸 알게 되었죠. 그걸 믿으면 힘든 시간도 행복과 연결될 것 같았어요. 시련을

통해 행복이 온다고 믿었고 그래서 절망적일 때도 감사하는
마음을 가질 수 있었어요. 그리고 그 결과를 기다리는 연습도
했지요. 당장에 효과가 나타나기 어려울 수 있지만 내가 모르는
사이에 그 효과가 이미 나타났을 수도 있어요. 그래서 평소보다
더 힘든 상황이 올 때마다 〈그래, 우선 불편한 자리를 한번 느껴
보자!〉라는 마음으로 지옥에서 감사의 기도를 했어요. 그게 제가
스스로 행복을 만들고 지키는 습관이에요.

　　　　가장 불편한 상황에서도 진정한 감사를 하겠다는
　　　　도전이군요.

우리는 편안한 자리에만 있고 싶잖아요. 하지만 그곳에서 느끼는
감사보다 배고픈 자리에서의 감사가 더 값지다고 생각해요.
그래서 저는 온갖 음식이 다 있는 자리에서 한 가지도 먹어 보지
못한 마음으로 거기 앉아 있을 수 있느냐고 스스로 물어요.
눈앞에 다 있는데 늘 배고플 수 있을까? 그렇게 자기 자신을
정말 부족한 상태에서 운영하고 관리할 수 있어야 해요. 다 할
수 있지만 하지 않는 정신, 다 사용할 수 있는데 쓰지 않는 그런
정신이 필요해요. 또 반대로 아무것도 없지만 다 가진 것 같은
정신도 있어야 해요. 자신이 있는 그 자리에서 감사할 마음이
생겨야 한다는 거죠. 반대이지만 모두 같은 내용이에요.

그런 정신을 유지하는 것이 진정한 감사를 느끼기 위한
훈련이군요.

그것은 동시에 게으른 상태에서 벗어나려는 훈련이기도 해요.
제가 두려워하는 건 정신적으로 게을러지는 거예요. 편안한
상태를 유지하려고 하는 자신을 발견하면 스스로 창피해져요.
그래서 늘 할 일을 찾아요.

무소유의 상태를 실천하면서 육체적이든 정신적이든
안락한 것을 멀리하고 힘든 상황에서도 감사하고……
마치 수도승 같은 느낌이에요. 사람들을 대할 때는
어떤가요? 어려운 상황 속에서도 감사의 순간을
찾아내는 것처럼 어떤 사람을 만나도 좋은 점을
발견하고 그 사람의 입장에서 공감을 해줄 것 같아요.

사람을 좋아해요. 사람들의 모습에서 장점을 금방 찾아내고
그들이 가진 어려운 점을 듣고 공감하는 편이에요. 학교에서
13년간 일하면서 많은 사람을 만났는데, 약속도 없이 갑자기
학부모가 찾아오는 상황이 종종 생겼어요. 그때 저는 계획에 없던
일이라도 마주앉아서 그분들과 몇 시간이고 말을 주고받았어요.
그 시간이 작으나마 그분들께 도움을 주는 순간이라고
생각했어요. 같이 일했던 팀원 중 한 명이 그렇게 없는 시간을

내어 사람들을 만나는 저를 지켜보면서 참 신기하다고 했어요.
그런 걸 보면 스스로 생각해도 사람을 즐겁게 대하는 것이 습관이
된 것 같아요.

살면서 긍정이나 감사를 잘 발견하도록 훈련한 것
같아요. 몸에 배어 있는 다른 습관이 또 있나요?

제가 의도적으로 만든 습관을 쭉 말해 볼까요? 감사의 표현을
하는 것, 안아 주는 것, 소통할 때 상대방의 입장이 되는 것,
어려운 일이 닥쳤을 때 그게 나중에 인생에서 더 좋은 재료가
될 거라고 믿는 것, 사람들을 만났을 때나 상황을 마주했을 때
장점을 찾는 것. 이런 것들이 숨 쉬는 것처럼 자연스럽게 제게서
스며 나올 수 있도록 염두에 둬요. 웃는 것도 마찬가지예요. 어릴
때 하느님께 예쁜 미소를 달라고 기도했던 기억이 나요.

자연스러운 미소는 강주은 씨의 큰 특징이에요. 언제나
웃는 사람이었나요?

그런 기도를 할 정도였으니까요. 그런데 늘 웃는 얼굴에 목소리도
하이 톤이라서 학교 친구들은 그 웃음이 순수한 것인지 가식인지
의심도 했었대요. 결혼하고 얼마 지나지 않아 남편도 한마디
하더라고요. 〈주은아, 듣기에 조금 힘든데 목소리 좀 낮춰 줄래?〉

정말 깜짝 놀랐어요. 평생 이렇게 살아왔는데 어떻게 목소리를 조절하지? 이 남자랑 살려면 목소리까지 바꿔야 하나? 그런데 남편이 목소리에도 때와 장소가 있다고 말하더군요.

　　　　남편의 그런 말을 받아들이는 데 시간이 걸리지
　　　　않았나요?

처음엔 이해가 안 갔어요. 저는 행복을 표현하기 위해 무조건 〈하이〉로 갔거든요. 남편 말을 들었을 땐 정말 이해가 안 되고 화도 났어요. 왜 사람 목소리까지 조절하려고 해? 내가 기계야, 뭐야? 그러자 남편이 〈길을 갈 때는 조용히 걸어야 할 때도 있어. 나는 지금 조용한 주은이가 필요해〉라는 거예요. 제게 그건 슬픈 걸음걸이였어요. 하지만 남편에겐 조용한 산책이 필요했던 거죠. 이해하기 어려웠지만 제 템포와 음성을 차분하게 내리는 연습을 시작했어요. 사람이 듣고 싶은 톤이나 박자가 있잖아요. 지금은 남편이 듣기 좋은 목소리로 만든 것 같아요. 지금 돌아보면 그때 제 목소리가 많이 불편했을 텐데 남편이 저를 다듬어 줬어요.

　　　　기쁜 표현도 슬픈 표현도 힘들다는 표현도 효과적으로
　　　　전달되는 수위가 있는 것 같아요. 남편의 조언을
　　　　참고하고 자기를 돌아보는 과정에서 완성된
　　　　목소리이네요. 타인의 의견을 수용하는 것도 자신을

다듬어 가는 방법 중 하나이지요. 스스로에게 엄격했을 것 같은데, 어땠나요?

아니요. 굉장히 자유로웠어요. 부모님을 보면서 〈아, 어른들도 허술한 부분이 많구나. 완벽하지 않구나〉라고 느꼈죠. 그렇다고 완벽한 인간상을 찾은 건 아니었어요. 누구든 실수를 하고, 쉽게 오해하는 모습을 보면서 자연스럽게 인간이 완벽하지 않다는 걸 알았지요. 그리고 교회에서 아무리 열심히 착하게 살아도 우리는 태어났을 때부터 죄인이라는 말을 자주 들으니까 내가 완벽하게 살 필요가 없겠더라고요. 내가 전력을 다해 빨리 뛴다고 해서 그 목적지를 잘 찾아간다는 보장이 없으니까요. 잘못 뛰면 실망이 클 것 같았어요. 그래서 빨리 꿈 깨고 적당히 뛰었어요. 하느님이 나보다 내 행복을, 내 슬픔, 내 욕심을 더 잘 아시니까 유난 떨지 말자고 마음먹었지요. 나는 내가 완벽하길 원하지 않고 기대도 안 해요. 인간인 우리는 못해 내니까요. 그 대신 〈내 앞에 있는 일을 열심히 하는 것〉, 그게 내 일이에요.

어느 누구라도
온전히 혼자 있는 공간이 필요해요.

집의 인테리어에 일관된 스타일이 있어요. 화이트 톤에 조금 화려한 장식들이 있고 어딘가 정통 영국 느낌도 나네요.

어릴 때 캐나다에서 살던 집 스타일을 그대로 옮겨 온 거예요. 그렇게 부모님 집처럼 꾸며 놓으니 고향에 와 있는 느낌이 들어요. 우리 집이 제게 가장 편안한 곳이 되었으면 좋겠다고 남편이 늘 말했어요. 남편의 배려이죠.

집은 사적인 공간이고, 그 안에 가족들 각자의 공간이 있잖아요? 강주은 씨한테 공간은 어떤 의미인지 궁금해요.

〈공간〉이라는 단어 자체가 제게는 의미가 다양하고 참 중요해요. 그런데 한국에 오자마자 〈개인 공간〉의 개념이 외국하고 다르다고 느꼈어요. 길거리에서도 서로의 공간에 대해 신경 쓰지 않아서 주변에 충분한 여유가 있는데도 옆에 바짝 붙어 서 있거나 걸어갈 때 툭 치고 지나가는 상황도 흔했죠. 그냥 이해하고 넘어갈 때가 많지만 그럼에도 개인 공간이라는 건 중요하고 필요해요. 미스코리아 합숙 시절에도 사람들이 아무렇지 않게 손을 잡더라고요. 그냥 걸어가는데 〈언니!〉 하면서 손을 딱 잡거나 팔짱을 껴요. 제 공간에 갑자기 누군가 확 들어오니까

익숙하지 않았죠. 외국에서는 친구들 사이에서도 자연스러운
행동은 아니에요. 얘기를 나누다가 좋아서 그냥 잠깐 팔을
붙잡거나 살짝 기대는 건 있지만요. 한국 사람들이 갖고 있는
공간의 개념은 저와 많이 달랐어요.

　　　　물리적인 공간 말인가요? 내가 어디에 있든 최소한
　　　　내 자리와 내 주변에 어느 정도 공간이 있어야 한다는
　　　　거죠?

그 개념이 조금 달랐어요. 줄을 설 때도 마찬가지. 너무 뒤에 딱
붙거나, 제 앞에 일부러 여유 있게 공간을 두면 〈어, 여기 비었네〉
하면서 그 자리에 들어오기도 하더라고요. 운전할 때도 그러고요.

　　　　분명히 어떤 공간에서든 사람이 있으면 그 사람이 숨 쉴
　　　　수 있는 주변의 공간이 있고 그것을 존중해야 하는데,
　　　　빠르고 급한 기질 탓인지 또는 정으로 표현되는 친밀한
　　　　정서가 보편적이어서 그런지 그런 행동들을 불편하게
　　　　여기는 사람은 외국에 비해 상대적으로 적은 것 같아요.

그게 제일 힘들었어요. 지금도 편하지는 않지만 저도 여기에서
살아야 하니까 익숙해지려고 노력하고 있어요.

물리적인 공간뿐 아니라 정신적인 공간의 개념도
중요하죠.

어느 누구라도 온전히 혼자 있는 공간이 필요해요. 그 공간은
타인을 의지하는 공간이 아니에요. 우리는 자꾸 옆에 있는
사람들을 의지할 때가 있잖아요? 나를 도와주는 사람들이 옆에
있길 바라고 이 사람에게는 이걸, 저 사람한테는 저걸 의지하려고
하죠. 좋은 방법이긴 하지만 그것이 주된 방식이면 안 돼요.
결국은 자기만의 공간 속에서 스스로를 관리해 나갈 수 있는
재료를 키워 내야 해요.

자기만의 공간이라면, 에너지를 충전할 수 있고 다른
사람의 영향을 받지 않으면서 휴식을 취하거나 생각을
할 수 있는 공간인가요?

그런 공간이 있어야 해요. 정신적으로도 나를 체크해야죠.
여기저기 얽혀 있어서 책임지다 보면 우리 자신이 어디 있는지
모를 때가 있어요. 그래서 혼자만의 공간이 필요하고 그 안에서
자기를 돌아보는 시간이 필요해요. 저는 장을 보든 운동을 하러
나가든 한강을 가든 혼자 있는 시간을 많이 즐기고 좋아하는데
그때가 정말 행복해요. 그런데 많은 사람이 혼자서 자신을
돌아보는 걸 안 하는 것 같아요. 힘든 일이 닥치면 남들 평계를

많이 대요. 〈아니, 내가 그런 게 아니고 이것 때문에 그렇고 저것 때문에 그렇고……〉 옆에 있는 사람이나 상황 때문에 어렵다고 말하죠. 자신 앞에 닥친 상황을 스스로 책임지는 연습을 해야 돼요. 그래서 더 자신만의 공간이 필요하죠.

부부 사이에서도 공간을 배려하고 있나요?

일 때문에 거의 24시간 전화 통화만 하던 때가 있었어요. 방에서 전화를 받는데 갑자기 노크 소리가 나요. 남편이 들어와서는 저한테 〈주은이 지금 통화 중이구나. 조금 있다가 올게〉 하고는 나갔죠. 그때 저랑 통화하던 남자분이 전화 너머로 노크 소리부터 다 들은 거예요. 저한테 이렇게 묻더라고요. 〈실례지만 거기가 댁이에요? 지금 말씀하신 분은 남편인가요?〉〈네, 남편이었어요.〉 〈그런데 노크해요? 집 안인데?〉 사실 식구라면 노크 없이 서로의 공간에 그냥 들어갈 수도 있어요. 그런데 어떻게 지내기에 남편이 집 안에서 노크하는 배려가 있느냐고 깜짝 놀란 거예요. 저도 남편만의 공간을 생각해 주지만, 남편도 집에서 제 공간과 시간을 배려해 줘요. 그리고 우리 아이들에게도 마찬가지예요. 아이들 방에 들어갈 땐 꼭 노크를 해요. 시간을 주죠. 아이들은 우리가 예고 없이 들어가지 않는다는 것을 알아요. 그것도 신뢰이죠.

집 안은 어떻게 구분되어 있나요?

남편 방, 우리 부부의 안방 그리고 아이들 방이 각각 따로 있어요.
각자의 장소나 공간을 서로 많이 존중해요.

아이들은 부모와 같이 있는 시간을 좋아하나요?

사춘기가 시작될 때부터 자연스럽게 엄마 아빠하고 같이 있는
것을 꺼리고 자기 시간을 가지려고 했어요. 그럴 때 아이들에게
물리적 공간뿐만이 아니고 정신적 공간도 주고 싶었어요.
배려하는 거예요. 어떤 순간이라도 자신을 책임질 수 있는 기회,
시간, 공간을 충분히 다 주는 거죠.

방송으로 보니 집 안에 남편의 흔적이 잘 안 보여요.

그 흔적은 남편 방에 다 들어 있어요. 완전히 지옥과 천국의
대비이죠. 어둡고 진한 나무 바닥에 햇빛은 잘 안 들고, 벽에는
커다란 검도가 조명과 함께 전시되듯 걸려 있어요. 2백 년 넘은
일본도를 일본의 할머니 팬한테서 선물받았는데 그분 남편이
칼을 모았대요. 선물받은 칼은 유명한 사무라이가 지녔던 칼인데,
70명 정도가 그 칼에 죽었대요. 그래서 거기에 붙은 귀신들이
가까이 오지 말라고 커다란 그림에 일본의 절 50군데 이상을
다니면서 붉은 도장을 받았다고 해요. 그걸 칼 옆에 놔야지 그
칼에 죽은 혼들이 집 안으로 들어오지 않는대요. 꼭 알라딘 같은

이야기 아닌가요?

남편은 자기만의 작업실이 따로 있죠?

상수동에 있는데 비밀 소굴처럼 해놨어요. 박제된 늑대 머리도
벽에 걸려 있고, 하여튼 남편의 분위기는 다 들어 있어요. 온전히
자기 세계를 꾸며 놓고는 자기 색깔을 표현할 수 있고 에너지도
받으니 얼마나 좋아요? 조용히 혼자만의 시간을 가질 수 있죠.
매일 가요. 조그만 무대랑 작은 카페도 만들어 두어서 사람들이
오면 술도 한잔 마실 수 있고요.

마음 한구석에서는 진짜 내 모습으로
자연스럽게 살고 싶은 생각이
자라고 있었죠.

첫 직장이 서울 외국인 학교였죠? 10년간 주부로
지내다가 직업을 가져야겠다고 결심한 이유가
있었나요? 어떻게 취직을 했는지도 궁금해요.

한국에 오자마자 10년 동안은 빨리 문화를 이해해야 했어요.

유명인의 와이프로 별 탈 없이 지내려면 남편이 속한 세계도
잘 알아야 했고요. 제 자신도 잃어버리면 안 되고, 엄마도 돼야
했고요. 많은 것을 한번에 다 잘해 내야 했죠. 그 시간 동안 내가
어디에 와 있지? 그럼 여기서 어떻게 살아야 되지? 내가 누구지?
하는 질문을 수시로 하면서 버텼어요. 그렇게 주변을 돌보고
아이들 키우느라 아무것도 못 하다가 스스로의 이름으로 뭔가를
하고 싶었어요. 누군가의 아내로 정해진 이미지에 맞춰 살면서 온
힘을 다했지만 마음 한구석에서는 진짜 내 모습으로 자연스럽게
살고 싶은 생각이 자라고 있었죠.

처음 서울 외국인 학교의 일자리 공고를 봤을 때는 대학
이후 일한 경험이 없는데 대체 어떻게 일을 얻겠나 싶었어요.
이력서에 피아노 쳤다는 얘기 말고는 쓸 게 없더라고요. 감히
그 일자리에 지원한다는 게 말이 안 됐지만 설마 하면서도
한번 시도해 봤어요. 외국인 남자 임원진 8명과 면접 인터뷰를
했었는데 한국에 온 이후 처음 제 언어로 완전하게 얘기할 수
있는 시간이었죠. 그래서 그 직장을 못 얻더라도 만족했어요.
게다가 남편과 부모님한테도 알리지 않은 채 스스로 이력서를
쓰고는 무작정 찾아가서 면접을 봤기 때문에 마음이 편했지요.
그런데 지원자 15명 중에서 제가 뽑힌 거예요. 대외 협력 이사로
들어가서는 결국 13년 동안 일했어요. 혼자 시작해서 나중엔
팀원이 7명까지 늘어났지요.

대외 협력 이사는 어떤 일을 하는 자리였나요?

말 그대로 서울 외국인 학교와 다른 기관이 협력할 때 업무를
총괄하거나 진행하는 자리였어요. 취직하자마자 맡은 첫 번째
일이 뭔지 알아요? 정부 주체의 외국인 학교 설립을 진행하는
거였어요. 정부가 처음 외국인 학교를 짓는 일에 대해 서울
외국인 학교에서 조언을 해주는 거죠. 그 둘 사이를 연결하는
것이 제 업무였고요.

정부가 추진하고 있었던 외국인 학교 설립에 자문을 해주는 일이었군요.

한국 기업에서 외국의 투자자들을 불러오려면 그 가족이
한국에서 살아야 할 곳과 자녀들이 갈 만한 학교가 있어야
하잖아요. 서울 외국인 학교는 대기자가 많았기 때문에 원하는
투자자를 끌어오지 못하고 있다는 컴플레인을 기업에서 많이
제기했나 봐요. 그래서 정부가 외국인 학교를 직접 설립하기로
했고, 2004년 정부 주관하에 코리아 외국인 학교 재단이
설립됐어요. 그 재단은 외국인 학교로서는 제일 역사가 깊은 서울
외국인 학교의 노하우를 받아 학교를 짓기로 했지요. 그러니까
저는 서울 외국인 학교 소속으로 그 재단에 노하우를 전하는
역할이었고, 코리아 외국인 학교 재단에 사무총장으로 파견된

거죠. 급여는 서울 외국인 학교와 재단에서 반반씩 받았어요.

　　　　사회에 나와서 처음 하게 된 일치고는 너무
　　　　큰일이었네요.

그 외국인 학교가 〈서울 용산 국제 학교〉로 2006년에 문을 열어
지금까지 운영되고 있어요. 코리아 외국인 학교 재단에는 서울시,
산업자원부, 대한상공회의소, 주한미국상공회의소 등에서 파견
나온 이사가 15명이 있었고, 직원은 사무총장인 저 한 명이었죠.
2년 반 동안 그 학교를 설립하는 모든 과정이 저를 거쳐
진행되었어요.

서울 외국인 학교와 재단을 매일 왔다 갔다 하고 서울시 교육청에
들어가서 이런저런 서류를 만들어서 허가받고, 서울시와 같이
안건을 만들어 다달이 이사회를 소집했지요. 1시간 반가량
회의에서 나온 안건을 다 모아서 누가 동의를 했는지 안 했는지
정리했고, 다음 회의까지 각각의 사람들을 전부 만나 동의도
구해야 했지요. 대한상공회의소 회장이자 재단의 이사장이었던
박용성 회장님과는 논쟁까지 할 정도였어요. 왜냐하면 그분의
의견을 외국 관계자에게 이해시켜야 하고 그 반대로도 해야
하는데 참 어렵더라고요. 한국인 마인드 외국인 마인드를
조율해야 했지요. 저도 그런 자리가 처음인데 서로 잘 이해할 수
있게 만들어야 하니 얼마나 어려워요?

그 학교를 세우는 데 3백억 원이 들었어요. 처음엔 끝도 없이
전화 통화를 해서 목소리가 안 나올 정도였죠. 그렇게 학교가
세워졌어요. 그때 생각했지요. 어릴 때 부모님 사이에서 통역자
역할을 했던 내가 결혼해서 남편의 배우자로 10년간 살면서 한국
남자와 대화하는 법을 알게 되었고, 그 온갖 훈련이 바탕이 되어
이런 커다란 자리에서도 소통의 역할을 하는구나.

　　　남편을 대하면서 많이 훈련된 건가요?

한국을 남편에게 배웠지요. 특히 한국 남자를 어떻게 상대해야
된다는 것을요. 제가 남편과 소통했던 방법을 그대로 사용하니까
거짓말처럼 통하더군요.

　　　한국 남자들을 상대하는 데 어떤 점을 유념해야 하나요?
　　　터득한 것 좀 알려 주세요.

단어 하나하나도 중요하지만 목소리도 참 중요한 요소였어요.
말투도 목소리도 강하게 잔소리하는 느낌으로 말했다면 누가
받아 줬을까요? 제 남편이 듣기 좋아하는 목소리로 그분들과도
이야기를 나눴어요. 그리고 남자의 자존심을 건드리지 않도록
노력을 많이 했고요. 뭔가 잘못되었더라도 그분들이 책임진
업무를 최대한 존중하고 협조하는 방향으로 설득하면서 같이

갈 수 있는 방법을 찾았어요. 앞장서 나가지 않고 겸손한 자세로 대하는 것이 포인트였죠. 〈내 의견이 맞으니까 따라와 달라〉고 말하는 것이 아니라 〈내가 알고 있는 정보는 이러한데, 이에 대해 당신은 어떻게 생각하는지 알고 싶다. 참여할 수 있는지, 아니면 어떻게 해야 더 좋은 방법을 만들 수 있는지 알려 주면 좋겠다〉라고 도움을 요청하는 방향으로 대했어요.

박용성 회장님과도 늘 대화했어요. 정말 어려운 분이었죠. 처음 만났을 때 제가 이렇게 말했어요. 〈제가 아무런 경력도 없이 이 일을 맡아서 회장님께 죄송한데, 저랑 같이 일할 수 있으시겠어요?〉 그랬더니 물으시더라고요. 〈대발이라는 사람이 당신 남편인가요?〉 남편이 출연했던 드라마 「사랑이 뭐길래」의 주인공 캐릭터 이야기를 나누며 어려운 벽이 깨졌어요. 그러고는 〈죽이 되든 밥이 되든 같이 해봅시다〉라고 말해 주셨는데 참 고맙더라고요. 멋진 분이셨어요.

회장님께서 영어가 능통하시니 영어로 일할 때가 많았고, 영어라는 언어의 특성 때문에 입장도 동등했어요. 토론하는 데도 자유롭고 결정해야 하는 것들을 쉽고 빠르게 할 수 있었고요. 그리고 할 이야기를 다 마치면 끝은 한국어 존댓말로 마무리했지요.

〈손해를 본다〉고 말하지 말고
〈도움을 준다〉고 말하면 어떨까요?

막연히 사회 활동을 해야겠다는 결심으로 취직했지만
처음부터 큰일이 주어졌네요. 생각해 본 적도 없던
일이라 두려웠을 것 같은데요.

외국인 학교에서 일한다고 했을 때 남편이 귀엽다는 식으로
말했어요. 〈아, 우리 주은이 일할 거구나!〉 그런 말을 들을수록
더 잘 해내고 싶지요. 제 자존심이었던 것 같아요. 물론 말도 못
하게 두려웠죠. 그런데 그것도 저와의 싸움이었어요. 해내야
된다는 마음뿐으로 정말 그 일밖에 몰랐죠. 서울 외국인
학교에서 13년간 일하면서 설립 1백 주년 행사도 맡았는데, 자원
봉사자 80명까지 관리하면서 다 함께 치렀어요. 그다음에는
아리랑 TV에서 주한 외국 대사와 방한하는 국제 외교계 인사들
1백여 분을 각각 인터뷰했고요. 또 리얼리티 방송인 「엄마가
뭐길래」에도 나왔잖아요. 이런 단계를 다 돌이켜 보면 지금껏
했던 일 모두가 제겐 리스크가 높은 일들이었어요.

리스크가 높다는 것은 무슨 뜻이죠?

전혀 모르는 사람과 갑작스럽게 결혼하게 됐고, 사는 나라가 바뀌었고, 어떠한 경력도 없이 학교에서 대외 협력 이사로 일을 시작했고, 저널리즘을 공부한 적 없는 사람이 2년 넘게 아리랑 TV에서 대사들 인터뷰를 했어요. 그런 것들이 죄다 리스크가 큰 일들이지요. 해본 적 없는 일들이었고, 어느 하나 잘해 낼 수 있을 거라는 확신도 없었죠.

용기가 남달랐던 건가요? 그 리스크에서 오는 두려움은 어떻게 해결했어요?

많은 고민과 걱정을 했지만 결국 내 색깔을 표현할 수 있는 기회로 생각했어요. 미스코리아도 마찬가지였죠. 처음에 엄마가 미스코리아 대회에 나가 보라고 제안하셨을 때 저는 말도 안 된다고 했어요. 〈엄마, 나는 미스코리아가 될 사람이 아니고 거기에 참가할 마음도 없어. 여럿이 모두 똑같은 모습으로 보이는 거 싫어.〉 그랬더니 엄마가 이러시더라고요. 〈왜 너를 거기에 겹쳐서 똑같아질 거라고 단정 지어? 주은이는 주은이 색깔을 보여 주면 돼.〉 그때 엄마가 했던 말이 오늘까지도 머릿속에 남아 있어요. 뭔가 새로운 것을 하게 되면 계속해서 〈여기서 내 색깔을 표현해야 되겠다. 이건 기회이다〉라고 생각해요. 하지만 언제나 두려워요. 왜냐하면 인간은 안정적이고 허락된 길만 가고 싶어 하니까요.

긍정적으로 보면 기회일 수 있지만 다른 한편으로는
불편하고 어느 때는 손해를 볼 수도 있지요.

리스크는 어느 정도 꼭 있어야 건강한 것 같아요. 손해를 봐도
돼요. 자꾸 안정된 자리를 찾는 것보다 조금 불편한 게 탄력
있고 건강해요. 그래서 지금 나는 어떤 도전에 직면해 있지?
뭐가 불편하지? 이런 질문을 스스로 늘 해요. 제가 해온 일들을
보면 리스크가 좀 많았지만 그 일들을 다 끝내니 이렇게 책도
만들게 되고, 아직 한국어가 서툰데도 토크 쇼 프로그램에 패널로
나가기도 하고, 제 이름을 건 홈쇼핑 프로그램도 맡게 되었어요.
그저 신기해요.

많은 사람이 손해를 보지 않기 위해 노력을 해요. 손해를
봐도 되겠다는 마음은 어디서 생기나요?

손해를 안 보려는 건 인간의 본능이죠. 하지만 무조건
피하기보다는 손해의 내용을 항상 살펴봐야 해요. 어디까지 이런
손해를 견딜 수 있을까? 내 자존심, 시간, 효율성을 생각하지
않을 수가 없지요. 그럴 때 저는 내 손해가 오히려 다른 사람에게
얼마만큼 도움이 되는지를 판단해요.

이해득실을 따져 보고 전체적으로 이익이 되면 나한테

손해라도 감수한다는 말인가요?

우리가 시종일관 손해를 안 보겠다는 태도를 가지면 결국
이익은 없어요. 내가 얼마만큼 더 챙길 수 있을까요? 왜 챙기고
싶을까요? 그걸 스스로에게 묻게 되죠. 조금 더 챙겨 봤자 크게
달라지는 게 없더라고요.

남편의 〈노인 폭행 사건〉 때 많은 사람이 손가락질을 했어요.
완전히 손해였지요. 한순간에 남편은 괴물이 되었고, 저는 졸지에
그 괴물의 부인이 되었어요. 남편은 아무런 변명 없이 무릎 꿇고
사과했지요. 그렇게 의도적으로 손해를 감수하더라고요. 그런
남편을 보면서 나를 돌아봤어요. 내가 저런 남자한테 손해 본
것을 따지고 앉아 있었구나. 남편에게 경쟁심이 참 많았는데, 그
자리에서 KO패를 당했지요.

남편이 대단하게 느껴졌고, 나는 한참 멀었다고 생각했어요.
이전보다 더 저를 확대해서 보게 되었고, 생활 속에서 〈이게
도움이 된다면 가져가세요〉 하는 마음을 연습하게 되었죠. 그런
정신으로 살 수 있다면 나머지는 하느님이 나한테 손해를 끼친
사람들에게 가르쳐 줄 거예요. 내가 왜 사람들을 고쳐 줘야
하지? 내가 왜 뭘 알려 줘야 하나? 보여줘 봤자 그건 유효 기간이
짧아요.

〈손해〉, 〈불편〉을 궁극적으로 다른 차원의 〈보탬〉으로
연결시키는군요.

내가 더 손해를 볼수록 느끼는 건, 인생을 사는 동안 내가 도움을
받을 걸 기대하기보다 무슨 도움을 줄 수 있는지를 생각하는
게 더 옳다는 거예요. 〈손해를 본다〉고 말하지 말고 〈도움을
준다〉고 말하면 어떨까요? 우리는 이 지구에 대접받으러 온
존재가 아니라 그 반대일 수 있잖아요. 우리는 도움을 주면서
살아야 할 존재일 수 있어요. 그런 자세가 더 맞는 것 같아요.

모든 사람에게 똑같이 대하니까
누구에게도 얽매일 필요 없이
어떠한 관계에서든 자유로웠어요.

서울 외국인 학교 1백 주년 행사를 진행했다고 했는데,
보통 큰일이 아닌 것처럼 느껴져요. 많은 사람과 함께
치른 큰 행사인 만큼 어려움도 있었을 텐데, 어떤
행사였나요?

서울 외국인 학교 설립 1백 주년 행사를 2012년에 했어요. 서울

외국인 학교에 관련된 여러 사람이 와서 그 학교가 지켜 온 1백

년의 시간을 축하하는 자리였지요. 따로 진행할 사람이 없었기

때문에 제 공식적인 업무를 진행하면서 그 행사도 맡게 되었어요.

1년 동안 40개의 이벤트를 치르며 진행하는 거였고, 저를

도와주는 동료와 단둘이 그 이벤트들을 다 기획하고 진행했어요.

　　　40개의 이벤트요? 1년 내내 하는 대단한 행사였군요. 그

　　　이벤트들은 어떤 내용이었나요?

이화여자대학교의 총감님과 함께하는 역사 심포지움, 옛날

선교사들이 머물렀던 기숙사 투어, 38선 같은 한국의 역사적 장소

방문 등등 다양했어요. 제일 마지막 이벤트는 7백 명이 모이는

화려한 파티였는데, 저렴하게 연회장을 빌렸고 행사의 세세한

대본까지 다 만들었어요. 그런 식으로 40개의 이벤트를 동료 한

사람과 함께 진행했죠.

　　　일벌레인가 봐요?

일벌레가 맞는 것 같아요. 가만히 있으면 불안해요. 그 1백 주년

행사를 맡았을 때도 이런 절호의 기회가 나한테 오나? 싶었어요.

1백 년에 한 번 오는 축하의 자리가 내 인생에 몇 번이나 올까?

대단한 선물이었죠. 선교사들이 그 치열한 전쟁을 겪으면서

1백 년간 지켜 온 이 학교의 축하 자리를 내가 만들게 되다니요. 기쁘기도 했지만 한편으론 많이 두려웠어요. 그때 동료에게 말했죠. 〈우리 죽음의 자리에 들어간다는 자세로 일하자.〉

　　　〈죽음의 자리〉는 어떤 곳인가요?

제가 종교적으로 열광하는 사람은 아니지만, 그때는 행사를 앞두고 하느님의 영광을 방해하는 것들이 왠지 생길 것만 같았어요. 기독교 학교이니까 그 학교가 잘되면 모든 영예가 하느님에게로 가지요. 그러니 그걸 방해하는 일들이 생길 것 같다는 걱정이 들었어요. 그래서 제 동료에게 정신적으로 준비를 하자는 뜻으로 한 말이었어요.

그런데 정말 그런 일들이 있었어요. 괴물 같은 사람들이 나타나서 우릴 못 잡아먹어서 안달이었고, 온갖 공격과 방해 공작을 했어요. 어떤 학부모는 강주은이 왜 저 자리에 있는지 모르겠다면서 다른 학부모나 관련자들을 선동하면서 다녔고, 어떤 선생님은 회의 때마다 저를 방해해서 힘이 빠지게 만들었고요. 안 좋은 기운이 사람들을 자극해서 나한테까지 그 파편이 날아왔어요. 정말로 죽음 앞에 있는 것처럼 힘들었지요. 다행히 마지막 파티에서 총감님이 저를 인정해 줬어요. 이번 해의 모든 행사를 총괄하고 지휘하면서 학교를 제대로 표현해 준 강주은 이사에게 특별히 더 감사하다고요. 그때 학부모들로 이루어진 이사회에서도 큰 박수를 쳐주었어요. 다 고맙죠. 하지만 제가 받았던 정신적인 고통은 부정할 수 없어요.

처음 서울 외국인 학교에서 일할 때 이미 그곳의
구성원들이 만들어 놓은 분위기 안에 들어갈 수밖에
없었을 텐데, 어땠나요?

어디든 그렇겠지만 쉬운 자리가 아니었어요. 그래서 처음부터 제일 뒤에 서 있는 사람이 되려고 했어요. 좋은 아이디어나 성과를 내더라도 늘 다른 사람에게 공이 돌아가도록 했고 여러 사람에게 편견 없이 친근감을 주는 사람이 되려고 했어요. 학부모와 관리자들, 한국인 직원들 모두에게 공평하게 제 시간을 나누며 상대했지요. 그게 어떤 관계에도 종속되지 않으면서 독립적으로 일을 잘할 수 있는 하나의 방법이었어요. 제가 학교를 떠나는 날 50명을 초대해서 파티를 했는데, 당시 학교에 직원은 120명, 선생님은 220명이었어요. 그중에서 50명을 골라야 했으니 보통 누구는 부르고 누구는 안 부르는 식으로 정치적 관계가 작용하겠죠. 저는 관리부 아저씨들 4명, 버스 운전기사 4명, 비서들 중 오랫동안 근무한 직원들, 그리고 교무 보는 사람 몇 분, 선생님들 중에서도 저랑 같이 일을 많이 하신 분들, 청소하는 분들, IT 담당 한국 직원들 몇 명을 불렀어요. 그중에는 아무도 관심을 주지 않는 사람들도 있었죠. 학부모들로 이뤄진 이사회에서는 회장님만 불렀고요. 그렇게 다양한 부서의 50여 분을 초대했는데 파티 때 총감님이 이렇게 말하셨어요. 〈주은은 참 포용력이 넓은 사람이다. 이 공간에 초청된 사람들을 좀 봐라. 이게 바로 주은이다.〉 의도하지는 않았어요. 제가 정말 애정을 가지고 같이 일했던 사람들을 초청한 거예요.

말 한마디로 지치고 슬프게 하는
사람이 있고, 반대로 산을 움직일 수 있는
힘을 주는 사람도 있잖아요.

조직이 클수록 일과 연관되지 않은 다른 부서의
사람들과 만나기 어려워요. 파티에 초대할 정도면
친분이 있었다는 건데, 언제 그런 관계들을 만들었어요?

제 사무실은 누구라도 들어올 수 있는 곳이었어요. 안 보이는 자리에서 말없이 일해 주시는 분들이 많았는데 저는 아무리 바쁘더라도 시간을 내어 손잡고 이야기를 나누며 문제가 있으면 같이 해결하려고 했어요. 그분들의 사적인 형편들도 알 정도였어요. 어떤 때는 퇴근하다 말고 차 세우고 경비실 안에 들어가서 한참 시간을 보내기도 했고요. 제일 친한 동료가 항상

제게 도움도 안 되고 시간도 없는데 왜 앉아서 별난 이야길 다

들어 주느냐며 웃었어요. 그게 제 방법이에요.

학교는 직위와 서열이 뚜렷한 조직인데, 저는 그걸 다

깨뜨렸어요. 그렇다고 일부러 높은 자리에 있는 사람을 존중하지

않은 것은 아니에요. 뒤에서 묵묵히 일하는 사람도 앞으로 드러내

보이는 게 제가 하고 싶은 일이었고 그걸 잘했던 것 같아요. 모든

사람에게 똑같이 대하니까 어느 누구에게도 얽매일 필요 없이

어떠한 관계에서든 자유로웠죠. 그건 제가 힘들게 노력한 게

아니었어요. 그저 즐거웠어요.

　　　　동료가 웃었던 이유도 알겠어요. 일은 많고 몸도

　　　　피곤한데도 계속 사람들을 만나니까요.

짧은 시간에 나누는 그 대화의 순간이 상대방에게는 꼭 필요한

것이라고 느꼈기 때문이에요. 제가 그 짧은 시간에 뭘 어떻게

도와주겠어요. 하지만 상대에게 용기는 줄 수 있어요. 하루 동안

만나는 사람들 중에 말 한마디로 지치고 슬프게 하는 사람이

있고, 반대로 산을 움직일 수 있는 힘을 주는 사람도 있잖아요.

후자가 되고 싶어요. 내 한마디가 누군가에게 조금이라도 기운을

줄 수 있다면 기꺼이 시간을 낼 거예요. 우리는 다 불안을 가지고

있잖아요. 그런데 말 한마디로 딱 치유가 되는 때가 있어요. 저는

그 필요성을 알아요.

강주은 씨에게는 누가 그런 역할을 해주나요?

이틀 전에 몸과 마음이 지쳐서 토하고 싶을 정도로 힘들었어요.
그래서 남편에게 말했죠. 〈힘이 되는 이야기 좀 해줘. 너무
필요해.〉 〈왜?〉 〈오늘 정말 힘들었거든.〉 〈힘들었어?〉 〈응,
그러니까 응원이 되는 말 좀 해줘.〉 〈네가 무슨 응원이 필요해.
너만큼 단단한 사람이 어디 있어?〉 〈그런 말 말고!〉 남편과는
이런 식이에요. 예를 들어 〈마음 무거운 일이 있었어?〉라고
한마디만 해주면 되는데 그런 말은커녕 옆에서 스탠드를
만지작거리면서 막 부스럭대요. 그 소리마저 스트레스라서
큰아들 방에 들어가서 문을 닫았더니 또 거기까지 찾아와서
〈왜 여기까지 왔어?〉 해요. 결국 도움이 안 되었지요. 저는 그
필요성을 알고 있으니 도움이 필요한 순간에 옆에서 그것을 채워
주는 사람이 되고 싶어요.

상대방의 마음을 알아채는 것이 소통의 시작인 것
같아요. 주변 사람들에게 그 역할을 기꺼이 하네요.

주변을 보면 얼마나 많은 사람이 불안해하나요? 얼마나 많은
사람이 불안을 잠재워 줄 위안의 말을 필요로 하나요? 결국은
학교에서 대화를 나눴던 분들도 제가 남편한테 원했던 그런
말 한마디에 목이 말라 있었어요. 경비 아저씨는 아무 말 없이

고갯짓으로만 인사하고 지나치는 사람들 앞에 서 있는 시간이
많아요. 오늘은 어떻게 지냈냐고 말을 붙이면 기다렸다는 듯이
폭포수처럼 이야기가 쏟아져 나와요! 이분들은 말할 곳이 없는
거예요. 진심으로 들어 주면 그분들의 마음이 가벼워져요. 저도
누군가에게 좋은 반응이나 답변을 들으면 기적처럼 그 안에서
휴식을 얻으니까요.

제 기도 중 하나는 사는 동안
늘 배우겠다는 마음을 가지도록
제 마음을 열어 달라는 거예요.
Keep my mind open to learn.

강주은 씨의 〈자신감〉은 언제 생겨나나요?

자신감! 참 조심스러운 말이에요. 제 기도 중 하나는 사는 동안
늘 배우겠다는 마음을 가지도록 제 마음을 열어 달라는 거예요.
〈Keep my mind open to learn.〉 우리가 뭘 안다 싶으면 〈아,
난 이미 알아〉라면서 짧게 보고 단정 짓죠. 그러면 더 얻을 수
있는 것도 놓치게 돼요. 아깝잖아요. 너무 앞서서 결정을 내리면
그 순간에 실수가 생겨요. 그러면 〈아, 아직 내 안에 내가 많이

들어 있구나〉라고 후회해요. 아이가 나한테 무슨 이야기를 할
때 나는 어른이니까 더 잘 안다면서 아이의 상황을 다 듣기도
전에 판단하잖아요. 그게 위험해요. 내가 생각하지 못한 부분을
아이가 말하는 때가 많아요. 전 아이가 생각하는 것들도 놓치고
싶지 않아서 그것을 잘 받아들일 수 있도록 〈어린아이의 마음을
지닐 수 있도록 지켜 주세요〉라고 기도해요. 그리고 내가 가진 것
안에서 지혜롭게 나눌 수 있도록 그 기회를 달라고 기도하지요.
그런 적극적인 자세에서 많은 분이 제게 자신감이 있다고 느끼는
것일지도 모르겠어요.

　　　　자신이 가진 것이 완벽하진 않지만 우선 그것부터라도
　　　　나누고 싶다는 건가요?

완벽하지 않아요. 그럼에도 제가 가진 것을 주위에 나눠 주고
싶고 부족한 점을 채워 주고 싶어요. 만약에 상대가 그걸 받아
주지 못하면 그것도 그 사람의 삶이고 갈 길이지요. 제 것을
받으라고 강요할 수는 없어요.

　　　　보통 사람들은 스스로 할 수 있겠다는 자신감이 생길
　　　　때에야 무슨 일이든 시작해요.

많은 사람이 주위 사람들로부터 공식적인 인정을 받고 난

후 확신이 들 때 그 자리로 들어가요. 그것도 일리가 있어요.
하지만 그런 시스템 안에 들어가려다 보면 어떤 부분은 제한이
있어서 오히려 많은 것을 놓쳐요. 어떤 때는 아무리 노력해도 그
시스템에 맞추지 못하거나 안 되는 것들이 있고요. 그런 것은
놓을 줄 알아야 해요. 어떤 때는 노력도 안 했는데 좋은 기회들이
막 와요. 아직 그럴 시기가 아닌데. 그렇다고 그걸 마다하나요?
어떤 과정이 우리가 예상했던 순서로 오지 않더라도 그 순서에
집착하기보다 여유를 가지고 시도하는 용기를 내는 거죠. 스스로
제한을 두지 말고 도전해 보자! 언제나 그런 마음을 가지고
있어요. 그렇게 하다 보면 상상도 못할 기회가 찾아와요.

어찌 보면 과감히 틀을 깨고 선택하는 것이니 자신감이
크게 작용하는 것 같군요.

늘 확신을 가지고 선택하는 것은 아니에요. 자신감이 있어
보인다는 건 저한테서 긍정적 기운을 느낀다는 게 아닐까요.
상황이 어렵더라도 긍정적인 에너지를 품고 싶고 주변에도
나누고 싶어요. 그런 에너지를 사람들이 느껴 준다면 참
감사하지만, 그건 자신감이랑은 조금 다른 것 같아요. 자신감은
이미 자기 자신을 인정한 거예요. 나는 완성됐다는 인정이요.
하지만 삶은 과정이지 완성이 아니잖아요. 그래서 저는 더
신나요. 실패해도 괜찮아요. 그것도 역시 인생에서 대단한 재료가

될 거라는 믿음이 있거든요.

　　　〈재료〉라는 말을 많이 쓰는데, 어떤 의미이죠?

어떤 사람이 지닌 환경, 성격, 경험, 능력, 잠재력 등을 말해요. 각
사람마다 자신만의 재료들이 있죠. 각자가 자기 재료로 만들어
낼 수 있는 것은 너무 다양한데 늘 옆의 사람들과 비교하고
같아지려고 해요. 달걀을 가지고 오믈렛을 만들 수 있지만
스테이크를 만들 순 없잖아요. 그건 불가능해요. 우리만의
재료를 잘 알고 그걸로 가장 맛있고 건강한 인생의 요리를 해야
해요.

　　　최근에 자신의 이름을 걸고 단독 홈쇼핑 프로그램을
　　　맡게 되었어요. 심지어 생방송이죠. 또 새로운
　　　도전이군요.

그것도 준비된 선택이 아니었어요. 저는 방송 경력이 없고 심지어
한국어를 유창하게 구사하는 것도 아니죠. 하지만 그런 제한들을
벗어던졌어요. 취약점이 있다고 해서 포기하기엔 너무 아까운
기회이거든요. 제 도전 중 최고 신기록이에요. 매주 아침 토요일
8~10시 생방송이고, 1년 계약이에요. 제 삶에 새로운 경험을 또
하나 채워 넣는 중이지요.

새로운 것에 도전하면서 내·색다른 면을 발견하기도

하잖아요.

어제 홈쇼핑 광고를 10시간이나 찍었어요. 대단히 큰 컨테이너를

〈강주은이 사는 집〉처럼 꾸몄고, 풀 메이크업에 옷도 몇십 벌

준비되어 있었고요. 50명이 넘는 스태프가 그 자리에서 한꺼번에

움직이는데, 부담이 많이 되면서도 제게 온 또 다른 출발이라는

생각이 들었어요. 그래서 그날 제 모든 것을 다 쏟아부었죠.

감독이 조금만 기분 좋게 움직여 달라고 했는데, 춤춰야 한다는

건 몰랐어요. 제가 누구 앞에서 춤추는 사람이 아니거든요. 제일

마지막으로 춤을 췄던 기억은 캐나다에서 했던 결혼식 때였어요.

대학교 졸업하고 한창 생생했으니, 굉장히 신나게 춤을 췄지요.

그 이후로 한국에서는 한 번도 안 췄어요. 물론 저도 신나게 마음

놓고 추고 싶지만 여기선 최민수의 단정한 부인이라는 이미지를

만들기 위해, 또 외국인 학교에서 맡은 직책 때문에 못 하고

살았던 거예요.

그런데 감독이 춤을 춰달라고 했을 때 이런 생각이 들었어요.

〈난 이제 학교 소속이 아니고 이건 남편이랑도 관계없어. 이

방송에서는 오로지 내 색깔을 보여 줘야 해. 오케이, 뭘 감추려고?

뭘 의식해? 그냥 추자!〉 그때부터 소파 위에도 올라가고,

청소기하고도 췄어요. 온 세상에 공개될 걸 알면서도 어떻게 그

자유를 느꼈을까요? 지금껏 제 역할 때문에 저를 감춰 놓았는데,

이제는 감출 게 없어요.

어떤 존재가 곁에 있으면
좋겠다는 생각이 들면,
나부터 그런 존재가 되자고 마음먹어요.

어머니께서 말씀하신 〈강주은만의 색깔〉이라는 말을
지금껏 마음속에 품고 산다고 했어요. 부모와의
관계에서든 직장에서 만나는 사람들과의 관계에서든
강주은의 색깔이 보이는 것 같아요. 어떤 게 당신의
색깔이라고 생각하나요?

제게는 색이 여러 개예요. 여성스러운 색도 있고, 어느 때는
남자보다 더 남자다운 색도 있죠. 그리고 최고의 엄마, 딸,
아내의 색도 가지고 싶어요. 과자도 맛있게 만들고 싶고, 어떤
이야기이든 잘 들어주는 귀도 갖고 싶고, 사회 활동도 잘하고
싶고, 인간적인 모습을 부끄럼 없이 보여 주는 용기도 지니고
싶어요. 주변에서 필요로 하는 것들을 적절하게 챙기는 존재가
된다면 좋겠어요. 강주은 같은 사람이 있어서, 딸이 있어서,
부인이 있어서, 엄마가 있어서 참 다행이라는 말을 듣고 싶어요.

그러면 만족해요. 어떤 존재가 곁에 있으면 좋겠다는 생각이

들면, 나부터 그런 존재가 되자고 마음먹어요. 그렇게 제 컬러를

뚜렷하게 만들어 가는 중이에요.

강주은의 색깔은 말하는 방식에서도 좀 달라요. 언어의

장벽을 넘어서 한국어로도 그 장난꾸러기 같은 재치가

느껴지거든요. 토크 쇼에 고정 패널로 나갈 정도예요.

위트가 있는 편이에요. 이야기의 핵심을 잘 짚는 것도 같고요.

그래서 한국어로 말할 때도 그 순간에 딱 맞는 표현을 찾으려고

아는 단어를 빠짐없이 동원해요. 한국어를 제대로 쓰는 것도

아닌데 깊은 생각을 정확하게 표현한다는 말을 많이 들어요.

그 비결은 제 남편을 통한 훈련 덕분이에요. 남편은 인내심이

없어요. 남편에게는 저를 향해 열리는 작은 창이 하나 있는데

그걸 기회라고 봐요. 보통은 창문이 닫혀 있는데 가끔씩 열릴

때가 있지요. 그때 이야기를 잘해야 해요. 아니면 바로 닫혀요.

그래서 잠깐의 시간이 주어질 때 말로든 행동으로든 인상적으로

메시지를 전하죠. 그 기회를 잡으려고 노력을 많이 했어요.

한국어 공부를 따로 하나요?

책 보고 사전 찾으며 공부하기보다는 제가 가지고 있는 단어들을

최대한 활용해요. 사전을 본 적은 없어요. 제가 어떤 한국어 표현을 했는데 거기서 남편이 제 의도를 알아채고 반응하면 〈아, 이건 먹히는 말이구나〉 하면서 제 말주머니에 얼른 담아요. 다른 사람들 앞에서 같은 이야기를 하잖아요? 남편과 동일한 반응이 나와요. 남편은 제 한국어 실험실이지요. 정말 어떤 표현이 괜찮은지, 재밌는지 다 해봐요. 제가 쓰는 표현들은 남편을 통해서 완성돼요.

　　　말투나 어휘도 남편과 비슷해질 것 같은데요.

남편의 말버릇에 영향을 받아서 심지어 욕도 잘 쓰죠! 그런데 그것보다 더 중요한 건 뉘앙스를 잘 알게 되었다는 거예요. 이 사람의 말투 속에 어떤 게 농담인지, 그리고 농담일 때는 어떤 억양인지를 잘 파악해서 머릿속에 채워 넣었지요. 학습하듯이 농담을 배웠어요.

　　　이야기를 잘하기 위한 특별한 비결이 있나요?

누군가한테 들은 말이 있어요. 〈강주은의 말을 들으면 한국어를 잘 모르는 것 같은데 맨 마지막에 가서 고춧가루를 확 뿌린다.〉 그 표현이 마음에 들어요. 어떤 이야기를 하고자 하면 일단 제 머릿속에 그림을 그려요. 목적을 먼저 떠올린 후 그에 맞는

핵심들을 정리하고 마지막에 어떤 말로 통쾌한 마무리를 해야
할지 정해요. 내가 중요하게 여기는 게 있고, 듣는 사람이
중요하게 여기는 게 있잖아요. 실제로 말할 땐 짧은 말 안에 그걸
최대한 담으려고 노력해요.

제 바람은 상대가 나와 잠깐이라도
만나고 돌아설 때 〈아, 느낌이 좋았다〉고
생각하는 거예요. 저는
그것만으로도 성공이에요.

타인과의 소통에는 여러 방법이 있어요. 그중에 우리는
〈말하는 것〉을 가장 크게 생각하는데, 강주은 씨는
소통에서 가장 중요한 게 뭐라고 생각하나요?

그 사람의 입장이 되어 보면 말하는 방법이 많이 달라져요. 내가
내 의견을 제일 잘 알죠. 그런데 내 의견을 상대방이 받아 줄 수
있는지 없는지까지 파악해야 해요. 왜냐하면 상대의 생각, 생활,
문화 등 다 다르잖아요. 상대에 따라 얼마나 나를 보여 줄지
어디까지 말하는 게 좋을지를 판단해요. 보통은 상대에게 맞춰
주는 게 가장 효과적이지요. 내 이야기를 전하려면 상대가 관심을

가져야 하고, 그러려면 이야기 속에 상대의 이야기가 들어가야 해요. 저는 어릴 때부터 어떤 사람을 만나더라도 그 안에서 매력을 찾아내는 연습을 해왔어요. 그 사람도 한때 아기였고, 부모에게 사랑받았을 것이고, 좋아하는 사람도 있을 거라는 상상이 자연스럽게 떠올라요. 의도적으로 상대의 장점을 화제로 삼아 이야기하면서, 내가 상대에게 집중하고 있다는 걸 느끼게 해야 해요. 그래야 대화에 믿음이 생겨요. 상대가 〈아, 나를 보고 있구나. 내 이야기를 좀 더 할 수 있겠다〉 하고 생각하게 만들어야 해요. 만약 어떤 기업의 사장을 만나서 대화하는 상황이라면, 그 사람은 늘 매출에 대해 생각할 테니 먼저 그 점에 대해 물어봐요. 〈요즘 경기가 많이 어렵죠. 영향을 받으시나요?〉 이렇게 말을 꺼내면서 자연스럽게 대화를 시작하죠.

상대의 입장에 서서 이야기를 시작하는 것이 강주은 소통법의 핵심이군요. 보통은 말이 자기표현의 수단이라고 생각하는데 강주은 씨의 경우는 상대를 이해하기 위한 수단인 것 같아요.

우선 소통을 할 때는 무조건 상대를 이해해 줄 준비를 해야 해요. 상대가 어떤 것에 관심을 두는지 그리고 지금 그 사람이 처한 상황이 어떤지에 맞춰 언어를 골라야 하죠. 아이에게 말할 때는 아이가 받아 줄 수 있는 언어를 사용해야 해요. 배고파서 우는 아이한테 빵 한 덩어리를 그냥 줄 순 없잖아요. 아이가 먹을 수 있는 모양으로 잘라 줘야 해요. 그렇게 사람에 따라 언어를 달리 골라 맞춰야 해요. 내 방식을 보여 주는 게 아니에요. 언어는 도구일 뿐인데 사람들은 너무 자신의 말에 집착해요. 말로 표현하고 싶은 욕망이 지나쳐서 서로 오해를 하고, 그 오해 때문에 쓸데없이 에너지를 낭비하죠.

언어가 오히려 소통에 방해되기도 하죠.

한국 문화에서 그게 자주 보여요. 특히 나이 많은 사람이 아랫사람에게 일방적으로 말하죠. 상사는 부하 직원들에게 그러고요. 그것 때문에 괴로운 사람이 많아요. 그건 소통이 아니에요. 제가 만약 어떤 사람을 만났는데 아무리 노력해도 상대방이 내 이야기를 듣지 않거나 이해하지 못한다는 판단이 들면, 그 사람의 기분을 맞춰 주는 말만 하고 끝내요. 기본적인 제 바람은 상대가 나와 잠깐이라도 만나고 돌아설 때 〈아, 느낌이 좋았다〉고 생각하는 거예요. 저는 그것만으로도 성공이에요.

계속 상대에게 맞추느라 정작 내 생각을 하나도 이야기하지 못하면 힘이 빠지고 화가 날 때도 있어요. 그럴 땐 어떡해요?

저는 정말 멀리 보거든요. 몇십 년도 괜찮아요. 그런 마음은 그 순간만 있을 거라고 생각해서 생기는 감정이에요. 〈당신은 나한테서 이만큼 가져갔는데, 나는 얻은 게 하나도 없네. 나도 받고 챙겨야 하는데 내 건 어디 있지?〉 당연해요. 제 남편이나 어머니도 늘 그런 말을 해요. 그럼 저는 옆에서 이러죠. 〈나중에라도 내 이야기를 통해 한 번 더 생각하게 되거나, 큰 힘이 되었다면 그걸로 만족해.〉 상대에게 최선을 다해서 귀한 것을 줬다면 전 거기서 만족할 수 있어요. 상대는 내가 준 게 뭔지 모를 때도 있죠. 몰라도 괜찮아요. 제가 그 귀한 것을 주는 순간 저는 만족했으니까요. 저는 그 자리에 씨를 심는다고 생각해요. 어떤 씨앗은 감사하게도 심은 그 순간에 새싹이 나오고 열매가 열려요. 하지만 어떤 씨앗은 열매를 맺기까지 시간이 많이 걸리기도 하고 어떤 건 아무것도 안 나지요. 그러니 씨를 심었으면 조건 없이 내버려 둬야 해요. 물과 바람과 태양이 필요하지만 제일 중요한 건 시간이잖아요. 사람들은 빨리 열매를 손안에 넣으려고 억지로 상황을 만들기도 하지만 씨앗을 심는 데에 최선을 다했다면 저는 그런 상황은 필요가 없어요.

참 간단한 방법이네요.

정말 간단한데 우리가 그걸 못 해내고 있어요. 난 줬으니까 됐어, 할 수 있는 것은 했어, 그러면 끝이에요. 그런데 만약에 제대로 못

해서 상황이 꼬이면 그 어려움은 다시 내게 돌아오죠.

어떤 상황에서든 〈나를 내려놓는 것, 나를 지우는 것, 상대방을 온전히 배려하는 것, 조건 없이 기다리는 것〉을 많이 강조해요. 그럼 자신은 언제 만족을 느끼고 위로를 받나요?

아이들이나 남편을 대했을 때 만족스러웠던 내 행동을 떠올려요. 그러니까 스스로 칭찬하고 자랑하는 거죠. 〈나 참 잘했네. 그 순간에 내가 이렇게 해서 문제가 풀렸지〉 하며 순간의 만족을 찾아요. 그리고 그런 기회를 또 만들어요. 우리는 계속해서 서로를 상대해야 되잖아요. 그래서 저는 누군가를 대할 때 제가 보람을 느낄 만한 것을 찾아서 해요. 작은 일이든, 큰일이든요.

특별한 시간이나 활동으로 내가 채워지는 게 아니라 일상생활에서 만족할 것들을 간직하고, 또 나를 채울 순간을 찾는다는 뜻인가요?

일상생활에서 겪는 사소한 것에서 만족과 보람을 느껴요. 싫든 좋든 상대할 사람들이 늘 있잖아요. 그러니까 수위 아저씨한테 인사할 때도, 또 누가 지나가면서 잠깐 얘기할 때도 만족할 것을 찾아요. 제가 기분이 안 좋을 때 누가 〈강주은 씨, 반가워요!〉

하면 그냥 〈아, 예. 안녕하세요?〉 이렇게만 하고 떠나는데 그러고
나면 참 미안해져요. 그럴 땐 제가 〈아이 참, 더 잘할 수 있었는데
준비가 안 되어 있었구나〉 하죠. 그렇게 일상의 순간순간에
만족을 찾아요. 또 제 에너지를 얻기 위해 한강에 나가서 걷든,
자전거를 타든, 인라인을 타든, 조깅을 하던 한두 시간 혼자
시간을 보내요. 기본적으로 1주일에 세 번은 나가지만 더 할 수
있으면 더 나가요. 거기서 조용히 사람들을 구경하는 것만으로도
너무 좋아요.

자신의 단점이 뭐라고 생각하나요?

갈 곳 없는 입양 센터의 아이들을 보면 내가 아무것도 하지
않는 것만 같아요. 봉사활동을 하고 싶은데 마음만 갖고 아직
실행하지 않았다는 죄의식이 있어요. 할 수 있고 나눌 수 있는
힘이 있는데 안 하고 있지요. 제가 좋아하는 캐나다 교포 친구가
어느 호숫가 앞에 멋진 집을 지었는데, 생각보다 훨씬 크게
지었어요. 처음에는 가족들이 살 집으로 생각했는데 계획이 자꾸
커져서 입양 센터의 아이들이 해외 경험을 할 수 있는 공간으로
확대되었어요. 청소년 프로그램을 만들어서 캐나다의 환경을
보여 주고, 다른 삶을 살아 보고 싶다는 생각을 갖게 하려는
거였죠. 개인 집을 그렇게 봉사활동의 공간으로 활용하고 있어요.
그 이야기를 들었을 때 〈나는 지금 뭐 하고 있지?〉 했어요. 제

단점은 그 용기를 발휘하지 못하는 거예요.

　　　봉사활동을 하고 싶나요?

앞으로 제 삶에서 봉사활동은 의미가 더 커질 것 같아요. 그
생각이 항상 제 머릿속을 두드리고 있어요. 많은 분이 저를
보면서 닮고 싶다고 말씀해 주세요. 참 고맙지만 정말 불편해요.
어떤 면에서 제가 롤 모델이 되는 걸까요? 한참 멀었어요. 지금은
제 가정에 집중하고 있을 뿐이에요. 열심히 가정을 위해서만
살아온 사람이지 닮고 싶은 인물이 될 만한 사람은 아니에요.
무언가 의미 있는 일을 더 해야 하는데 그런 준비가 되어 있나?
언제나 그런 생각이 머릿속에서 맴돌아요.

저를 만나더라도 또는
방송에서 잠깐 보더라도,
제게서 뭔가를 얻어 갔으면 좋겠어요.

　　　성격상 방송 일이 잘 맞나요?

방송 활동은 재미있는 미션 같아요. 그런데 저는 경력이

없고, 저널리즘을 공부한 적도 없잖아요. 그래서 떳떳하게 방송인이라고 말할 수는 없어요. 연예인도 아니고 방송인도 아닌, 참 애매한 존재이지요. 제가 얼마 전에 한 강연에서 그랬어요. 제 일상을 이야기할 뿐이지만 강연에 와주신 사람들이 하나라도 뭘 건져 갈 수 있다면, 그래서 그분들의 시간이 헛되지 않았다면 참 고마운 일이라고요. 방송도 그런 마음으로 해요. 사람들이 길에서 저를 만나더라도 또는 방송에서 잠깐 보더라도 제게서 뭔가를 얻어 갔으면 좋겠어요. 얼마 전에 택시 운전기사분과 신나게 대화를 했는데 제가 누군지 모르셨어요. 택시에서 내릴 때 기사분이 이러시더라고요. 〈이야기 나눠 주어서 감사해요.〉 어느 날 그분이 방송을 보면서 저를 알아볼 수도 있잖아요? 저와 아주 짧은 시간을 보냈지만 순수하게 좋은 대화를 나눴다고 기억해 주시면 참 좋겠어요. 그런 선물을 남겨 두고 싶은 거예요.

일반적인 경우와는 조금 다른 의미로 〈선물〉이라는 말을 사용하는 것 같아요.

물질적인 선물이 아니에요. 곳곳에 그런 선물들이 깔려 있어요. 그걸 가지려면 자세가 중요하죠. 일상에 깔려 있는 선물은 알기 쉽고 멋지게 포장된 게 아니에요. 그걸 알아볼 수 있고 감사할 수 있고 그 선물이라는 존재를 인정할 수 있는 자세가 되어야 해요. 그런 자세를 가져야 선물을 얻을 수 있어요.

그런 선물이 그냥 지나갈 수도 있고요?

지금껏 제가 놓친 선물들이 얼마나 많겠어요? 그러니까
선물이라는 것, 내 앞에 와 있는 기적을 볼 줄 알아야 해요. 23년
전에 결혼했을 때는 주변에 선물들이 있는 줄도 몰랐죠. 성숙의
과정을 거치고 나서야 그걸 알아채고 받을 수 있어요.

〈그렇게 다른데 왜 맨날 스레빠라고 해?〉
그래서 제가 대답했어요.
〈그게 여기서 통하는 거잖아.〉

자신을 〈숨어 있는 외국인〉이라는 말로 많이
표현했어요. 어떤 뜻인가요?

저는 캐나다에서 태어났고, 자랐어요. 국적도 캐나다예요.
그곳에서 제 인생의 반을 보냈어요. 제 언어도 당연히
영어이고요. 서울에서 처음 살기 시작했을 때 언어 때문에
많은 스트레스를 받았어요. 한국어로 말할 때마다 실수할까
봐 조마조마했어요. 영어로 자유롭게 실컷 이야기하고 싶었죠.
그래서 서울 외국인 학교에 취직했을 때는 결혼 후 10년 만에

처음으로 영어로 말할 수 있으니 사막에서 오아시스를 만난 것만 같았어요. 쉴 새 없이 일해도 정신적으로는 치유가 되었죠. 한국 사회에서는 서툰 한국어도 문제였지만 영어를 쓸 때도 사람들이 알아듣게끔 써야 했거든요. 어느 날은 남편이 저한테 물어봤어요. 〈맨날 스레빠, 스레빠 그러는데 왜 그렇게 말하는 거니? 진짜 영어로 하면 어떻게 되는데?〉 〈슬리퍼.〉 〈그렇게 다른데 왜 맨날 스레빠라고 해?〉 그래서 제가 대답했어요. 〈그게 여기서 통하는 거잖아.〉 남편은 그 전까지 제가 티 안 나게 노력하고 있다는 것을 잘 몰랐대요.

그러니까 〈외국인〉이라는 굴레에서는
제가 완전히 벗어날 수 없어요.

　　　〈숨어 있는〉이라는 수식어를 붙인 건 그렇게 의도적으로
　　　숨었다는 뜻이군요.

그렇게 숨었던 때가 참 많았죠. 한국식으로 영어를 한 것도 제가 무슨 말만 하면 비난받았기 때문이에요.

그렇게까지 사람들이 강주은 씨의 발음에 신경을
썼나요?

한국어를 제대로 못하는 것에 대해 당시에 많은 분이 싸가지
없어 보이고, 잘난 척한다고 말했어요. 한국어를 하면서 왜
저렇게 혀를 굴리고 서툴게 말하느냐는 공격을 많이 받았어요.
전력을 다해도 아무도 만족시키지 못했죠. 그래서 제 한국어나
한국식 영어에 자존심을 걸면 안 되겠더라고요. 절 우습게 보는
것도 받아들이려고 했어요. 남편은 그때 제가 어떤 생각을 하고
어떤 고통을 가지고 있는지 몰랐지요. 제가 외국인들을 만나는
자리에서 한국 사람들과 있을 때완 달리 당당하고 자연스럽게
말하는 모습을 보고 나서야 제 괴로움이 뭔지 생각하기 시작한 것
같아요.

스스로 〈외국인〉이라고 말하는 것은, 1백 퍼센트 한국
문화에 동화될 수 없다는 뜻인가요?

제가 보는 세상은 캐나다에서 배운 세상이에요. 같은 소나무라도
확실히 다르게 보여요. 나무뿐만이 아니라 제 눈에는 모두
다르죠. 캐나다에서 배운 방식으로 한국을 보는 거예요.
어딜 봐도 다른 것만 늘 눈에 띄었어요. 다만 제가 한국인의
모습이라서 이 나라에 깊숙이 들어갈 수 있는 표는 받았어요.

다른 외국인들은 못 받는 혜택이지요. 그런데요, 그 안에 들어가도 외로움은 사라지지 않아요. 한국에서 쭉 성장해야만 이해하는 한국적 뉘앙스가 있잖아요. 음식, 냄새, 물건 같은 것들도요. 남편이 아무리 저와 오래 살아도 한국에서 자라 온 한국 여성과 그 옛날의 어떤 시기에 대해 대화하면 서로 금방 이해해요. 그게 정말 부럽더라고요. 그게 언어의 뉘앙스든 태도의 뉘앙스든 나는 낄 수 없는 공간이에요. 그러니까 〈외국인〉이라는 굴레에서는 제가 완전히 벗어날 수 없어요.

현재 고향인 캐나다에 가서도 그런 종류의 이질감을 느끼나요? 인생의 반을 여기서 살고 있으니까요.

캐나다에서는 사회생활 경험이 없어요. 그 사회가 어떻게 돌아가는지에 대한 개념조차 없지요. 그래서 캐나다에 가도 낯설고 메꾸어지지 않는 것이 있어요. 최근 캐나다 독립 1백50주년을 기념해서 전 세계에서 활동하고 있는 캐나다인 1백50명을 〈명예 대사〉로 위촉했어요. 외국 주재 대사관에서 추천하면 오타와에서 승인을 해주죠. 저도 뽑혔어요. 23년이 넘게 캐나다를 떠나 한국에서 살고 있는데, 내 고향에서 나를 인정해 주니 그 외로움이 많이 해소되었어요.

한국에서 교포나 외국인에 대한 편견을 많이 느꼈나요?

한국 사회는 고향, 출신, 학교 등등 살면서 필요한 레이어들이
너무너무 많아서 그런 게 없는 외국인은 한국 사회에서 존재
자체를 인정받기가 어려워요. 그래서 처음 한국에 왔을 때
어떤 때는 숨어 있지만 어떤 때는 안 보이기도 했지요. 내가
살아 왔던 나만의 인생을 인정해 주기는커녕 들어갈 공간조차
없다는 것이 가장 큰 트라우마였어요. 나는 누구지? 내 인생을
누구랑 나눌 수 있지? 남편과 학창 시절 이야기를 아무리 해봤자
공감되는 부분이 없어요. 그래서 새로운 삶을 살아야겠다고
결심했죠. 그런데 또 의도와 달리 제가 뭔가를 하기만 하면 티가
나는 부분도 있었어요. 제가 걸을 때도 조금만 다르면 남편이
〈왜 그렇게 걷지?〉 그래요. 그러면 저는 〈내가 외국에서 살다
와서 걸음걸이도 이상하다는 건가?〉 하고 바로 의식했어요.
제 말투며 사고방식이나 행동이 속속들이 눈에 뜨였나 봐요.
그래서 지금까지 가지고 있던 모든 것을 제 손에서 놔야겠다고
마음먹었어요. 그게 힘들었죠. 특히 남편조차 저한테 그러는 게
참 슬펐어요. 한편, 남편도 그러는데 다른 사람들 눈에는 얼마나
다르게 보일까도 싶었고요.

보통은 한국 생활 23년이면 한국인이라고 느끼기에
충분하다고 생각할 것 같은데 〈아직도 자신을

외국인이라고 말하는구나? 그럼 이 사람은 한국 사람이

아니야?〉 이런 질문도 있을 것 같아요.

충분히 공감해요. 그런데 누구도 바꿀 수 없는 게 있어요. 남편이

코미디 방송을 볼 때 뭐가 그렇게 웃긴 건지 나도 알고 싶으니

설명해 달라고 하면 참 어려워해요. 완벽하게 커뮤니케이션을

나눌 수 있는 내 남편이라고 생각하고 우리는 하나라고

말해 왔지만, 이럴 때는 하나가 아니에요. 그런 순간들이

있어요. 우리는 하나인데 이 대목에서 결국 하나가 될 수 없는

건가? 여기서 난 이해를 못 하네? 어머, 내 남편은 정말 한국

사람이구나! 그리고 난 여기서는 한국 사람이 아니구나! 이런 게

바로 〈외국인〉이구나. 부부 사이에서도 이러는데 다른 한국인들

틈에 끼이면 그런 부분이 얼마나 많겠어요.

　　　지금은 어때요?

지금은 많이 달라요. 한국에서 저를 받아 주는 것 같고요. 이제는

억양이 틀려도 너그럽게 받아 주세요. 「엄마가 뭐길래」에서

제가 살던 캐나다까지 가서 부모님 뿐 아니라 다니던 학교와

친구들도 소개해 줬어요. 이제까지 아무런 관심도, 관련도 없던

것들을 모아 한번에 연결시켜 주었으니 참 고마웠지요. 저 최민수

부인이라는 사람은 그럼 어디서 왔지? 부모는 누구지? 어디서

살았지? 그렇게 거꾸로 물어보게끔 된 거예요. 제가 가지고 있던 트라우마와 아픔들이 한꺼번에 녹아내리더라고요. 저한테는 기적이나 다름없어요.

결혼 후 처음으로 살게 된 동부이촌동의 집.
1996년의 연말을 같이 보내려고 부모님께서 오셨다.

〈파이 베타 파이Pi Beta Phi〉 클럽에서 아빠를 초대하는 행사인
〈대디 도터 디너파티〉의 모습. 1867년에 생긴 유서 깊은 여성 클럽으로,
각 명문 대학마다 한 해에 15명씩 뽑았다. 친구랑 재미로 신청했는데 운이
좋게 들어가게 되었다. 아빠가 찍어 준 사진이라서 정작 아빠는 없다.

강주은의
두 나라

문화 차이

Help me not to place judgement on
others but rather focus on
how I can become a better person.

다른 사람을 판단하기 전에

스스로 더 좋은 사람이 되도록

노력하겠습니다.

사람이 나이가 들면 아무리 외국 생활에
익숙해져도 마음속에는 모국을 향한 그리운
순간이 생겨요. 저도 그래요. 캐나다에서
나고 자랐으니 아직도 그쪽의 언어나 생활
방식으로 살아가는 마인드예요. 그리고 그
분위기로만 나눌 수 있는 감정도 있고요.
남편은 그 뉘앙스의 강주은에 대해서는 절대
모를 거예요. 참 안타까워요.

대학 졸업 즈음, 친한 친구였던 스피로와
그의 여자 친구. 토론토에 가면 이제는
머리가 희끗희끗해진 스피로를 꼭 만난다.

가운데가 외할머니이고, 왼쪽이 일본의 황족이자
대한제국의 마지막 황태자비였던 이방자 여사이다.
일본에서 유학했던 외할머니와 친하게 지내셨다고
한다. 오른쪽은 외할머니의 어시스턴트.

앞으로의 삶이 참 힘들겠다고 느꼈어요.
이게 내 새로운 인생이구나,
여태까지 살아온 건 없어지는구나.

캐나다에서 본 한국과 직접 경험한 한국은 어떻게
달랐나요?

한국은 낯설고 모르는 나라였어요. 그런데 1977년쯤이었나?
2주 동안 서울 외할아버지 댁에서 머문 적이 있었는데 그때의
단편적 기억들이 마술처럼 생생하게 남아 있어요. 외할아버지
댁에서 일했던 금자 언니가 특히 기억나요. 저한테 사이다도
사줬고 바나나도 까줬어요. 외할머니가 〈금자야, 금자야!〉
하고 불렀던 소리가 아직도 또렷해요. 크고 반질반질한 둥그런
상에 음식을 가득 올려놓고 온돌방으로 함께 들고 들어가면
외할아버지, 외삼촌, 사촌들이 다 둘러앉아서 식사를 했지요.
그때 총각김치랑 시금치 조갯국을 처음 먹어 봤죠. 우편함에
요구르트가 담겨 있던 것도 생각나네요. 누군가 손톱으로 뚜껑을
똑 뚫어 주면 받아서 마셨어요. 근처 구멍가게 여자아이랑 친구가
되었는데 상자 같은 조그만 가게 안에 두꺼운 빨간 담요와 TV가
있었어요. 인형 집처럼 아기자기했죠. 그 가게에 센베이 과자들이
많았는데 저는 그게 한국식 아이스크림콘이라고 생각했어요.

외할머니는 낙원상가에서 꽃꽂이 연구소를 운영하셨는데 거기서
처음으로 엘리베이터걸을 봤어요. 세련된 옷에 하얀 장갑을
끼고 예쁜 모자를 쓰고 있어서 크면 꼭 엘리베이터걸이 되고
싶었죠. 할머니하고 남대문 시장에도 갔어요. 쌍방울 사리마다!
팬티 같은 속옷을 말하는 거예요. 저한테도 입히셨는데, 시장
사람들이 무대 같은 데 앉아서 종이 하나를 꺼내고 위에서는
줄을 쭉 당겨서 겹겹이 쌓인 사리마다를 막 포장했어요. 마치
선물을 포장하는 것처럼 신기해서 시장은 〈선물을 많이 파는
곳〉이라고 생각했어요. 그게 처음 경험한 한국이었죠. 그 된장국,
그 총각김치, 그 요구르트, 그 구멍가게! 2주간의 강렬했던
기억이에요.

1970년대 서울의 흑백사진을 보는 것 같네요. 그러고
나서 미스코리아 대회 때 한국에 다시 온 거죠?

그때도 참 신났죠. 수유리의 아카데미하우스라는 곳에서 합숙
생활을 했는데, 기상 시간이 새벽 4시였고, 규칙이 꽤 엄격했어요.
하루는 친했던 몇 명과 〈오늘 밤에 택시 타고 몰래 빠져나가서
놀자!〉 하고는 시내 노래방에 간 적이 있어요. 당시에는 시내
번화가라도 일찍 문을 닫더라고요. 철문 셔터가 반쯤 닫힌 곳에
들어가서 놀았는데, 내가 언제 또 한국에 오려나, 지금 아니면
힘들겠다, 이런 마음으로 작정하고 놀았죠. 실컷 놀고는 다시

숙소로 돌아오려고 택시를 탔는데 밤늦게 여자들이 보여서
그랬는지 어떤 남자들이 차를 타고 우리가 탄 택시를 막
쫓아왔어요. 너무 무서워서 택시 아저씨한테 〈빨리요! 빨리!〉를
외쳤던 기억이 나요. 그렇게 새벽 3시쯤에 숙소로 돌아와서는
아무렇지 않은 듯 4시부터 무용 연습을 했어요. 누가 물어봐도
시치미 뚝 뗐죠.

신기하고 재밌던 느낌만 있던 곳에서 갑자기 살게
되었어요. 셋에서 둘로, 외국인에서 한국인으로,
다양성의 문화에서 획일성의 사회로 환경이 바뀌며 많은
변화를 경험했네요.

앞으로의 삶이 참 힘들겠다고 느꼈어요. 이게 내 새로운
인생이구나, 그럼 지금껏 살아온 건 뭐였지? 그게 현재와 어떻게
연결될까? 이런 게 결혼인가? 그렇다면 난 전혀 준비가 안
되었나? 하는 의문이 끊임없이 떠올랐어요. 자꾸만 옛날 생각에
빠져서 너무 괴로웠지요. 그래서 어느 순간, 지금까지 살아온
내 삶을 잊고 새로운 곳에 빨리 적응해야겠다고 마음을 굳게
먹었어요.

이전에는 한국인과 결혼할 거라고 생각했나요?

한국 남자랑 결혼하고 싶다고 특별히 생각한 적은 없었어요. 제
주변에 있던 한국 남자들은 친척 아니면 교회에서 알던 사람들,
부모님이 아는 집안의 아들들이었어요. 결혼할 상대가 아닌
그냥 〈친한 한국인들〉이라고만 생각했죠. 하지만 전혀 상상조차
못 했던 인생을 택했고, 한 번도 경험해 본 적 없었던 전형적인
한국 남자랑 〈국제결혼〉을 한 거죠. 사람이 나이가 들면 아무리
외국 생활에 익숙해져도 문득 마음속에서 모국을 향한 그리움이
생겨나요. 저도 그래요. 한국에서 오래 살았지만 캐나다에서 나고
자랐으니 아직도 그쪽의 언어나 생활 방식이 제 기본 바탕이에요.
그리고 그 분위기로만 나눌 수 있는 감정도 있고요. 남편은 그쪽
뉘앙스의 강주은을 절대 모를 거예요. 참 안타까워요.

언어는 재치나 유머도 포함되잖아요. 그런 것들로
사람의 캐릭터가 더 분명해지기도 하고요. 영어로만
표현되던 강주은이 한국어로 번역되면서 답답했을 것
같아요.

지금이야 여유롭게 말할 수 있지만 결혼하고 나서는 정말
답답했죠. 여기선 나를 있는 그대로 알아주는 사람이 없었죠.
남편조차도요. 외딴 섬에 홀로 떨어진 것 같았지만 그것이 내
인생의 새로운 도전이라고 받아들였어요.

그럴 땐 고향 친구들이며 그쪽 문화가 많이
그리웠겠어요.

길을 가다가 백인이 보이기만 해도 달려가서 말을 걸고 싶을
정도였어요. 그러다가 몹시 운 일이 있었죠. 정말 결혼하고
나서 딱 1년이 지난 때였으니 20여 년 전이네요. 「한밤의 TV
연예」라는 프로그램에서 키아누 리브스를 만나 달라는 요청을
받은 적이 있었어요. 신작 「구름 속의 산책」의 공식 오프닝 기자
회견이 열리는 LA에 가서 인터뷰하는 거였죠. 「스피드」라는
영화가 흥행한 이후라서 인기가 꽤 높았어요. 인터뷰라는 걸 해본
적도 없고 키아누 리브스에게 관심도 없었지만 무조건 신났어요.
한국에 온 이후로 숨 막히는 시간을 보내던 중이었으니까 미국에
가서 제 언어로 마음껏 이야기할 수 있다는 것 자체에 들떴죠.
기자 회견 장소는 어느 호텔이었어요. 인터뷰 장소로 향하는데,
저쪽에서 남자 목소리가 들려 자세히 보니까 키아누예요.
엘리베이터 앞에 딱 서 있는데 키가 크고 참 멋지더라고요. 그
전까지는 인터뷰 내용만 머릿속에 있었는데 갑자기 마주치니
인사는커녕 모든 게 그대로 정지가 되었어요. 엘리베이터를
타고 인터뷰 장소로 가야 했지만 서둘러 층계로 빠져나와 걸어
내려가면서 계속 머릿속으로 〈오, 어쩌지? 어쩌지? 키아누!
키아누 리브스였어!〉 했죠. 리포터가 한 50명 있었는데 제 차례는
27번째였고 15분 안에 마쳐야 했어요.

모니터 방에서 대기하면서 인터뷰하는 걸 보는데 침대에서
바로 일어난 것 같은 머리 모양에 옷에서는 술 냄새가 날 것만
같았어요. 눈은 헬렐레 맛이 가 있었고요. 답변하는 데도 굉장히
귀찮아하는 말투와 몸짓이었어요. 재미가 없을 만했어요.
기자들이 꽤 나이가 있었으니까요. 아무튼 그런 모습을 보고는
안 그래도 난 초보자인데 참 힘들겠구나 싶었죠.

제 차례가 되기 바로 직전에 웨이터가 과일을 잔뜩 들고 방으로
들어가더라고요. 〈과일이나 먹으며 같이 수다 떨면 재밌을
텐데……〉라고 잠깐 생각하는데 바로 인터뷰를 시작하자며
들어오래요. 사람들이 왔다 갔다 하는 방에서 키아누가 수박을
먹고 있었어요. 제가 들어가니 키아누가 갑자기 일어나면서 먹던
걸 내려놓고 손을 자기 바지에 슥슥 닦아요. 〈하이, 키아누.〉
〈하이, 어디서 왔죠?〉〈한국에서 왔지만 캐나다에서 자랐고,
지금은 「한밤의 TV 연예」라는 프로그램의 리포터로 왔어요.〉
그러고는 이렇게 덧붙였죠. 〈이게 내 첫 경험이자 마지막
경험이 될 거예요.〉 그러니까 이 사람 눈이 동그래지면서 표정이
조금씩 밝아져요. 그런 짧은 인사를 하는 중에 사람들이 저랑
키아누의 마이크를 조절해 줬는데 그가 저를 보면서 묻더군요.
〈모델이에요? 아니면 어떤 유명한 아버지의 따님이에요?〉
그러니까 무슨 백으로 이 자리에 왔느냐는 거였죠. 너무 떨렸지만
우선은 대답을 했죠. 〈아뇨. 난 모델도 아니고 누구의 딸도
아니에요.〉 그러고는 거기서 뭔가 말을 더 해야 했는데 꼬여

버렸어요. 〈아, 그런데 누군가의 딸이긴 하죠. 아빠가 있어야 내가 있으니까요. 아빠는 있거든요!〉 그러니까 키아누가 막 웃으면서 물었어요. 〈나는 토론토에서 자랐는데, 당신은 캐나다 어디에서 살죠?〉 〈저도 토론토예요.〉 〈반가워요.〉 그러는 와중에 카메라 사인이 들어왔죠. 〈쓰리, 투, 원!〉 〈하이, 여기는 「한밤의 TV 연예」이고, 지금 키아누 리브스를 만나고 있어요.〉 제가 그런 멘트를 하는데 그 모습이 재밌는지 계속 웃었어요. 〈헬로, 미스터 리브스.〉 〈그냥 키아누라고 불러요〉 〈헬로, 키아누. 만나서 반가워요.〉 〈네, 반가워요.〉 카메라가 돌아가는 데도 계속 웃어요. 분위기가 꽤 괜찮았지요.

본격으로 질문하기 전에 이 사람이 데뷔 때 찍었던 「엑셀런트 어드벤처」라는 영화 이야기를 꺼냈어요. 바보 같은 캐릭터 둘이 시공간을 여행하는 이야기인데, 「덤앤더머」 같은 두 캐릭터의 느릿한 말투가 인상적이어서 당시 사람들이 많이 흉내를 냈죠. 두 캐릭터 중 하나가 느린 말투로 〈엑셀런트!〉 하면 나머지 하나가 바보처럼 〈두드!〉 하는 거였어요. 〈사실은 어렸을 때 그 영화를 보며 자랐어요. 참 재미있었어요〉 하니까 〈감사합니다〉 하더라고요. 그러더니 고개를 숙이고는 들릴 듯 말듯 〈엑셀런트!〉 하는 거예요! 절 떠본 거죠. 당연히 〈두드!〉 했죠. 거기서 또 둘이 웃음이 터졌어요. 그 시간이 참 재미있더라고요. 그러다가 갑자기 한국에 다 방송될 건데 너무 신나게 이야기하면 안 되겠다 싶었어요. 정신을 차리고 질문하면서 남편 이야기를 꺼냈지요.

〈아, 당신 지금 나이가 서른인데, 연애하고 결혼하는 걸 공개하면 일하는 데 지장은 없나요? 제 남편이 한국의 유명한 배우인데, 저와 결혼하고 배우 활동을 하거든요.〉 그랬더니 호기심 가득한 눈으로 제 질문을 듣던 키아누의 표정이 갑자기 굳어졌고 대답하는 데도 시간이 한참 걸렸어요. 즐거웠던 분위기가 갑자기 반전되면서 썰렁한 침묵이 이어졌어요. 당시 우리를 지켜보던 영화사 사람들과 모니터링하는 사람들도 갑자기 경직된 분위기를 느꼈을 거예요. 저도 너무 당황스러웠어요. 그다음부터 키아누는 제 질문에 엉뚱한 대답만 했어요. 호흡이 사라졌고 질문과 대답이 완전히 따로따로 노는 바람에 인터뷰를 망쳤어요. 그렇게 주어진 15분이 다 지났고, 저는 그 방에서 나와야 했지요. 서울로 오는 비행기 안에서 눈물이 멈추질 않았어요. 그 눈물은 인터뷰를 망쳐서가 아니었어요. 일일이 설명하지 않아도 서로 뭔가가 콱콱 오간다고 느꼈기 때문이었죠. 그 짧은 15분 동안 키아누와 완전히 통한 것 같았어요. 뭐지? 왜 그 남자와 통했지? 난 이미 결혼했잖아? 아무것도 안 통하는 낯선 한국으로 다시 가야 하고, 한국에 있는 남편은 나를 이해하지 못해. 정말 여러 감정이 한꺼번에 쏟아졌어요. 긴 비행시간 내내 끊임없이 눈물을 흘렸죠.

일반 사람들도 결혼 후 시댁과의 만남이나 임신과 육아 등 익숙하지 않은 환경에 처하면 아무도 자신을 도와주지 않는다는 느낌을 받게 돼요. 언어도, 문화도, 생활도 낯선 데다가 남편과도 너무 생경해서 느꼈던 외로움을 마음에 꾹 담고 있다가 생긴 일이었으니 애처롭게 느껴지네요. 한국에서 방송되었을 때는 어떤 반응이었어요?

아니나 다를까 다들 키아누 리브스가 강주은에게 호감을 보인 것 같다고 이야길 했어요. 그러니 제가 그 자리에서 남편 이야기를 안 했으면 정말 큰 오해를 했겠죠. 하지만 그때 저는 제 인생에 대해 심각한 고민을 하고 있었기 때문에 그 일들을 곱씹어 볼 여유가 없었어요. 나중에 들기로는 키아누 리브스가 영화사를 통해서 커피 한잔하자는 요청을 했었대요. 그가 한국에 몇 번 내한했었잖아요. 그때마다 남편이 물어봤어요. 〈키아누 리스브가 주은이를 알아볼까?〉 남편은 할리우드 스타를 퇴짜 놓은 여자를 부인으로 삼았다고 은근히 자부심을 가지고 있거든요.

같은 언어를 쓰고, 같은 문화를 공유하는 사람과 잘 통하는 건 당연하죠. 그것이 좋은 관계를 만들어 가는 데 큰 도움이 돼요. 그 점이 결혼 생활에도 많은 영향을 미친다고 생각하나요?

같은 문화권의 사람과 살았으면 분명히 편한 면이 있었을 거예요. 그 〈두드!〉 하나로 분위기가 많이 달라졌잖아요.
거기서 오는 명쾌함이 분명히 있죠. 그런데 그 점이 오랫동안
친밀하게 이어지는 부부의 관계에 큰 영향을 준다고는 말할 순
없어요. 실제 생활에서는 그 사람이 가진 개인적 문화가 훨씬 더
중요하다고 생각해요. 어떤 누구라도 같이 산 가족의 문화, 자라
온 환경, 겪었던 경험과 만나 왔던 사람들이 모두 다르고, 그리고
거기서 생겨난 사고방식도 각양각색이지요. 그런 관점에서 보면
저와 같은 캐나다 사람을 만났어도 부딪치지 않을 리가 없어요.
국적을 떠나서 다른 배경에서 자란 사람들이 결혼으로 하나의
길을 만든다는 것 자체가 전쟁이에요. 그런 과정에서 누군가는
희생을 더 해야 하고요. 결혼에서 중요한 건 상대와 잘 맞느냐가
중요한 게 아니라 내가 상대에게 더 맞춰 줄 수 있는가, 그리고
둘만의 새로운 문화를 얼마나 잘 만들어 가는가예요.

　　　아무래도 언어가 가장 큰 장벽이었잖아요. 언제 그
　　　막막함을 처음 느꼈어요? 그걸 허물기 위해 어떤
　　　시도들을 했나요?

캐나다에서는 한국어나 그 문화가 제 삶의 깊은 곳까지 끼어들지
않았어요. 어느 날 남편이 등장해 부모님과 한국어로 대화하며
잘 통하는 모습을 봤을 땐 기뻤지만 한편으로는 외로웠어요.
아, 지금 한국 사람들끼리만 통하는구나! 나는 모르는 한국이

집안에 들어왔구나. 내 부모를 가장 잘 아는 사람은 나뿐이라고
생각했는데, 갑자기 나타난 이 남자랑 내가 모르는 분위기에서
뭐가 저렇게 즐거우신 거지? 부모님도 새롭게 느껴졌어요.
그때부터 23년간 차근차근 노력했어요. 제가 가진 뉘앙스
고스란히 한국말로 표현하려고 많이 노력했고, 그게 농담이든
일상 이야기든 핵심을 놓치지 않는 게 제 도전이었지요.
한국어로도 있는 그대로 나를 보여 주고 싶었어요. 부모님은
이제 제가 한국어 문법은 다 틀리면서도 표현을 참 잘한다고
말하세요. 지금은 부모님이나 남편과도 어떤 부분에서든
매끄럽게 연결되는 느낌을 받아요. 23년간 연습한 거지요.

아, 나도 얘기하고 싶은데
왜 기회를 안 주는 거지?

결혼 생활을 시작했을 때 남편과 처음 부딪힌 점은
뭐였어요?

언어 문제도 있었지만 소통의 관점이 많이 달랐어요. 저는 어렸을
때부터 자기표현을 하고 그걸 바탕으로 의사소통하는 문화에서
자랐어요. 아이가 그림을 하나 그리더라도 그 아이가 느끼는

대로 표현하는 게 당연하고, 그런 걸 더 인정해 주는 문화였지요. 이상한 색을 넣거나 형편없이 그려도 모두 각자의 개성이라며 그런 점들을 살려 줘요. 한국에서는 처음부터 완벽한 그림을 보여 주고, 모두 그걸 따라 하잖아요. 그런 걸 보면 사람들이 자기 스스로 표현하고 싶은 게 얼마나 있는지 모르겠어요. 어쨌든 그런 문화에서 자라서 소통이라는 게 이렇게 어려운 일인지 몰랐어요. 뭘 모르던 어릴 때는 분명히 좋은 부부 관계를 만들 수 있을 것 같았죠. 무슨 상황에서도 차분히 대화하면서 내 얘기를 잘할 거고, 상대방 얘기도 찬찬히 들으면 어떤 문제라도 합리적으로 풀 수 있을 거라고요. 그런 그림을 항상 그려 왔어요.

　　　어릴 때부터 부모님의 관계를 보면서 부부 간의 소통에
　　　관해 상상했군요.

부모님을 지켜보니 단순한 부분에서 소통이 안 되는 경우가 있었어요. 나중에 결혼하면 저는 더 잘할 수 있을 거라고 생각했죠. 저는 부부 싸움을 할 것 같은 순간이 오면 우선 마음을 가라앉혔고, 충분히 말로 설명해서 간단히 넘길 수 있다고 생각했어요. 그런데 그럴 때마다 남편이 〈주은아, 오빠가 다시 설명해 줄게…….〉(그때는 오빠라고 했어요.) 그러면서 자기가 하고 싶은 말을 애 가르치듯이 좍 하더라고요. 나도 하고 싶은 얘기가 많은데 남편 말은 점점 길어지고, 제가 말할 틈은 안

생겼어요. 그 어려운 한국말을 이해하려고 막 노력하다가 결국
피곤해지고, 집중력은 없어지고, 왜 싸우는지도 모르겠고, 다
귀찮아졌어요. 그래서 마지막에는 포기! 그런 경우가 자꾸만
생겼어요. 남편은 나름대로 여유롭고 자상하게 절 설득하려고
해요. 그런데 이야기를 들어 보면 제 입장에서는 이해할 수 없는
부분이 있고, 남편이 나를 오해하는 부분들도 있었어요. 그럴
때마다 〈아, 나도 얘기하고 싶은데 왜 기회를 안 주는 거지?〉
하고 생각했지요. 그런데 이 남자를 가만히 지켜보니까 원래부터
말하는 걸 참 좋아하더라고요. 그런데 그 말이 너무 길어! 그래서
다음엔 노트를 하나 가지고 와서 내가 얘기하고 싶은 것들을
메모해야겠다고 생각했어요.

실제로 그렇게 했나요?

어느 날 또 남편 말이 길어질 것 같았어요. 〈잠깐만요! 잠깐만
기다려요!〉 노트하고 펜을 갖고 와서는 말했지요. 〈자, 이제
말씀하세요.〉 그러니까 남편이 저를 보면서 〈주은아, 지금 뭐
하는 거지?〉 그래서 〈오빠 말을 듣다 보면 하고 싶은 말을 다
까먹어서요. 하고 싶은 말을 좀 적어 놓으려고요.〉 그랬더니
고개를 막 갸웃거려요. 사실은 저도 남편이 그런 내 행동을
어떻게 받아 줄지 몰랐어요. 나름대로 남편 얘기를 잘 들으려고
한 행동이니 〈아, 고맙다, 주은아〉라고 말해 주길 기대했는데

그런 말은 안 하고 자꾸 고개만 이리저리 기울여요. 본인도
자기를 놀리는 건지 아닌지 감이 안 잡히는 거예요. 그러더니
묻더라고요. 〈지금 왜 이걸 쓰는 거야?〉 그래서 〈내가 할 말을
자꾸 까먹으니까요.〉 남편은 메모한 후에 내 의견을 말하겠다는
개념 자체를 이해하지 못했던 거죠. 〈주은아, 메모는 필요 없을 것
같아. 그냥 오빠가 쉽게 설명할게.〉 만날 쉽게 얘기한대요. 하지만
더 복잡해져요. 그래서 이 남자는 낡은 사고방식으로 나를
대하고 있고, 게다가 나이도 8살이나 어리니 말할 기회조차 안
주는 거라고 생각했어요. 그때부터 다시 내 마음을 언제 어떻게
잘 전달할까 고민했고, 그래서 만화를 그리기 시작했지요! 만화
칸 안에 사건이 일어나기 전 상황, 사건이 일어나는 순간 그리고
제가 속상해하며 욕하고 난리를 치는 모습을 그려 넣었어요.

　　　　의식적이든 무의식적이든 사람에게 〈말하지 말라〉는
　　　　건 정말 큰 실례이고 불평등인데, 초반엔 남편과 그런
　　　　개념조차 통하지 않았으니 많이 괴로웠겠어요. 하고
　　　　싶은 말뿐 아니라 말을 할 수 없어서 쌓였던 심리적
　　　　긴장까지도 만화에 드러났을 텐데, 남편이 보인 반응은
　　　　어땠나요?

제가 만화를 잘 그릴 줄 알아서 그린 게 아니었어요. 정말
형편없는 그림이었지만 그게 제 하나뿐인 표현 수단이었어요.

주인공은 늘 남편이었고 제가 말하고 싶은 핵심도 꼭 넣었지요. 처음 만화를 그린 날 그걸 남편 베개 위에 놔뒀어요. 그때는 밤새도록 촬영을 했거든요. 남편이 밤중에 들어와서 그 만화를 본 거예요. 말풍선 안에 받침이 다 틀린 한국어를 보고는 제가 노력했다는 걸 느꼈겠죠. 남편이 먹다 남은 사과도 그릴 정도로 자세했고 욕도 있었으니 내용이 뭔지 바로 알았을 거예요. 남편이 그걸 보고 충격을 받았는지, 한밤중에 저를 깨워서는 막 눈물을 흘리는 거예요. 〈주은아, 주은아, 잠깐 일어나 줘…….〉 그러더니 무릎 꿇고 제 무릎에다 머리를 올리고 그 위에다 제 손을 얹었어요. 〈주은아, 나는 평생 네게 절을 해도 모자라. 너무 미안해. 뭐라고 표현해야 할지 모르겠다. 주은이가 이렇게 생각하는지 몰랐어.〉 당연히 몰랐겠지요. 내 이야기를 한 번도 안 들었으니까요! 그런데 이 남자가 만화를 통해 제가 보던 세상을 한 번에 받아들인 거예요. 전 지금껏 뭐든지 말로 풀 수 있다고 생각했는데, 이 남자와는 그림으로 푼 거죠. 이런 만화가 여러 개 쌓이다 보니 그림에서 나타난 제 위트나 유머도 자연스럽게 알게 되었어요.

나이가 어렸고 한국말도 잘하지 못했으니 더 알려 주고 보살펴야 하는 존재로만 생각했는데, 깊이 오해하고 있었다는 것 때문에 남편이 괴로웠겠어요.

제가 그림으로 남편을 때린 거지요. 아마 그 만화가 아니었으면
우리는 40년을 더 싸웠을 거예요. 남편은 그림 속 〈제가 보는
세상〉, 〈제가 보는 남편〉을 보고 저를 더 잘 알게 되었어요. 이게
우리 소통의 첫 번째 터닝 포인트였어요.

　　　그런 만화는 자주 그렸나요, 아니면 사건이나 불만이
　　　있을 때만 그렸나요?

너무 괴롭거나 꼭 마음을 표현해야 했을 때에만 그렸어요. 여기
이 만화(194면)를 보세요. 이게 흔히 있었던 일인데, 아침에 막
일어난 남편이에요. 여기 엉덩이가 튀어나온 게 보이지요? 아침
6시, 침대 위의 이불도 엉망이에요. 이때 막 전화가 울려요.
약속 전화죠. 그런데 신경질을 내요. 〈아니, 어떤 놈이 아침부터
전화질이야?〉 별 욕이 다 나와요. 다음 장면은 화장실에서 남편이
발가벗은 상태로 전화를 붙들고 뭐라고 떠들고요, 그다음 장면은
〈뭐 입어야 되지?〉 그러면서 옷을 막 던지고 아주 그냥 생난리를
쳐요. 드디어 옷을 하나 골라 입고서는 거울 앞에 서서 말하죠.
〈아, 나 참 멋있다. 간지난다.〉 이런 얘기하는 것까지도 저는
멀리서 바라보고 있어요.
그다음 장면은 골프하러 가는 건데 그 난리 쳤던 옷들은 다
그대로 두고 늦었다면서 뛰어나가요. 저 혼자 그 옷들을 몽땅
정리해야 하니까 참 억울하죠. 그래서 여기 마지막에 썼어요.

〈저 옷들은 내가 정리해야겠지? 또 몇 시간이 걸리려나.〉 옷이란 게 자기 혼자 그냥 선반에 올라가지 않는다는 걸 알아야 하는데 이 사람은 그런 생각 없이 법석을 떨면서 자기 것만 챙겨 입고 나가 버려요. 열 받죠. 다음 장면에서 아까 약속했던 친구가 차를 타고 등장하면, 남편이 신나게 차 안으로 들어가요. 저는 집에서 욕하면서 흐트러진 옷을 정리하지요.

정말로 표현해야 할 것들이 이 작은 칸 안에 효율적으로 들어가 있네요.

이런 만화들을 그려야만 제 스트레스가 풀리는 거예요. 남편이 알아주길 바랐어요. 〈아, 다 보고 있구나, 다 느끼고 있구나, 내 뒤통수를 무섭게 째려보고 있구나.〉

자신의 적나라한 모습을 보면서 많이 깨달았을 것도 같아요.

제가 거울을 들고 있는 거나 마찬가지였죠. 제가 나타나기 전까지는 본인도 자신을 몰랐대요.

제가 하루 종일 노력한 걸 5분 안에

다 먹어 버렸죠. 게다가 꺼억 트림을 하고.

그날 주방에서 울었어요.

초기에 남편 식사 준비로 많이 고생했다고 들었어요.

처음엔 남편에게 왕이 받는 상처럼 식사를 차려 줬어요. 집에서는

요리책 보고, 밖에서는 시장 아주머니들한테 질문하며 배웠어요.

〈이건 어떻게 만드는 거예요? 이건 뭐하고 같이 먹어요?〉 그리고

집에 와서 혼자 연구를 많이 했지요. 아, 한국 음식은 고춧가루,

참기름, 마늘을 많이 쓰는구나. 여기엔 설탕을 많이 넣어야

하는구나.

제게 한국 음식은 엄마만의 스페셜 메뉴였어요. 먹어만 봤지

만들어 본 적은 없었죠. 직접 만들려니 참 어려웠는데 그런 거

상관없이 한 상 가득 차려야 했어요. 게다가 남편이 일을 안 할

때는 집에 하루 종일 있으니 아침, 점심, 저녁을 다 챙겨야 했고요.

그 사이에는 또 간식까지 찾아요. 그래서 남편이 집에 있으면

그렇게 억울하더라고요. 지옥 같았어요. 하루 종일 주방을 못

떠나요. 아침 끝나면 간식, 간식 끝나면 점심, 점심 끝나면 또

간식, 그다음에 저녁, 그다음에 또 간식! 그때 〈아, 한국은 여자의

지옥이다〉라고 생각했어요. 게다가 외국처럼 고기와 채소를 한

접시에 같이 놓는 게 아니잖아요. 그 많은 반찬이며 찌개, 국,
생선, 고기! 아주 제대로 차렸어요. 또 같은 음식을 하루에 두 번
올리면 싫어하니까 매 끼니마다 엄청난 노력을 했었죠.

　　　　23살 때요?

우리 그건 잊지 말자고요! 23살 때요! 그리고 또 인사도 다 해야
되잖아요. 〈주무셨어요, 다녀오세요, 오셨어요, 진지 잡수세요.〉
부모님 욕 안 먹게 좋은 집안에서 잘 자랐다는 걸 표현하고
싶은데 그걸 어떻게 해요? 인사말밖에 없었어요.

　　　　그런 인사말들은 어디서 배웠어요?

한국 오기 전에 다니던 도서관에 한국 문화에 관한 작은 책이
하나 있었는데 거기에 쓰여 있더라고요. 〈한국 문화에서는
인사가 제일 중요하다.〉 그래서 그 책에 있는 인사는 모조리
외우기로 했죠.

　　　　글로 배운 인사였군요.

아무것도 모르니까 일단은 인사에 다 투자하자! 그게 당시 제
전략이었어요. 그래서 한국의 인사말들을 몽땅 외웠고, 남편은 그

인사들을 다 받은 거예요. 너무나 당연하다는 듯이!

〈진지 잡수세요〉라는 인사를 받았을 땐 어떤
마음이었을까요?

남편도 정상적인 가정생활을 해본 적이 없던 탓에 그렇게
교과서에 나온 것처럼 살지 않으면 행복한 가정이 아니라고
생각한 것 같아요. 그리고 그 안에서 여자와 남자의 역할을 나눈
거죠. 그러니 남편은 남편대로 고정 관념에 사로잡혀 있었고, 저
역시 책에 나온 대로 따라하느라 서로 부자연스럽게 행동했어요.
목소리를 가능한 한 부드럽게 〈진지 잡수세요〉 하며 음식을
쫙 내놨죠. 동양에서는 발걸음도 사뿐사뿐하고, 말소리도
조곤조곤해야 교육을 잘 받은 여자라면서요. 영화에서 봤던 그런
이미지로 노력을 하긴 했지만, 한편으로 앞으로 긴 세월을 이런
식으로 어떻게 살아가나 싶었지요. 게다가 맛이 없으면 맛이
이상하다고 바로 표현하더라고요. 된장찌개를 제가 얼마나 많이
끓였는지 몰라요. 반찬에 대해서도 맛이 이렇다 저렇다 일일이
타박했어요.

밥 짓는 법은 알았나요?

그놈의 밥! 만들어 본 일이 없었으니까 물 비율을 맞추는 게

그렇게 어려운 건지 어떻게 알았겠어요. 그때는 상차림 전까지 밥을 거의 반이나 먹어 봤어요. 남편이 하도 불같아서 밥이 제대로 안 되면 표정으로 바로 나타났죠. 밥이 떡 같다, 밥알이 날린다 등 한마디씩 꼭 했고요. 그럴 때마다 제 자존심 때문에 하루 종일 주방에 붙어서 어떻게든 다시 만들었어요. 〈주은아, 물은?〉 이러면 서둘러서 물도 떠다 줬지요. 이 남자는 이제 결혼했고 부인도 있으니 그런 모습의 가정을 만들고 싶어 했나 봐요.

그런데 어느 날 남편이 무슨 생각을 했는지 저보고 그러더라고요. 〈주은아, 나 그렇게 복잡한 사람 아니야. 이거 다 필요 없어. 밥하고 국만 있으면 돼.〉 와우! 진작 얘기하지! 한 달간 이 난리를 하게 놔두다니. 그래도 이런 날이 오긴 오는구나 싶어서 다음 날 밥하고 국만 만들었죠. 정말로 밥, 국, 김치 세 개만 내놓고 〈오빠, 진지 잡수세요〉 하는데, 너무 행복했어요. 〈주은아, 맛있는 냄새가 난다〉 하면서 저기에서부터 막 뛰어오는데, 상에는 올라온 게 별로 없으니 걸음 속도가 점점 느려졌지요. 갑자기 남편이 한 말을 내가 정말로 잘 이해한 건가? 하는 생각이 들면서 자신이 없어졌어요. 그때 남편이 이러는 거예요. 〈주은아, 오늘은 밥 생각이 없다.〉 그때 확실히 눈치를 챘죠. 아, 그 말이 이게 아니었구나.

음식 문화가 낯선 데다, 한국어 뉘앙스도 잘 몰랐군요.

〈빈말〉 개념도 전혀 몰랐을 거고요.

저는 솔직하게 표현하는 서양식으로 자라서 마음속 얘기를
그대로 하고 또 상대의 말도 그냥 있는 그대로 믿었어요. 말뜻을
반대로 받아들여야 하는 경우가 있는 줄은 꿈에도 몰랐죠.
그래서 시험 삼아 다시 여러 반찬과 국, 찌개를 다 내놔 봤어요.
그러니까 맛있게 먹는 거예요. 제가 하루 종일 노력한 걸 5분
안에 다 먹어 버렸죠. 게다가 꺼억 트림을 하고. 그날 주방에서
울었어요.

남편은 짐작조차 하지 못한 속사정이었네요.

한국 여자들이 참 얄미웠어요. 피해야 할 〈뭔가〉를 알고 있었던
거예요. 모두가 피했던 이 남자가 제 결혼 상대로 남아 있었던
거잖아요! 난 이런 존재가 있는지도 몰랐는데. 그냥 내게 남겨진
〈뭔가〉였던 거지요.

그냥 〈오빠〉라고 하래요.
그런데 모든 여자가 남편을
오빠라고 부르더라고요.
내 남편을요!

처음엔 오빠라고 부르고 존댓말까지 썼죠?

저는 한국의 호칭을 몰랐어요. 처음엔 〈최민수 씨 선생님
오빠〉라고 불렀어요. 혹시나 실수할까 봐 그 호칭들을 다
넣었어요. 참 힘들었죠. 신혼 때 남편이 그렇게까지 부를 필요
없으니까 그냥 〈오빠〉라고 하래요. 그런데 모든 여자가 남편을
오빠라고 부르는 거예요. 내 남편을요! 다른 여자들과 똑같이
부르긴 싫어서 〈미니〉로 부르기 시작했어요. 집 안에서는
미니라고 불렀어요.

가족도 아닌 사람들이 남편한테 형이라고 부르기도
하잖아요. 거기서 오는 오해나 정서적 차이는 없었나요?

아! 한국에 들어오니까 죄다 〈형, 동생〉이에요. 다들 제 남편한테
〈형! 형!〉 부르는데 저는 형이라면 〈브라더〉이니까 가족까지는
아니어도 가까운 사이일 거라고 생각했어요. 그것 때문에
캐나다에서 결혼하고 막 한국에 왔을 때 곤란했던 적도 있어요.
그때 캐나다에서만 정식으로 결혼했고 한국에서는 6개월 뒤에
할 계획이어서, 그 6개월간 사람들은 우리가 결혼한줄 몰랐지요.
당시는 신혼이니까 엄마가 선물해 준 예쁜 잠옷을 자주 입었는데
하얀 면으로 된 예쁘장한 공주 스타일 옷이었고 그 차림으로
커피를 마시며 아침을 시작했어요. 남편은 만화에 그린 것처럼 늘

늦게까지 침대에서 자고 있었고요.

어느 날 아침에 인터폰이 막 울리는 거예요. 〈누구세요?〉 하니까
〈형님 보러 왔어요. 형수님이시지요?〉 하는 거예요. 형님이라니까
무조건 열어 줬지요. 거실로 안내해서 커피와 과자도 내고, 신혼
생활 어떠냐고 묻기에 서툴지만 제가 할 수 있는 선 안에서
한국말로 대답했어요. 한 시간쯤 이런저런 얘기를 하니 남편이
일어날 때가 된 거예요. 동생이 찾아왔다고 얘기하려고 그제야
이름을 물었어요. 그러고는 방에 가서 말했지요. 〈오빠, 오빠,
일어나요. 지금 동생 ○○○가 왔어요.〉 그런데 남편이 잠에서 덜
깬 얼굴로 듣고만 있었어요. 그러더니 갑자기 눈빛이 달라지면서
되묻는 거예요. 〈다시 얘기해 봐. 누구라고?〉 〈○○○요.〉 〈모르는
사람인데?〉 〈아니야, 아니야. 형님이라고 불렀으니 오빠의
동생이잖아. 지금 한 시간 얘기하고, 커피도 타 드리고 과자도
드렸어〉라고 했더니 이러는 거예요. 〈주은아, 그런데 난 모르는
사람이거든? 가서 다시 한 번 물어볼래?〉

　　　어리둥절했겠네요?

머릿속이 복잡해졌어요. 그 사람한테 다시 가서 〈혹시 어떻게
우리 남편을 아세요?〉 물었더니 자신이 어떤 잡지사의 기자라는
거예요. 그래서 다시 방으로 들어갔어요. 〈오빠, 어디 기자분이고
오빠의 동생이에요. 기억나요?〉 그러자 남편이 이러는

거예요. 〈아, 미치겠네. 얼마 동안 같이 있었다고?〉〈1시간요.〉
〈무슨 얘기하고?〉〈우리 지금 사는 신혼 얘기.〉〈그렇게 잠옷
차림으로?〉 그래서 제가 말했죠. 〈오빠의 동생이잖아요.〉
〈주은아, 나는 모르는 사람이야. 모르는 사람을 그냥
아무렇게나 집에 들이니?〉 오 마이 갓. 그렇게 난처하고 바보
같은 순간이라니, 그냥 사라져 버리고 싶었어요. 남편이 저를
쳐다보는데 딱 이런 얼굴이에요. 〈주은이는 어쩜 그렇게 상황
판단을 못 하니?〉 제가 다시 밖으로 나가니까 그분이 눈치를
챘어요. 〈죄송한데 제가 잘 몰랐어요. 기자님, 이제 얘기를 끝내야
할 것 같아요.〉 그 사람이 웃으면서 〈아, 무슨 얘기인지 알겠어요.
지금 갈게요〉 하고는 나갔어요.

　　　　기사가 나왔나요?

아니요. 다행히 나오지 않았어요. 그 순간, 어마어마한 연예계의
정글에 들어간 걸 깨달았어요. 정글에 첫발을 디딘 순간부터 크게
데였지요. 하지만 모를 수밖에 없었어요. 지금은 그런 이야기를
하면서 웃지만 그때는 너무너무 속상하고 당황스러웠죠. 제가
발랄하게 받아 줬으니, 그분도 깜짝 놀랐겠지요?

처음 만났을 때부터 제게 반말을 하세요.
제가 마흔여덟이고,
다 큰 아이들의 엄마이고,
한 남자의 부인이잖아요.

첫 인터뷰 때 언제 어느 때에 〈언니〉라고 불러야 할지
여전히 잘 모르겠다고 했잖아요. 외국인에게는 낯설고도
어려운 한국인만의 인간관계인데, 반말과 존댓말 문화는
어땠나요?

이제는 익숙해요. 하지만 처음엔 많이 불편했지요. 아주머니들은
제가 며느리 나이 정도이니 반말이 먼저 나와요. 무슨 말에도
저는 〈네, 감사합니다〉라고 말해요. 처음엔 저 사람들이
누구이기에 왜 내가 감사해야 하나 싶었어요. 그런데 지금은
그게 친근감을 표현하는 방법이라는 걸 알기에 감사의 인사가
훈련되어 있지요. 최근에 일하면서 제 엄마와 또래이신 분을
만났어요. 그분이 저를 좋아하시더라고요. 그런데 처음 만났을
때부터 제게 반말을 하세요. 제가 마흔여덟이고, 다 큰 아이들의
엄마이고, 한 남자의 부인이잖아요. 게다가 같이 일하는
사이이고요. 문자를 보내면서도 〈너한테 밥을 사주고 싶은데
언제 시간이 되니?〉 이런 식이었지요. 그러시면서 주변에는

제가 가정 교육을 아주 잘 받았다며 칭찬을 해주세요. 저를 잘
봐주시고 좋아해 주시고 친해지고 싶은 마음은 참 감사해요.
하지만 제가 사람을 대하는 원칙과는 달라요.

아이를 키우면서도 익숙해지지 않은 차이가 있었을 것
같아요.

큰아들이 어렸을 때 어떤 아주머니가 지나가면서 〈아유, 예뻐라.
몇 살이니?〉 하고 물은 적이 있어요. 그런데 아이가 평소
엄마하고 영어로 대화하니까 한국말을 못 알아들은 거예요.
그러자 그 사람이 〈왜 말을 안 해? 바보야?〉 이러더군요. 그때
화가 참 많이 났어요. 나도 쓰지 않는 단어를 왜 내 아이한테
쓰지? 그래서 제가 〈저기요, 애기 앞에서 바보라는 단어 쓰지
마세요.〉 그러니까 이 아줌마가 나를 쳐다보고 〈아니, 애기가
귀여워서……〉 그러고는 그냥 가버렸어요. 왜 그렇게 말할까요?
그게 이해가 안 되었어요. 물론 관심이 많고 궁금해서 말을
걸었겠지만 그런 일이 있을 때마다 많이 힘들었지요.

우리나라에서는 아이들에게 거리낌 없이 대하고 어느
땐 무례하기도 하죠. 임신에 대해서도 주변에서 말이
많잖아요.

첫아이 갖기 전에는 왜 아기를 안 갖느냐고 물었어요. 〈건강에 무슨 문제 있어요? 왜 아기 안 가져요?〉 첫아이를 낳으니까 그다음엔 이런 말을 해요. 〈이제 또 둘째 빨리 가져야지.〉〈낳을 때 낳아야지.〉 아기들이 몸에서 팍팍 만들어져 나오나요? 기계도 아닌데 낳을 때 낳아야지라니요? 첫아이를 낳으면 그런 소리가 줄어들 줄 알았는데, 책임도 안 질 사람들이 사정도 모르면서 너무 쉽게 남 얘기를 하더라고요. 한참 아이를 낳지 않으면 또 문제 있느냐고 묻고요. 두 번째 아이가 아들이었을 때는 이런 이야기도 들었어요. 〈아, 아들만 낳는 바보구나.〉 그렇게 또 바보가 되어 버렸죠.

　　　무심코 내뱉는 말들이 무신경할 때가 많죠.

제가 연예인이랑 살다 보니까 사람들 눈에 쉽게 띄고 또 그래서 너무 쉽게 평가를 당해요. 제가 한국어가 부족한데도 말 몇 마디 한 것으로 저를 평하고요. 또 사람들 많은 곳에 가면 얼굴을 보려고 뒤에서 제 팔을 젖히는 사람도 있어요. 그리고 꼭 제 얼굴에 대해서 한마디씩 하죠. 저는 한국에 살면서 언제나 정신적으로 스탠바이가 되어 있어요.

　　　그런 주변의 과도한 관심 때문에 사생활이 힘들진 않나요?

어딜 가도 모두가 알아보죠. 어떤 사람을 만날지 모르니까
외출하기 전에 아이들에게 미리 얘기해요. 〈우리가 어디에
갈 건데 만약에 누가 와서 좀 이해가 가지 않는 행동을
해도 공손해야 해. 알았지?〉 남편한테도 똑같이 말해요.
자신이 연예인인 걸 잊어버리는 순간이 더 많거든요. 대형
마트에 가면 아주머니들이 제 카트 안에 있는 물건들을 보고
한마디씩 해요. 우유를 좀 많이 산 날은 꼭 누군가가 〈이 집은
우유만 마셔요?〉라고 해요. 그러면 〈네, 우리가 우유를 참
좋아해요〉라고 대답하죠. 여기저기 가져가야 해서 구운 통닭을
좀 많이 사는 날은 〈아니, 닭을 왜 이렇게 많이 사요?〉 해요.
그러면 또 거기에 대답해요. 어쩌다 제가 카트를 놔두고 상품을
보잖아요. 그러면 누군가는 주인 없는 그 카트의 물건을 일일이
꺼내서 봐요. 제가 다가가면 〈이건 어떻게 해 먹는 거예요?〉 하고
물어요. 이런 식이라서 장 보러 가기 전에 꼭 각오를 해야 돼요.

밥을 먹여 드리고 목욕도 시켜 드렸어요.
우선 내게 기회가 생겼으니 먼저 시작했어요.

보통 결혼하면 시댁이나 처가와의 관계가 불편할 거라고
많이들 걱정하거든요. 시댁과는 어떻게 지냈어요?

제가 결혼하고 3년 만에 시댁 어른들이 다 돌아가셨어요. 그래서 갈등이 생길 시간이 없었죠. 어머님은 결혼하고서 한두 달 뒤부터 제가 모셨어요. 당뇨가 있으신 데다 치매까지 와서 힘든 상황이었어요. 그런데 오히려 제 부모님이 멀리 캐나다에 있으니 시어머니께서 같이 계신다는 것 자체가 큰 위안이었지요.

어떤 남편과 어머님의 관계는 어땠나요?

남편은 어렸을 때 이 집 저 집을 다니면서 불안정하게 살다 보니 부모를 모시고 안정적으로 사는 게 꿈이었어요. 아버님은 다른 분이랑 살고 계셨으니 어머님만 모실 수 있었죠. 남편과 어머님 사이에서도 저는 다리 역할을 했어요. 두 사람 사이에 소통이 어려워 보이더라고요.

어떤 부분이 어려웠을까요?

남편은 저를 만나기 전부터 어머니를 모시고 싶어 했어요. 돈 벌기 시작했을 때부터 어머니 당뇨 치료와 약들까지 다 챙기며 돌봐 드렸더라고요. 무조건 어머니 옆에 살고 싶었던 거예요. 그런데도 두 사람 사이가 참 서먹했어요. 왜냐하면 같이 살았던 적이 없었거든요. 두 사람 사이를 자연스럽게 이어 줄 다리가 필요했죠. 남편은 어머님을 아주 강한 사람으로 생각하고 있었고 그런 이미지가 끝까지 유지되길 원했던 것 같아요. 하지만 어머님이 편찮으신 뒤로는 그 카리스마가 예전 같지 않았나 봐요. 〈민수야, 오늘은 어디 가니?〉 하고 아침에 물으실 때도 목소리가 많이 약하셨는데 〈어머니가 얼마나 당당한 사람이었는데 왜 이렇게 되었나?〉 하는 마음에 남편이 속상해했어요. 어머니 입장에서는 아들이 얼굴과 성격이 너무나 본인의 남편을 닮은 탓에 그런 아들을 보는 게 많이 힘들었다고 말씀하셨고요.

어떻게 그 중간 역할을 했나요?

남편은 자신이 상상했던 이상적 아들의 모습으로 어머니를 챙기지 못한다는 점에 괴로워했어요. 그래서 남편이 채우지 못하는 부분을 제가 채우려고 노력했고 행동으로 옮겼지요. 남편은 늘 제가 어머님께 재미있게 얘기를 건네는 모습을 지켜봤어요. 친구처럼 다정하게 대했고, 집에 환한 기운이 돌도록 노력했어요. 집에 돌아왔을 때에도 어머니와 친하게 지내는 모습을 보여 주고 싶었고, 그런 모습을 보면 남편이 행복할 것 같았죠. 그리고 남편도 〈저렇게 해야 하는구나〉 하고 느꼈던 것 같아요. 어떤 일에 대해 말로 설명하거나 설득하는 건 늘 마지막 선택이에요. 행동으로 보여 주는 게 가장 효과가 있어요. 시어머님은 참 좋은 분이셨어요. 혼란스러운 일상 속에서 어머니라는 존재가 필요했고 우리 집안에도 어른이 계시다는 게

의지가 되었어요. 같이 목욕도 하고 밥도 챙겨 드리면서 어머니와

딸처럼 지냈어요. 어머님이 나왔던 드라마도 보여 주셨는데,

하필이면 나쁜 시어머니 역할을 하셨더라고요. 저는 어머님이

배우인지도 몰랐어요. 그저 신기했어요. 그때가 한국에서

정식으로 결혼식을 올리기 바로 전이었죠.

시어머니의 병간호는 어떻게 했어요?

어머님이 당뇨를 앓고 계셨으니, 남편 밥과 어머님 밥을 따로

준비해야 했어요. 밥을 먹여 드리고 목욕도 시켜드렸어요. 제

부모님이 나이가 들어 몸을 자유롭게 쓸 수 없을 때를 상상했죠.

그리고 그때 남편이 제 부모에게 잘해 주기를 원했어요. 우선

내게 기회가 생겼으니 먼저 시작했어요. 게다가 남편은 부모님과

같이 살아 본 적이 없으니까 더더욱 그런 모습을 보여 주고

싶었어요. 〈당신네 가족에게 잘하는 모습〉이 아니라 우리가

앞으로 만들어야 할 그런 가정의 모습을요.

보통은 시어머니가 치매라면 매우 불행한 결혼

생활이라고 느낄 텐데요.

너무 힘드니까 피하고 싶겠지요. 그런데 제 부모님이 캐나다에

계시니 늘 보고 싶은 거예요. 그런 마음을 시어머님과 지내면서

메웠어요. 오히려 어머님께 위로를 받았죠.

요즘은 처가랑 사위와의 트러블도 많아요. 점점 더
여성의 역할이 커지고 사회적 진출도 많아진 만큼
딸이 시집가서 고생하는 것을 원하지 않지요. 캐나다
부모님께서는 별 이야기 없으셨어요?

전혀 없었어요. 부모님한테는 공주처럼 살고 있고 너무나
행복하다고 계속 얘기했어요. 분명히 걱정하고 있을 테니까요.
실제로 〈어떻게 하면 행복한 생활이 될까?〉 하며 그 안에서
저만의 행복도 찾았어요. 오히려 부모님과 떨어져 있어서 큰
도움이 되었죠. 새들은 새끼가 어느 정도 크면 미련 없이 날려
보내잖아요. 동물도 새끼들을 떠나보내야 한다는 걸 이미 알고
있어요. 그게 맞아요. 한 가족이기는 하지만 새로 출발하는
아이들에게 도움을 주면 몰라도 절대로 그 인생을 힘들게 하면 안
돼요. 부모는 자녀들이 꾸린 새로운 가족이 제대로 살 수 있도록
거리를 두고 지켜봐야 해요. 도움이 될 수 없으면 비켜서야 해요.

그런데 어떤 게 도움이 될지 아닐지 잘 모르죠. 부모
입장에서는 도움이 된다고 믿고 말을 꺼내거나 간섭을
하게 되니까요.

자녀들이 순수하게 〈엄마 아빠. 도움이 필요한데 이것 좀
도와주세요〉라고 할 때까지 기다려야 해요. 순수한 의도들이
욕심 탓에 사라지는 경우가 많아요. 서로의 삶을 존중하고
거리를 지키는 것이 가장 자연스러운 사랑의 방법이에요.

지혜로운 말 한마디나 행동으로
사람들에게 도움이 될 수 있길 기도했어요.

대중이 TV 스타에 기대하는 미의 기준이 참 높은 것
같아요. 완벽해야 하죠. 유명 배우의 부인이니 거기서
생기는 스트레스도 있었을 것 같아요.

유명한 남자와 결혼했기 때문에 언제나 대중의 시선과 평가를
받아야 했어요. 사람들은 대놓고 얘기하죠. 〈아, 최민수는 그렇게
잘생겼는데 부인은 좀 부족하네. 예쁜 여자와 결혼할 수 있는데
별로 욕심이 없었나 봐.〉 결혼하고 23살 때부터 그런 얘기를 하도
들어서 정신적으로 강해지지 않으면 우울증에 걸리겠더라고요.
스트레스가 대단했죠.

한국 생활에 적응하기도 힘들었을 텐데, 그런 식의
편견은 큰 상처였을 것 같아요.

그래서 제일 중요한 게 뭔지를 늘 스스로 물어봤어요. 답은 바로
〈내가 이곳에 남아야 한다는 것〉이었어요. 그런데 제 자신을 잃고
주변이 원하는 대로 살기 쉬운 환경이었으니 우선 내가 누군지를
알아야 했어요. 연예계는 하루하루 너무 독특한 상황들이
이어지는 곳이라서 내가 중심을 잡지 않으면 이리저리로 막
휘둘리겠더라고요.

〈자기중심을 잡는다〉라는 말은 좀 관념적인데,
구체적으로 들려주세요.

처음 막 결혼했을 때는 〈여자라는 존재에 무지한 이 남자를
제대로 훈련시키고 싶다〉고 마음을 단단히 먹었는데, 한국에
들어오자마자 주변 사람들한테 제 외모에 대한 평가부터
듣기 시작했잖아요. 그런데 오히려 그런 말 하나하나로
제가 불타올랐어요. 〈오케이! 받아들여 보자!〉 전 워낙 어떤
상황에서도 긍정적으로 생각하는 태도가 습관이 되었고 남편도
저와 같이 바닥에서부터 시작하려는 마음이 있었죠. 지금 당장
어떤 반응을 기다리기보다는 여유를 가지고 먼 길을 가보자고
생각했어요. 그런 부분에서 남편과 마음이 맞았어요. 저는

공식적인 자리나 언론과의 인터뷰 전에 늘 기도해요. 그때나 지금이나 변함없어요. 〈하느님, 제발 저를 쓰세요. 제가 웃을 때든, 말 한마디를 할 때든, 작은 행동을 할 때든 어떤 것을 하더라도 의미를 가지도록 해주세요.〉 외모로 사람들을 즐겁게 해주기보다는 지혜로운 말 한마디나 행동으로 사람들에게 도움이 될 수 있길 기도하죠. 제 모습으로 누군가에게 감동을 주거나 깨달음을 줄 수 있도록 어떤 자리이든 무심하게 지나가지 않게 해달라고.

겉모습으로 즐거움을 주기보다 누군가에게 어떻게든 도움이 되고 영감을 주는 인물이 되길 원했던 건가요?

〈그래! 외모 그 이상으로 가자. 사람들이 외모 말고 다른 것을 느끼도록 한번 도전해 보자.〉 그게 성공한다면 결국은 얼굴이 아니라 그 사람의 혼이 먼저 느껴지잖아요. 그 사람의 〈오라〉요. 그저 한 인간으로 다가가고 싶었어요.

언제든지 들어올 수 있었지만
그러지 않아서 좋았어요.
이건 제가 만든 세계이니까요.

포르셰 클럽 활동을 한다고 들었는데, 강주은 씨가
들어간 이후 클럽의 분위기가 많이 바뀌었다면서요.

포르셰 클럽에서 부회장을 맡고 있어요. 클럽에 들어간 지는 11년
되었죠. 처음에 들어가서 회원들에게 〈앞으로 봉사 활동을 하는
클럽으로 만들자〉라고 말했어요. 처음에는 다들 낯설어했지만
이제는 행사나 파티를 열어서 기부금을 모아요. 작년에는 3시간
동안 4천5백만 원을 모아서 반은 미혼모를 도와주고, 반은 입양
기관에 기부했어요. 회원들 모두 보람을 느껴요.

        몇 명이 참가하나요?

차가 있어야 가입을 할 수 있는데, 지금은 정회원이 2백 명 정도,
준회원은 8천 명쯤 돼요. 처음엔 여자가 저밖에 없어서 마스코트
같은 느낌이었지만 지금은 여자 회원들도 늘었고요.

        처음에 어떻게 활동하게 되었어요?

클럽 초창기에 포르셰 본사하고 다리 역할을 할 사람이
필요했어요. 영어를 할 줄 아는 사람이요. 그래서 제가
본격적으로 활동하게 되었죠. 클럽이 생긴 지 11년 정도
되었는데, 차 동호회 모임이 이렇게 오래 운영되는 게 참

어려워요. 다양한 사람들이 있었고, 트러블도 참 많았어요. 회원들은 보통 〈포르셰 클럽에 들어가면 차를 더 싸게 살 수 있나?〉 같은 생각으로 클럽에 가입해요. 그런데 저는 일단 클럽의 문화를 만들어야 한다는 생각이었어요. 어떤 활동을 같이 즐길 수 있는 구조나 환경이 바탕이 되어야 문화가 생성되잖아요. 그래서 사회봉사도 같이 하는 클럽이 되어야 한다고 주장했고 이 점에 대해 회원들과 토론도 자주 했어요.

포르셰 클럽이라고 하면 남성을 위한 클럽이라는 이미지가 강해요. 또 정보 공유나 유대감 형성, 엔터테인먼트의 성격을 먼저 떠올리는데, 그곳에서도 강주은만의 색깔을 살려서 봉사 활동과 기부 행사를 기획해 클럽의 성격 자체를 바꿔 놓았네요. 그 클럽에 남편을 초청한 적은 있나요?

10년 동안 클럽에 관련된 어떤 자리에도 남편을 초청한 적이 없어요. 회원들도 한번 만나고 싶다는 얘기조차 안 했고요. 그 점이 참 고마워요. 배려해 주었으니까요.

남편이 많이 알려진 연예인이다 보니 좋든 싫든 영향력을 항상 느끼면서 살 텐데, 그 클럽에서는 그런 영향 없이 강주은의 공간을 잘 지켜 냈네요.

남편도 언제든지 들어올 수 있었지만 그러지 않아서 좋았어요.
이건 제가 만든 세계이니까요. 그러다 10주년 행사 때 제가
처음 남편한테 특별 공연으로 노래를 불러 줬으면 좋겠다고
제안했어요. 그랬더니 이런 말을 해요. 〈그럼 돈도 줘?〉〈아니지,
봉사하는 거지.〉〈용돈이라도 좀…….〉 하지만 딱 잘라서
내가 클럽 부회장이니까 내 체면을 세워 달라고 몇 번이나
말했어요. 그런데 막상 무대 위에서 노래를 부르면서 이렇게
말하지 뭐예요. 〈제 사정 아시죠? 한 달에 용돈 40만 원이에요.
충분하지 않거든요. 보통 제가 공연 한 번 하면 그래도 몇 백만
원은 받는데, 큰돈 아니어도 좀 도와주세요. 제 계좌번호가……〉
그러면서 계좌번호를 쫙 부르더라고요. 그때가 「엄마가
뭐길래」에서 남편 용돈이 공개되었을 때거든요. 〈아, 정말 이놈은
어디 데려가지 못하겠다〉 싶었어요. 10년간 공들여 만든 나만의
〈가오〉를 한순간에 물거품으로 만든 거죠.

       클럽에서의 반응은 어땠어요?

사람들은 너무 좋아했어요. 그렇다고 그 계좌에 돈이 들어가진
않았어요. 그 클럽의 사람들에게 참 감사해요. 그동안 남편
이야기를 꺼낸 적이 없었고, 남편을 초대할 수 없느냐는 부탁조차
없었어요. 그곳은 제가 키운 저만의 공간이었고 남편이 들어와서
빼앗아 가는 걸 원하지 않았어요. 저한테 남편은 한순간에 내

것을 빼앗아 가는 사람이었어요. 제가 시간을 들여서 힘들게 키워 놓은 자리에 함께 가면 아무것도 안 한 그 사람이 갑자기 주인공이 되어 버리니까요. 남편은 여전히 포르셰 클럽 회원이 아니에요. 저는 아직 저만의 자리를 잘 지키고 있어요.

학교 행사, 포르셰 클럽 일 등 커다란 이벤트를 기획하고 진행하는 걸 보면 대범한 성격인 것 같아요.

기획하는 일이 재미있어요. 누가 〈주은, 이것 하나만 맡아 줄 수 있을까?〉 하고 제안하면 바로 아이디어가 보여요. 그날 어떤 사람들이 그곳에 있어야 하고 무엇을 해야 할지 바로 머릿속에서 그림이 그려져요.

어릴 때부터 그랬나요?

늘 뭔가를 같이하고, 아이디어를 만들고, 그걸 실행하는 걸 좋아했어요. 고등학교 졸업식 때 제일 친한 그리스 남자 친구 스피로하고 정말 큰돈을 벌었어요. 동네 호숫가에 캐리비안 베이에 나오는 것 같은 클래식한 배가 있었는데 기업 행사나 결혼식 같은 걸 하거나, 실제로 세일링도 가능한 특별한 이벤트 장소였어요. 그곳에서 스피로와 함께 졸업식 파티를 기획했지요. 정식 졸업식과 행사가 끝나면 새벽 2시부터 6시까지 그 배에서

마지막 파티를 열고 해돋이를 다 같이 보며 마무리하자는
아이디어였죠. 그 당시 졸업생이 3백 명 정도였는데 티켓을
3백 장 이상 팔았어요. 옆 학교에까지 소문이 나서 티켓을 더
팔라는 요청이 계속 왔거든요. 스피로네 아버지 서재에서 티켓을
출력해 하나씩 다 잘라서 팔았는데 그 종이가 바로 돈이 되는
순간이었죠. 무조건 출력했고 무조건 팔았어요. 책상 위에 현금을
쌓아 놓고 이 모든 파티가 끝나면 우리 둘이 맛있는 거 먹으며
신나게 놀자고 했죠. 그때 각각 1천 달러씩, 그러니까 1백만 원씩
모았어요. 졸업했으니 자유롭고, 돈까지 생기니 완전히 신났죠.
스피로하고는 여전히 친해서 토론토에 갈 때마다 항상 만나요.
기본적으로 제겐 흥이 있고, 아이디어도 많아요. 그래서 신나고
재미있는 이벤트 만드는 걸 좋아해요.

전업주부는 버스를 타야 한다는 거예요.
기가 막혀서 말이 안 나오더라고요.

운전은 언제부터 했어요?

16살에 부모님이 도요타의 〈셀리카〉라는 차를 처음 사주었어요.
하얀색 수동 스포츠카인데 포르셰와 비슷하게 생겼어요.

그때부터 언젠가는 내 힘으로 포르셰를 가지겠다는 꿈을 지니게
되었죠. 그런데 결혼하니 남편이 전업주부는 버스를 타야 한다는
거예요. 기가 막혀서 말이 안 나왔어요. 남편은 제가 어떤 삶을
살았는지 전혀 몰랐던 거예요. 생각해 보세요. 만난 지 3시간
만에 프러포즈 하고 6개월 만에 결혼했으니 모르는 제 과거가
많죠. 버스를 타라는 말에 제가 잘못 들은 건가 싶었어요. 그래도
좀 설득을 해보려고 〈결혼한다고 언론에 다 나왔는데, 차 없이
혼자 다니기에 괜찮을까요?〉라고 물어봤지만 소용없었어요.
얘기하는 것조차 너무 힘들었어요. 16살부터 내 차가 있었는데
결혼하자마자 이제 가정주부니까 버스를 타라니요. 하지만 어쩔
수 없었어요. 충격은 받았지만 이곳 생활에 맞추어야겠다고
생각을 고쳤죠.

　　　포르셰를 꿈꾸던 사람인데 자동차 없이 어떻게
　　　살았어요?

예전에 「나이트라이더」라는 TV 시리즈가 있었는데 거기에
〈키트〉라고 알려진 파이어버드라는 검은색 차가 등장해요.
남편이 그 차를 몰고 다녔어요. 참 이상한 우연인데, 제 아빠도
제가 2살 때부터 그 차를 모셨어요. 저는 아빠하고 여러 곳을
다녔기 때문에 차 안의 가죽 냄새 같은 특유의 향도 기억날
정도로 그 차에 추억이 있거든요. 한국에 처음 왔을 때 남편

차를 탈 때마다 그 냄새 덕분에 고향에 온 느낌이 들었어요. 당시에는 한국에 스포츠카가 흔치 않은 데다가 저보고 버스를 타라고 하니까 그 차를 더 타고 싶어져서 남편이 촬영장에 가면 몰래 끌고 나갔어요. 길도 모르고 내비게이션도 없으니 63빌딩을 기준으로 삼고는 다리를 건너거나 주변을 왔다 갔다 했어요. 63빌딩이 제 내비였죠. 집에 와서는 똑같이 세워 놨어요. 남편이 들어와서 〈주은이 오늘 잘 있었어?〉 그러면 〈네, 잘 있었어요〉라고 대답하고요. 그런데 가끔씩은 제 머리띠를 그 차에 놔두었거나 그때 조그만 강아지가 한 마리 있었는데 강아지 과자 같은 것도 떨어져 있거나 했어요. 〈차에 주은이 머리띠가 있던데, 그게 왜 거기 있지?〉 그러면 재빨리 말했죠. 〈아빠 생각이 나서 강아지하고 차에 들어가 있었어요. 그 냄새만 맡아도 위로가 되니까요.〉

   그럼 한국에 와서는 언제 처음 차를 가지게 되었어요?

남편도 계속 마음에 걸렸던지 어느 날 블루사파이어색의 재규어를 사왔어요. 직접 수입되기 전에 어딘가에 전시되어 있던 차를 사서는 선물이라며 몰고 왔어요. 차를 처음 봤을 때 너무 고마웠죠. 그런데 동시에 어떤 생각이 들었느냐면, 〈이런 비싼 수입차를 사줄 줄 미리 알았다면 포르셰를 말했을 텐데, 아쉽다……〉 사실 캐나다에서 재규어는 노인들만 타요. 30년

뒤라면 너무 좋겠는데 지금은 아니잖아요! 그런데 그 얘기는 못
했죠. 버스를 타라고 말했던 사람이 재규어를 사줬는데 제가 감히
어떻게 그런 얘기를 하겠어요.

　　　그 차는 얼마 동안 탔어요? 그리고 결국 꿈꾸던
　　　포르셰는 언제 갖게 되었나요?

제가 재규어를 받았을 때 너무 고마워서 열심히 타야겠다고
결심했어요. 10년간 탔어요. 큰아들이 그 차에서 자랐지요.
베이비 카시트를 뒤에 놓고 운전하면서 먹여 주고 놀아 줬어요.
백미러로 보면 아이가 늘 나를 쳐다보고 있었고요. 3년마다
남편이 차를 바꿔 주겠다고 제 의사를 물어봤지만 귀하게 받은
선물이라서 오래오래 쓰고 싶었어요. 제 자존심도 그 비싼 차를
그냥 받는 것을 허락하지 않았어요. 그런데 학교 일을 시작하고
3년이 지났을 때쯤 그동안 열심히 일해 직접 벌은 돈으로 포르셰
한 대는 살 수 있을 것 같더라고요. 내가 그 차를 살 자격이
되려나 하고 생각하던 차에 마침 시승할 기회가 생겼어요. 정말
온몸이 다 떨렸지요. 제가 어렸을 때부터 꿈꾸던 차였으니까요.
하지만 감히 사려고 했던 건 아니었어요. 집에 몰고 갔더니,
남편이 〈샀어? 내 생각엔 지금 사야 해. 주은아, 사!〉 하는 거예요.
그래서 샀어요! 그런데 남편이 바로 그러더군요. 〈강주은, 참
무섭다. 옷도 하나 안 사고 가계부까지 쓰며 그렇게 아끼더니 한

방에 크게 쓰는구나.〉그렇게 제 포르셰를 가지게 됐었지요.

난 어떤 사회에 들어온 거지?
여자의 지옥을 만났구나.

언어가 서툴러서 싸움도 제대로 못 했을 것 같은데
어땠어요?

아니요! 30년 할 싸움을 5년간 몽땅 했어요. 말이 되든 안 되든
한국어로 다 쏟아 냈거든요. 영어로는 가끔씩 욕도 했죠! 그런데
아무리 살벌하게 싸우다가도 엉뚱한 단어가 갑자기 튀어나오면
화가 머리끝까지 났어도 서로 웃음이 터졌어요. 예를 들어
남편이 〈들어 봐!〉라고 말하는데, 〈들어가〉라고 이해해서 〈어딜
가라는 거야!〉라고 엉뚱하게 말하는 거죠. 그렇게 민망한 순간이
많았어요. 더 싸워야 하는데 남편이 웃기 시작하면 그냥 저도
웃게 되더라고요.

엉뚱한 단어 하나로 상황이 역전되는군요.

그러니까요! 많이 싸우기도 했지만 그러면서 서로가 쓰는 말에

익숙해졌죠. 제 서툰 한국어를 잘 이해할 수 있었던 사람은
남편뿐이었고 남편도 제가 이해할 수 있도록 쉽게 말해 줬어요.
부모님이 어쩌다 저희를 보시면, 둘이서 무슨 얘기를 하는지
이해가 안 된대요. 그런데도 서로 알아듣고 웃는 모습이
신기하다고 하세요. 어느새 〈우리만의 언어〉가 생겼더라고요.

　　　　외국에는 부부 동반 모임이 많잖아요. 여기서도
　　　　공식이든 비공식이든 많이 다녔을 것 같은데요.

늘 같이 다녔죠. 처음으로 모임에 갔을 때는 한국에도 이런
모임이 있다는 것에 참 감사했어요. 남편 친구들의 부인들이 다
예쁘고 참하더라고요. 속으로 〈이런 부부 동반 모임을 즐길 수
있다니 너무 좋다〉 하면서 자리에 앉았어요. 모두에게 정중하게
인사했고, 한국의 참한 부인들은 어떻게 하는지 배우려고 특히
여자들의 행동을 유심히 봤어요. 남자들이 노래 부를 때마다
응원해 주고 술도 잘 따라 주는 모습이 보기 좋더라고요. 저도
따라하면서 같이 재밌게 놀았어요. 부인들하고 자연스럽게
화장실도 함께 가고요. 남편 얼굴에 미소가 떠나질 않아서 제
기분이 더 좋았죠. 집에 돌아가는 길에 〈이런 부부 모임이 언제
또 있어? 자주 만나면 좋겠는데?〉라고 했죠. 그랬더니 약간
긴장된 얼굴로 〈주은아, 오빠가 할 얘기가 있어〉 하는 거예요.
즐겁게 놀고 나왔는데 무슨 심각한 이야기일까 생각했죠. 〈오늘

우리가 만난 사람들은 다 부부가 아니야.〉순간적으로 무슨 말인지 바로 이해가 안 되더라고요.〈우리가 지금 다녀온 데는 룸살롱이란 곳이야. 엔터테인먼트의 사업 얘기는 그런 곳에서 많이 해.〉그 이야기를 듣자마자 이게 우리 인생의 출발선이라는 생각이 들면서 머리에서 쾅 소리가 났어요. 그때 당시에는 감독과 프로듀서들이 주로 그런 식으로 만나 일 이야기를 나눴어요. 〈오빠가 이런 자리에 초대를 많이 받아 자주 가게 돼. 그러니까 내가 일하는 공간이기도 한 거야. 미리 이야기하면 주은이가 이해도 못 할 거고 가지도 않을 거고 괜히 힘들어할 것 같아서 우선 있는 그대로 보여 주고 싶었어.〉그 이야기를 듣는데 너무 어이가 없어서 눈물이 흘렀어요. 왜 그런 방식으로 일을 하는지, 왜 그런 곳이어야만 하는지, 왜 부인도 아닌데 그 옆에 앉아서 부인인 척하는 건지 등등 이해되는 게 하나도 없었어요.〈난 여자의 지옥에 들어왔구나! 음식도 매 끼니마다 다 만들어야 되고! 한국은 여자의 지옥이야! 이렇게 슬픈 나라가 있다니. 그래서 서로 인사도 잘 안 하고 불친절한 거였어!〉부모님하고 통화할 때는 공주처럼 지낸다, 행복하다는 얘기만 했는데 실제로는 아니니까 더 괴로웠죠. 이곳과 이 남자를 이해하고 싶었지만 제 안에서 피어나는 혼돈과 갈등이 대단했지요. 그런데 남편이 이러는 거예요.〈주은아, 이런 일들이 자주 있어. 그때마다 주은이가 나하고 같이 갔으면 좋겠어. 옆에 다른 여자가 앉는 것도 싫고, 내가 어떤 일을 하는지 주은이도 알았으면 좋겠어.〉

하지만 다시 가고 싶지가 않았어요. 무슨 남자가 이래? 이
사람이 있는 환경은 또 왜 이래? 남편을 다시 보게 되었죠. 이
남자를 믿고 계속 살아도 되는 건가? 대체 어떤 생각을 하고 사는
사람인지 영 모르겠더라고요.

그런 문화 속에서 자연스럽게 살고 있는 남편을 보면
혼란스러울 수밖에 없지요. 그런데 룸살롱 문화가 뭔지
아는 한국인 입장에서는 이제부터 함께 가자는 남편의
제안도 신선해요. 보통은 한 번만 보여 주고 말 텐데요.

그 문화와 개념을 소화조차 하지 못하는데, 같이 가고 싶겠어요?
남편은 제가 빨리 적응해서 여기가 어떤 세계이고 본인이 어떤
일을 하고 어떤 환경에서 어떤 사람들을 만나는지 다 알았으면
하고 바랐어요. 그래서 동행을 요청한 거죠. 하지만 제겐 시간이
필요했죠. 나중에 돌이켜 보니 역시 남편답다 싶었어요. 지금
내가 아는 그 사람이 맞아요. 그때는 남편이 어떤 사람인지
몰랐어요.

정말 같이 다녔어요? 어떻게 적응해 나갔어요?

역시 처음엔 어려웠죠. 모임이 있다는 말을 듣는 순간부터
스트레스를 받았어요. 〈그날 갔던 그런 데야? 그런 여자들하고

남녀 관계를 맺는 사람도 있어?〉하고 계속 묻게 되더라고요.
〈그럴 수도 있어. 그런데 오빠가 참견할 문제는 아니야. 그냥
한국 문화 중 하나인데 아마 이해하기 힘들 거야. 그래도 오빠
세계의 한 부분이니까 주은이가 알아야 할 것 같아.〉결국 저는
그 자리에 들어가는 대신 운전사 역할을 했어요. 강남의 룸살롱이
어디 있는지 다 알았을 정도였죠. 한번은 잠옷 입은 상태로
갔는데, 남편이 그런 차림의 저를 사람들한테 소개시키기도
했어요. 또 분위기가 험악할 때도 있었는데, 영화의 한 장면처럼
눈앞에서 성인 남자들끼리 격렬하게 몸싸움을 하는 거예요.
싸우는 동안에도 어디선가 사람들이 계속해서 나타났고.

연예계와 조직 폭력배가 연결되던 때도 있었죠.

연예계 뒤에도 주먹 세계가 있더라고요. 그때 당시 협박을 받으면
연예계에서는 따라갈 수밖에 없었어요. 그 세계에선 남편이
들어오기를 원했지만 절대로 따라가질 않았어요. 남편은 그 과가
아니에요. 그런데도 그 사람들은 남편을 좋아하더라고요. 아무튼
그런 데서 한판 싸우고 같이 피를 흘리면 나중에 친해지기도
해요. 그렇게 제 눈앞에서 영화 몇 편을 생생하게 봤어요. 그래서
분위기가 안 좋으면 제가 미리 차를 준비하고 남편을 기다렸어요.
그럴 땐 여기저기 다쳐서 걸어 나오는 남편을 태워서 집으로 오는
거죠.

그런 와중에 아이들까지 키우는 정상적인 삶을 꾸려
나가려면 특별한 정신력이 뒷받침돼야 할 것 같아요.

우리는 어항 속의 물고기나 마찬가지예요. 거기서 살아야 한다는
건 긴장의 연속이고 그래서 특별한 정신 상태를 가지고 있을
수밖에 없어요. 어디를 가도 날 알아보고 내 얘기 하나하나에
수많은 사람이 귀를 기울여요. 지금은 많이 안정이 되었지요. 내
자신도 이렇게 할 수 있는지 몰랐어요.

이민 직후 외국 생활을 즐기시는
부모님. 이민 생활에 대한 꿈이 많으셨을 것이다.
아래는 직접 만든 김밥을 먹으며 피크닉 중인 엄마와 이모.

마트에서 장 보는 엄마의 모습과
두 분의 몬트리올 여행 사진.

대학 시절에는 여러 파티에 다니며 다양한 친구들과 어울렸다.
사진 맨 오른쪽의 줄리와 친했다.

대학 시절 2년 동안 살았던 집에는 벽난로가 있는 커다란
거실이 있었다. 거실 한켠에 건축 테이블을 놓고 공부했다.

민수의 아침

글·그림 강주은

쑹~r~~

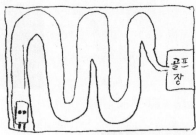

골프
장

오늘도 같이 드라이브 가기로 한 약속은
새까맣게 잊고 친구 전화 한 통에
집을 난장판을 만들어 놓고
아무렇지도 않게 나갔다.
저 옷들은 내가 정리해야겠지?
또 몇 시간이 걸리려나….

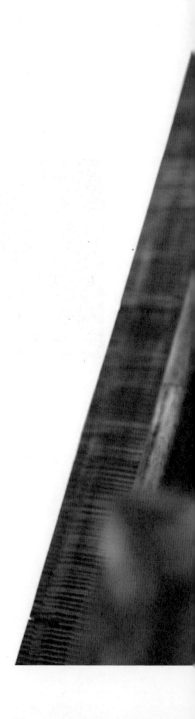

결혼을 발표하고 첫 공식 TV 인터뷰 때.

강주은의
결혼

부부 소통

Help me to love those closest to me and within my family and
continue to love those beyond these relationships. Help me to be consistent and unguarded in the ways I can love.

#
오늘의 기도

밖에서 만나는 사람들보다
옆에 있는 가족에게 먼저
따뜻해지겠습니다.

내가 생각하는 배려, 내가 생각하는
사랑의 표현과는 너무 달라서
몰랐던 거예요. 이 남자의 배려를
조금 더 일찍 알아챌 수 있었더라면
참 좋았을 거예요.

1994년 결혼식 직후. 지프차 안에서의
면사포를 휘날리는 신부. 그 이후는 상상과
너무 다른 삶이 기다리고 있었다.

1994년 6월 18일.
캐나다에서 결혼식을 올린 지 6개월 만에
서울 온누리 교회에서 식을 올렸다.

〈프러포즈〉가 결혼하자는 건데
그 단어의 뜻을 잘못 아는 줄 알았어요.

남편이 〈3시간 만에 프러포즈했다〉는 스토리가 워낙
유명하잖아요. 정말 그랬어요?

시아버님은 결혼을 4번 하셨어요. 아버지의 피를 받았다고
생각해서 남편은 아예 결혼을 포기했었다고 해요. 저보다도 더
결혼 계획이 없던 사람이었죠. 그런데 저를 만나는 순간, 〈이
사람〉이라는 느낌이 왔대요. MBC 방송국의 카페에서 대화한
지 3시간 만에 손을 잡으면서 〈프러포즈를 하겠습니다〉라고
말했어요. 영어로는 〈프러포즈〉가 결혼하자는 건데 그 단어의
뜻을 잘못 아는 줄 알았어요. 그런데 눈에 진심이 있었어요. 〈제발
나를 배신하지 마세요〉라는 눈빛. 속으로 〈한국에 대해 아무것도
모르고, 여기에 와서 사는 것은 불가능하다〉고 생각하면서도
저를 바라보는 그 눈빛 때문에 어지러웠어요. 정신을 좀 차리려고
화장실에 갔는데 눈물이 나오더라고요. 그땐 내게 무슨 일이
일어났는지 정말 파악이 안 되었어요.

커다란 운명이 시작되는 느낌이 아니었을까요? 그때
이후로 인생이 완전히 바뀌었으니까요. 처음에 어떻게

만났나요?

1993년 5월 세종문화회관에서 열린 미스코리아 선발 대회 연습 때 처음 봤어요. 한 남자가 지나가는데 51명 후보들이 어머 누구다, 누구다! 하면서 좋아하더라고요. 유명한 배우래요. 무대에서 왔다 갔다 하는 걸 보니 잘난 척하는 타입 같았어요. 대회 당일에도 그 남자가 무대 뒤에서 마이크 테스트하는 걸 봤고요. 최종 후보 8명을 무대로 에스코트하면서 노래하는 역할이었거든요. 무대 뒤는 최종 후보에 뽑히지 못해서 다들 울고불고 난리였죠. 저는 우정상을 받았어요. 서투른 한국말로 이야기하는 게 웃기기도 하고 좋아 보였나 봐요. 그것만으로도 한국에 나와서 뭘 하나 해냈다는 것에 마냥 행복했어요. 그리고 동고동락했던 동료들과 헤어지는 게 아쉬워서 무대 뒤에서 일일이 인사를 다니면서 연락처를 받고 있었어요.

다른 후보들과는 전혀 다른 생각과 태도로 대회에 참가했군요.

미스코리아가 되는 것에 인생을 건 사람들이었죠. 반대로 저는 제가 받은 그 우정상이 뭔지도 몰랐어요. 그냥 상을 주니까 이력서에 쓸 게 하나 더 생겨서 좋기만 했고요. 침울한 사람들 사이에서 밝게 인사를 하고 다니는 제 모습을 그 남자가 본 거예요. 최종 8인에 뽑히지도 않았는데 뭐 때문에 저렇게 밝은 목소리로 〈수고하셨어요, 수고하셨어요〉 인사를 하고 다닐까 궁금했었대요.

그 모습이 색달랐나 봐요.

제게 와서 먼저 〈수고하셨어요〉라고 인사하더라고요. 그래서 저도 악수하려고 손을 내밀었죠. 그런데 좀 낯설었던지 제 손을 보면서 약간 주춤해요. 그 당시 한국에서는 여자가 먼저 악수를 청하는 분위기가 아니었을 거예요. 그렇게 어색한 악수를 나누고는 로비에서 기다리는 부모님께 갔죠. 로비에도 모니터가 있었는데 그 남자가 턱시도를 입고 노래를 부르고 있었어요. 참 잘 부르더라고요. 그렇게 대회를 마치고 일주일 뒤에 캐나다로 돌아가는 일정이었는데, 출국 전날 MBC 피디한테서 연락이 왔어요. 〈캐나다! 출국 전에 방송국 관광 한번 시켜 줄까?〉 합숙했을 때도 피디들과 친했었는데, 그때 제 별명이 〈캐나다〉였거든요. 말도 잘 못 알아들으면서 여기저기 쫓아다니는 게 재밌었나 봐요.

방송국 구경시켜 주겠다는 것은 공식적인 게 아니었죠?

네, 저한테만요.

남편이 피디한테 부탁한 거였나요?

누군가가 계획했다고 생각할 수밖에 없을 정도로 너무나 무서운 우연이었어요. 남편은 끝까지 아니래요. 남편도 미스 캐나다가 누군지 알고 싶어서 미스코리아 파일을 다 뒤졌대요. 그래서 제 프로필을 찾긴 했는데, 얼굴 사진이 없더래요.

파일 속 사람이 무대 뒤에서 만난 그 사람인지 확인을 못 했군요.

더 기막힌 우연이 있어요. 전 몰랐는데, 미스코리아 프로필을 등록할 때 어떤 배우를 좋아하느냐는 질문이 있었는데, 한국 배우에 대해 잘 모르니까 엄마가 그 당시 주변 사람들한테 이름 하나를 추천받아서 넣었어요. 그게 바로 「사랑이 뭐길래」라는 드라마에 나왔던 최민수였죠. 그러니 그 프로필에 써넣은 자기 이름을 봤겠죠? 제 사진이 없으니 확인은 못 하고, 좋아하는 배우 칸에 본인 이름이 쓰여 있는데 실제로 만났을 때는 처음 보는 반응이었으니까 그냥 여기까지만이라며 포기했대요. 한편 저는 캐나다 가기 바로 전날 방송국 구경을 했죠. 그때 남편은 「엄마의 바다」라는 드라마를 찍고 있었고 피디가 그 「엄마의 바다」 스튜디오에 절 데려갔어요. 그러면서 〈최민수 씨, 이번에 미스 코리아 대회 때문에 캐나다에서 온 분인데 한번 인사해요〉 하면서 바쁘게 지나가는 그 남자를 잡았어요. 그 남자는 저를 보지도 않고 먼저처럼 폼을 재더라고요. 어쨌든 인사를 해야 하니 먼저 손을 내밀었죠. 그제야 저를 제대로 봤어요. 그날 악수한 기억이 났나 봐요. 혹시 미스코리아 때 무대 뒤에서 만난 사람이냐고 먼저 묻더라고요. 그래서 그럼 그때 무대에서 노래 불렀던 사람이냐고 물었죠. 그렇게 간단히 인사한 후에 헤어졌어요. 피디에게 물었더니 굉장히 유명한 배우래요. 〈아, 아쉽다. 모처럼 한국에 왔는데 사인 하나 받으면 좋았을걸〉 했어요. 그런 유명한 사람을 만났다는 걸 기념으로 남기고 싶더라고요. 피디가 상황 보고 만약에 또 그 남자가 보이면 부탁해서 사인을 받아 준대요. 그렇게 스튜디오 구경을 마치고 로비로 나갔는데 기자들이 많이 모여 있었어요. 그런데 기자들 앞에 또 그 남자가 있는 거예요. 그래서 피디가 바로 사인 요청을 했어요. 그 남자가 종이를 달라기에 미스코리아 출전할 때 아버지가 사람들과 친구하라고 대학교, 주소, 전화번호, 이름을 적어 만들어 주신 명함을 내밀면서 〈이 뒤에다 해주실래요?〉 하니까 그걸 자세히 보더니 사인은 안 해 주고 갑자기 자기 주머니에 넣는 거예요! 그걸 보고 저는 피디한테 〈사인…… 사인 받아야 하는데…… 어떡하지?〉 했죠.

의사소통이 잘못된 줄 알았군요.

그런데 그 남자가 〈우리 커피 한잔 마시러 갑시다〉라고 말했어요. 그러고는 기자들에게 〈죄송합니다. 일이 있어서 가야 해요〉 하고는 혼자 뚜벅뚜벅 걸어가더라고요. 어리둥절한 얼굴로 피디를 봤는데 따라가 보재요. 아무튼 그렇게 MBC 지하 카페에서 저와 이 남자는 나란히, 그리고 피디는 맞은편에 앉았어요. 저는 서툰 한국어로 최대한 할 수 있는 이야기를 했죠. 그런데 이 남자가 웃기는커녕 복잡한 표정을 지으면서 심각하게 제 이야길 듣고 있더라고요. 눈빛도 이상하고 헛기침을 하고 코를 자꾸만 킁킁댔어요. 손도 쉴 새 없이 움직이며 가만히 있지를 못하는 거예요. 설마 마약이라도 하나? 배우니까 그럴 수도 있지. 여러 가지 생각이 떠올랐어요. 캐나다에 대해서도, 미스코리아에 대해서도 물어보기에 부족한 한국어로 최선을 다해서 대답했죠. 아쉽지만 내일이면 떠난다는 말도 했고요. 피디는 중간에 자리에서 일어났어요. 잘하지도 못하는 한국어로 오랫동안 그렇게 대화했어요.

평범하고 일상적인 이야기를 했겠네요.

그러는 사이에도 자꾸만 사람들이 찾아왔어요. 기자들도 오고, 감독님도 와서 촬영 들어가야 한다고 하고요. 어쩔 수 없이 일어나야 하는 때가 온 거죠. 시간을 보니 세 시간이 훌쩍 지나갔어요. 그런데 남자가 갑자기 제 손 위에 자기 손을 포개더니 이런 말을 했어요. 〈이대로 보낼 수는 없겠어요. 프러포즈를 하겠습니다.〉 듣는 순간 머릿속이 복잡해졌죠. 전화번호를 5개나 주더라고요. 휴대폰이든, 누구 전화번호이든 가지고 있는 번호는 다 줬어요. 내일 떠나기 전에 전화 한 번 꼭 해달라면서요. 연예인이니까 많은 여자와 쉽게 말을 섞는 사람인가 보다 싶었어요. 저는 그냥 내일 조용히 캐나다로 떠나자는 생각뿐이었죠. 이 정도면 충분히 좋은 추억이었어요.

그래서 전화를 안 했나요?

물론 안 했죠. 다음 날 출국하러 김포공항에 갔어요. 제 미스코리아 대회를 응원한다고 외국에 살던 친척들이 한국에 왔었거든요. 이제 다들 각자의 집으로 떠나는 작별의 자리이기도 했어요. 로비에서 친척들과 비행기 출발 시간을 기다리는데 에스컬레이터를 타고 한 사람이 올라오더라고요. 그 뒤에 사람들이 길게 줄지어 따라오고요. 제 주변이 〈누구누구래!〉 하면서 어수선해졌는데 사실 저는 그때까지 이름도 몰랐어요. 어제 그 남자 같아서 느낌이 싸해 자리에서 일어났죠. 친척들이 〈주은아, 어디 가니?〉라고 물어서 아는 사람이 온 것 같다고 했죠. 〈아니야, 네가 저 사람을 어떻게 아니?〉 하고 되묻기에 〈미스코리아 대회에서 노래 부른 사람이야〉라고 대답하고는 바로 그 남자한테 갔어요. 다짜고짜 〈주은 씨, 왜 전화 안 했어요?

여기서라도 만날 수 있을까 해서 촬영 중에 나왔어요〉라는

거예요. 그러더니 흑백 사진이 가득 든 상자를 건네면서 밤새도록

모은 것들이래요. 가족들이며 자기 사진, 공연 모습 등이었고,

사진 뒤에 누구인지, 어떤 상황인지 일일이 쓰여 있었어요.

비행기 안에서 하나씩 보면 자기에 대해서 조금씩 알게 될 거라고

덧붙였어요.

　　　　자기가 누구인지 알려 주고 싶어서 무작정 사진을 들고

　　　　온 거예요?

거기에 작은 쪽지가 있었는데 〈오늘은 우리가 하나가 된

생일날이에요. 앞으로 주은 씨가 나를 위해서 살았으면

좋겠어요.〉

　　　　그렇게 단박에 자신을 위해서 살아 달라니, 첫눈에 반해

　　　　프러포즈한 것은 로맨틱 드라마 같지만 현실적으로는

　　　　있을 수 없잖아요. 옆에서 엄마는 어떤 반응이셨나요?

실은 선발 대회 연습 때 멀리 캐나다에서 오신 저희 부모님만

특별히 구경하도록 배려해 줬어요. 엄마 말로는 제가 연습하는

동안 남편이 앞줄에 앉아서 저를 그렇게 집중해서 보더래요. 그

모습을 보며 〈내 딸은 어림도 없다〉고 생각하셨대요. 그런데 그

남자가 공항에 나타난 거죠. 엄마가 그 남자한테 〈안녕하세요〉
하니까, 바싹 얼어서 한다는 말이 〈어머님, 브로치가 참
아름답습니다〉였어요.

그렇게 그 남자가 준 사진 상자를 들고 비행기를 탔죠. 옆에
앉은 사람들이며 승무원들에게 사진을 보여 주니 누군지 다
알더라고요. 어리둥절한 상태로 캐나다에 도착했고 공항에 저와
엄마를 데리러 온 아빠를 보자마자 이렇게 말했어요. 〈아빠,
아빠, 어쩌면 나 결혼할 남자를 만난 것 같아. 기억나? 그날
노래 부르던 사람?〉 〈어, 기억나지.〉 〈그 사람이야.〉 그러니까
아빠도 한마디 하시는 거예요. 〈사실 연습 때 그 남자를 보면서
참 남자답고 멋지다고 느꼈다.〉 우리 가족 모두가 각각 그 남자를
지켜보고 있었던 거예요. 신기한 우연이었죠. 캐나다 집에
도착하니까 전화기가 막 울려요. 받아 보니까 그 남자였어요.
〈이 번호가 맞구나. 너무 다행이에요.〉 그러면서 다가오는 주말에
우리 집으로 올 거래요.

　　　　　그 주부터 계속 캐나다로 왔군요.

그때부터 서울에서 토론토까지 점심 먹으러 왔어요. 올
때는 선물을 잔뜩 사들고 와서는 처음부터 식구였던 것처럼
자연스럽고 다정하게 부모님과 한국어로 이야기했어요.
우리 가족 모두 이 남자한테 빠져들었죠. 처음부터 식구라는

생각이 들었고, 헤어질 때가 되면 다들 섭섭해했어요. 그런데
그다음부터는 주변의 지인들한테서 〈이미 결혼을 한 남자다,
아이가 있다, 그러니 절대로 그 남자와 결혼하면 안 된다〉라는
내용의 팩스가 날아오기 시작했어요. 그럴 때마다 전화해서
물어봤죠. 〈결혼했었어요?〉 〈아니.〉 〈아이 있어요?〉 〈아니.〉
그렇게 통화할 때마다 웃게 되었죠. 그래서 제가 전화를 하기만
하면 〈오늘은 또 어떤 내용이니?〉 하고 먼저 물어봤어요. 그때
알게 된 것이 이 최민수라는 남자가 최무룡의 아들이라는 거였죠.
엄마는 한국 배우에 관심이 없었는데도 최무룡이라는 배우는
알고 계셨어요. 〈그 사람의 아들과 우리 딸이 무슨 상관이지?〉
하면서 신기했던 거예요. 마구 들어오는 팩스도 재미있었고요.
그게 우리 관계의 시작이었어요.

당시 최민수 씨의 모습은 강인하고 남자다운
느낌이었죠. 그런 매력도 강주은 씨가 결혼을 결심하는
데 한몫했을 것 같은데요.

외모에서 매력을 느끼진 않았어요. 재밌게 데이트하고 부담
없이 지낼 남자친구가 아니라 나를 진지하게 사랑하고 싶어
하는 책임감 있는 남자로만 보였어요. 부모님은 제가 어떤
남자에 대해 언급하기만 하면 꽤 까다롭게 물어보고, 이리저리
따져 보곤 했어요. 그런데 이 남자한테는 한없이 부드럽고

자연스러우셨어요. 그런 모습을 보고 너무나 당연히 결혼을
해야겠다고 결심했죠. 이 남자도 처음부터 〈사귀자〉가 아니고
〈결혼하자〉였잖아요.

그렇게 만난 지 3시간 만에 프러포즈 받고, 그 이후
6개월 만에 캐나다에서 결혼식을 올렸어요. 만인의
연인을 독차지하게 되었지만, 실제 생활에서는 여성 팬이
많은 남편의 일거수일투족이 신경 쓰였을 것 같아요.

남편이 예쁜 여자 팬들한테 둘러싸이면 전 멀리 밀려나 있었어요.
〈그냥 지나가도 될 일을 일일이 사인을 해주고 있네? 바쁜데
괜히 예쁘니까 일부러 시간을 저렇게 끄는구나.〉 이런 생각을
하면서 마음에 없는 미소까지 지으면서 기다렸죠. 이 남자를
다른 사람들하고 나눠야 된다는 게 처음엔 힘들었지만 그건
팬들에게뿐만이 아니었어요. 남편은 자기가 있던 세계에
익숙해서 저와 같이 있는 것을 어색해하고 힘들어했는데, 늘
어떤 감독이나 피디 형을 불러서 함께 있거나 어떤 때는 그
사람들 집에서 가서 작품 이야기하고 술 마시다 잠도 잤죠. 저는
시어머니하고 집에 있었고요. 어머님이 계셔서 그나마 위로가
되었죠. 그런데 남편을 자세히 보니까 지금까지 자기 생활에
익숙했던 흐름을 제가 나타났다고 해서 끊어 내질 못하더라고요.
결혼했어도 자기가 편하게 지내 왔던 삶을 갑자기 바꿀 수가

없었던 거예요. 그것 때문에 부부들이 많이 싸우잖아요. 저는
마음을 굳게 먹고 남편에게 같이 시간을 보내자고 하지 않았어요.
〈나는 나대로 잘 지낼게.〉 사실 저는 원래부터 독립적이고 혼자
잘 지내는 성격이어서 금방 괜찮아졌어요. 그러다 어느 순간,
남편에게 같이 시간을 보낼 형이나 동생들이 다 사라지는 날도
생겼어요. 그러면 혼자서 정말 어떻게 해야 할지를 모르더라고요.
그러면 제가 마치 동생 데리고 다니듯이 〈뭘 할까? 어딜 갈까?〉
하면서 함께 다녔죠. 결혼 생활을 둘만의 흐름으로 만드는 데에는
그렇게 시간이 걸려요.

나는 바보야.
그러니까 처음부터 잘 알려 줘.
잘 따라가 볼게.

처음 5년 동안 평생 싸울 것을 다 해치웠다고 표현한 적
있어요. 주로 뭐 때문에 싸웠나요?

언어 때문에 고생을 많이 했죠. 언어도, 뉘앙스도 다 통하지
않으니 오해의 소지가 많았어요. 〈그게 뭔데?〉 하고 묻기만 해도
무조건 화를 냈어요. 그 말의 뉘앙스가 단순히 〈그게 뭔지 나한테

설명해 줄 수 있어?〉라는 뜻인데 〈그게 뭐냐니? 왜 지금 그걸
묻는 거야?〉 하면서 화를 더 내더라고요. 그러면 나는 〈이 사람
이상하네? 물어보지도 못 하는구나〉 하면서 애가 많이 탔죠.

언제부터 오해가 줄었나요?

이렇게 대화해서는 도저히 오해가 줄지 않겠다고 생각했어요.
나의 말하는 방식이 남편에게 안 통했던 거죠. 그때부터 자신을
다 비우고 바닥으로 내려와야 한다고 생각했어요. 겸손한
수준도 아닌, 그것보다 더 낮게 완전히 나를 루저로 생각하고 맨
밑바닥까지 내려갔지요. 남편한테 〈그게 뭔데?〉라고 말하기보다
하고 싶은 말을 더 자세하게 전하는 걸 연습했어요. 〈오빠, 지금
내가 이해가 안 되는데 더 설명해 줄 수 있어? 나는 오빠처럼
이해가 그렇게 빨리 안 돼. 한 번도 그것에 대해 생각해 본 적이
없어서 그런가 봐.〉 그렇게 차근차근 일일이 말했는데, 제가
전했던 뜻은 이거였어요. 〈나는 바보야. 그러니까 처음부터 잘
알려 줘. 잘 따라가 볼게.〉 이렇게 오버에 오버로 연기를 해야지
남편이 오해를 안 했어요.

실제로 날카롭고 자존심도 상한 상태에서 차근차근히
시작해 보자는 말을 하기는 어려웠을 텐데요.

내가 뭘 얻어 내려고 하거나 이기려는 게 아니었으니까 가능했어요.

　　　　그렇다면 늘 〈지는〉 입장이 되었을 텐데 남편과의
　　　　말다툼에서 〈지는 것〉은 어떤 의미였나요?

처음부터 저를 아무것도 모르는 사람으로 내려놓았잖아요.
〈이기는 것〉을 아예 버리고 저를 비우겠다는 것은 의도적
선택이었어요. 말싸움에서 이겼을 때 얻는 순간의 만족은 다
던져 버리고 그저 그 순간 할 수 있는 한 최선을 다해서 남편에게
맞추는 것이 목표였어요. 이 사람이 뭘 원하지? 뭘 찾고 있지?
그렇게 항상 관찰했고 제가 파악하는 선에서는 빠짐없이 다
해줬지요. 거기에 제 욕심은 없었어요. 그러다 보니 너무나 빠른
시간에 남편한테서 신뢰를 얻었고, 10년쯤 되니까 저를 무조건
믿어 주더라고요. 그럼에도 가끔씩 애로 사항이 생기거나 저를
믿지 못하는 상황이 생겼을 때에도 〈아직도 부족하구나. 이
부분에서도 남편이 날 믿을 수 있도록 더 노력해야겠다〉라고
생각했죠. 이제는 그 신뢰가 완성된 것 같아요. 그렇게 나를
내려놓았던 그 어려웠던 시간들은 제가 씨앗을 심어 놓은 거나
마찬가지예요. 그 사이 뙤약볕도 내리쬐고 태풍도, 가뭄도
왔었죠. 지금 보니까 밭이 만들어졌어요. 열매가 골고루 맺혀
있어요.

루저가 된다고 했는데, 그게 〈나를 내려놓는 것〉인가요?

〈나는 바보야, 잘 이해가 안 가. 내가 많이 부족해〉라고 말하니
어느 순간 남편의 태도가 달라졌어요. 말소리나 표정이 더
부드러워졌고 설명도 더 잘해줬어요. 그러면 조금 더 편하게
이야기를 나눌 수 있었지요.

　　하고 싶은 말들이 많았을 텐데 우선 참는 거네요?

당장은 억울하고 손해를 보는 것 같더라도 남편의 생각 패턴을
아는 것이 더 큰 이익이라고 생각했어요. 사실 참 어렵죠. 화가
나고 표현도 확실히 하고 싶고 나를 바보로 여기는 것도 원하지
않았지만 이 사람과 한국에서 살기로 결심했고, 이 사람만
쳐다보고 살아야 되니까 참을 수밖에 없었어요. 이 사람을
지도로 표현한다면, 그 지도가 어떻게 생겼는지 내가 먼저
파악해야 했어요. 그 지도를 들고 탐험을 해보면서 저기에서
이런 이야기를 하면 굉장히 열을 낸다, 여기에서 이런 행동을
하면 대략 괜찮다, 그곳에서 그런 말을 할 때는 좀 더 두고
봐야 한다 등 남편에 관한 저만의 정보를 얻었어요. 그 남편의
지도를 완성시키려고 우선 내 의견, 내 원칙, 내 생각을 송두리째
포기했어요. 내려놓는 거죠!

내 입장을 우선 접고, 상대를 파악한 뒤 그 입장에 서는
건가요?

반드시요. 물론 힘들 때가 많죠. 내 얘기를 안 할 수도 없으니
어떻게 말하면 좋을지 많이 고민했어요. 그중에 꼭 지키는 것은
어떤 상황에서든 감정적이고 본능적으로 올라오는 감정으로
말하지 않는다는 거예요. 그렇게 본능적이면 저는 무조건
잘못되었다고 생각해요. 〈아직도 내 입장이 우선이었네.
내려놓자.〉 그리고 상대의 입장과 내 입장에 맞춰서 좋은 결과를
만들 수 있도록 여러 버전의 시나리오를 상상해 봐요.

〈대등한 관계〉를 의도적으로 〈종속적 관계〉로 만드는
것인데, 부작용은 없었나요?

많았죠! 정말 완전히 바보라고 믿기 시작했어요. 어느 순간엔
곤란할 정도로 제가 의도적으로 만든 상황을 모두 믿기
시작했어요. 그래도 해명하지 않았죠. 남편이니까 내 부족한 면을
공격하지는 않을 거라고 생각했고, 어느 정도 시간이 지나면 알게
될 거라는 믿음이 있었어요. 손해는 한순간뿐이라고 생각했죠.
나를 비운다는 것은 손해를 보겠다는 마음이니까 부작용까지도
수용해야죠. 아, 부작용까지가 아니라 〈부작용밖에〉 없어요!

사람들은 말 한마디나 뉘앙스 때문에 많이 싸워요.
상처가 되는 말을 피하거나 또는 그것을 들어도 잘
넘겨야 하는데 예민하고 흥분된 상태에서는 말처럼 잘
되지가 않지요.

그 작은 순간들을 제 앞에 있는 넘어야 할 산이라고 생각했어요.
그 산이 없는 척할 순 없어요. 그걸 넘어야 그다음 단계로 갈 수
있죠. 이런 상황조차 다 뜻이 있는 거라고 믿고 잘 넘기면 조금
더 신뢰할 수 있는 사람이 될 것 같았어요. 그래서 편한 상황이든
불행한 상황이든 온 정성을 다했어요. 그런데 부부 사이에서 그걸
실천하려니 어려웠어요. 그 전까지는 부모님이 걱정할 일 없도록
살게 해주셨으니 제 자신을 비울 일이 거의 없거나 쉬웠지요.
나와 전혀 다른 사람과 살아야 했으니 나를 비워야 하는 기회가
드디어 제대로 온 거였죠.

〈여기까지는 내가 최선을 다하겠다.〉
그런데 그건 〈여기까지〉라는
또 다른 조건을 만드는 거예요.

부부들은 비슷한 문제로 싸우죠. 다툼에도 패턴이

생기잖아요.

처음 5년간 저를 완전히 내려놓았기 때문에 남편이 바뀌기
시작했고, 저를 진심으로 양보해 주고 믿어 주는 시기도 빨리
온 것 같아요. 그 싸움에서 빠져나오지 못하는 이유는 내려놓지
못해서예요. 그리고 내려놓더라도 조건을 만들어서 그래요.
한껏 양보해서 〈여기까지는 내가 최선을 다하겠다〉라고 말을
하잖아요. 그런데 그건 〈여기까지〉라는 또 다른 조건을 만드는
거예요.

　　　서로 최소한의 것을 지키려는 조건 때문에 끝나지 않는
　　　싸움이 된다는 것인가요?

그런 조건은 결국 나를 보호하기 위해서 만드는 것들이죠. 다툼의
패턴을 깨지 못하는 건 조건들이 많아서 그래요.

　　　상대도 같은 마음이 아니면 모든 노력이 소용 없을 것
　　　같아요. 아무리 노력하고 인내하고 기다려도 상대가
　　　변하지 않으면 나는 어떻게 되나요?

참 무서운 얘기지만, 그것도 〈조건〉이에요! 무의식적으로 〈내가
노력하는 만큼 상대도 그걸 고마워하고 똑같이 노력해 주길

바란다〉는 조건을 만든 거죠. 〈나는 조건 따위 필요 없어〉라고 마음먹어야 해요. 최선을 다한 것에 만족하고, 거기서 끝나야 해요. 아무리 희생하고 노력해도 상대방은 그 깊이를 다 헤아리지 못해요. 그건 당연해요. 내가 이만큼을 해주면 상대방도 이만큼 해주겠지 하고 바라는 게 사람 마음이지만 그런 욕심은 오히려 나를 힘들게만 해요. 아무 기대를 하지 않았을 때 뭔가를 받으면 감동은 배가되고, 그럼 더욱 감사한 마음을 갖게 돼요.

부부 사이에는 권태기가 있잖아요. 비슷한 상태가 지속되면서 지치는 거죠. 무조건적 양보를 상대방이 너무나 당연하게 여겨서 내 마음이 건조해지는 시기가 분명히 오잖아요. 그때부터 재미있는 부부 관계는 사라지는 듯해요.

부부 사이에 재미를 기대했어요? 부부 사이가 항상 재미있을 수는 없어요. 특히 신혼 초에는 서로 적응하느라 전쟁을 치르죠. 저는 결혼한 지 20여 년이 지난 지금에야 재미가 있어요.

첫아이를 낳은 다음에는 어땠어요?

임신하고 아이 낳으면 몸이 변하잖아요? 배가 산처럼 나오고 머리카락이 빠지면서 우리 여성들이 신체적으로 얼마나 힘든 과정과 변화를 겪게 되나요? 그런데 겉모습도 행동도 한결같은 남편을 보면 화가 나죠. 그리고 저처럼 육아에 대한 개념이 본능적으로 없는 것 같았어요. 물론 육아를 하게 만들 수는 있었죠. 그런데 그것도 훈련을 시켜야 하는데 어느 순간 다 귀찮아졌어요. 결국 제가 아기를 책임질 수밖에 없었어요. 피할 수 없는 덫에 저만 들어가 있다는 게 답답했죠. 애기를 한 번 낳으면 작은 소리에도 민감해져 달콤한 잠은 안녕인데 저 남자는 쿨쿨 잘만 자죠. 아이가 생기고 변화가 있어도 여전한 거예요. 밥 먹다가도 애기를 안고 있는 저에게 〈주은아, 물 좀 갖다 줄래?〉라는 말을 태연하게 했으니까요.

〈남자는 그런 존재다〉라고 생각하는 게 속 편하다고들 하지만, 그래도 이유를 찾아보고 이성적으로 접근하면 해결책도 어느 정도 나오지 않을까요?

이유? 안 찾았어요. 힘들거나 싫어하는 일이 제 앞에 와도 그것이 짧든 길든 언젠가는 지나갈 거잖아요? 그러니 육아라는 힘든 시기도 언젠가는 지나갈 거였죠. 그사이에 남편에게 일일이 말하고 싶은 게 얼마나 많았겠어요. 하지만 지적하기 시작하면 끝이 없다는 것도 깨달았기 때문에 바로 접었죠. 그냥 내가 책임지고 가야겠다고 다짐했어요. 그때가 26살이었어요. 그런데 그게 좋은 방법이라고 얘기하고 싶지는 않아요. 사람마다 여건이

다 다르잖아요. 만약 경제적으로 힘들어서 돈을 벌어야 한다면
또 달랐겠죠. 제가 밖에서 돈을 버는데 남편이 육아에 신경을
안 쓰거나 도와주질 않는다면 남편과 직접적이고 자세하게
대화했을 거예요. 〈지금 당신의 도움이 정말로 필요하다.〉 그리고
처음엔 어려운 것 말고 남편이 충분히 할 수 있는 몇 가지를 알려
주고 그걸 매일 해줬으면 좋겠다고 약속을 받았을 것 같아요.
우리 각자가 가지고 있는 상황, 능력, 성격, 환경이 굉장히
다양해요. 그러니까 자신들이 가지고 있는 지혜로 상황을 만들어
가야 해요.

　　　　이 자리에 남편이 있었으면 좀 억울했을지도
　　　　모르겠어요. 육아이든 집안일이든 소통이든 본인
　　　　나름대로는 노력했다고 말하지 않을까요? 돌이켜 봤을
　　　　때 남편은 어떤 노력을 했나요?

남편은 제 부모님에게 많이 신경을 써줬어요. 외동딸인 저를 이
먼 한국까지 데리고 온 것에 대해 죄책감을 느낀대요. 어떻게
자기와 결혼할 수 있게 허락을 했느냐며 자기라면 한국으로
시집보내지 않았을 거래요. 그래서 제 부모님을 향한 감사의
마음이 말도 못하죠. 남편은 저희 부모님을 자주 서울로
초대했는데, 두 분을 여기로 모시는 비용을 한 번도 계산하거나
따진 적이 없어요. 늘 〈우리〉가 벌어 온 돈이라고 말했고

경제권도 저에게 다 줬어요. 참 고마웠어요. 어려운 점이 많은 결혼 생활이었지만 이 모든 과정이 큰 상처로 남지 않은 건 남편의 이런 모습 덕분이었어요.

그 시간은 꼭 필요한 거였고,
이 전쟁은 우리 둘만의 것이어야 했어요.

둘 사이의 관계를 잘 조율할 수 있었던 것은 양가 부모님의 개입이 없었기 때문이 아닐까라는 생각도 드는데, 당시에 부모님들은 두 사람에 대해 어떤 입장이었나요?

신혼 첫해는 남편과 사는 것 자체가 위기였어요. 서로 이해가 잘 안 되는 상태에서 부모님을 만나면 안 되겠더라고요. 그래서 일부러 부모님을 한국에 초대하지 않았죠.

보고 싶어 하지 않았어요?

당연히 보고 싶어 하셨죠. 그런데 그것보다 더 큰 이슈는 제가 남편과 하나가 되는 것이었어요. 일단은 그런 전쟁에서 부모님을 보호하고 싶었고, 보여 주고 싶지도 않았죠. 우리도 서로가 서로를 모르는데 부모님까지 개입하면 일이 더 커지니까요. 그 시간은 꼭 필요했고, 그 전쟁은 우리 둘만의 것이어야 했어요. 그래서 부모님한테 이야기했어요. 〈우리가 아직 서로 알아 가는 과정이니 안정이 되면 그때 만나요. 우선 한국을 알아야 되고, 이 남자도 알아야 하고, 이 남자가 있는 세계도 알아야 할 것 같아요.〉 다행히 이해해 주셨어요.

서울에 다른 친척들도 있었을 텐데, 설이나 추석 명절에 찾아뵐 때는 어떻게 했어요?

그때 서울에 고모님 가족이 살고 있었는데, 명절은 물론이고 평소에도 자주 찾아오기를 바라셨어요. 제가 캐나다에 있을 때는 상관없었는데 갑자기 가까이 살게 된 데다가 결혼한 지 얼마 안 되었으니까 가족 행사 때마다 남편과 꼭 와주길 바라셨죠. 남편도 아직 파악이 안 되었는데 그런 사람을 데리고 고모님 집에 가야 했으니 참 힘들었어요. 결혼을 했으니까 당연히 가야 하는 자리였지만 남편이 한창 떠 있는 연예인이잖아요. 그것 때문에 어딜 다닐 때마다 불편했고 어느 순간부터는 왜 이 사람이 끌려다녀야 되나? 싶더라고요. 그래서 제가 먼저 부모님께 어렵게 얘기했어요. 〈지금 내 인생을 만들어 가야 되는데 고모님 댁에서 자주 오라고 하셔. 나 혼자 가면 어떨까? 같이 가면

내가 스트레스를 받아.〉 그래서 아버지가 고모님께 어렵게
말씀하셨지요. 〈지금은 주은이가 원하는 대로 알아서 살게
내버려 두자.〉

그런데 그 말 한마디가 집안에 엄청난 위기를 가져왔어요.
고모님이 너무 화가 나서 저를 안 보겠다는 거예요. 그분들이
영어로 뭐라고 답을 했는지 아세요? 〈노맹큐〉였어요. 가까운
친척 사이인데 그런 표현을 들으니 충격이었고, 참 외로웠어요.
하지만 제가 무엇을 더 할 상황이 아니었고, 방법도 없더라고요.
다들 저와 남편을 많이 좋아하셨으니 기대가 더 컸겠죠. 그렇게
17년 동안 교류가 없다가 우연히 사촌 오빠를 길에서 만났어요.
〈네가 나오는 방송을 한 번도 놓친 적이 없어. 너답게 완전히
한국을 뒤집어 놨어!〉

소식은 다 듣고 있었군요?

그동안 저를 계속 지켜보았고, 고모님도 주변 사람들한테 제
소식을 듣고 계셨대요. 조카가 훌륭하다는 칭찬을 다른 사람들
입을 통해서만 들었던 거예요. 결국엔 화해를 했고, 다시
만나는 날에는 정말 잘해 드렸어요. 가족을 향한 저의 마음은
한결같았다고 얘기하고 싶었고, 다른 사람의 도움 없이 제 길을
찾아 온 모습도 보여 주고 싶었어요. 고모님이 말씀하셨어요.
〈주은아, 내가 미안하다. 매일 남들 통해서 네 소식을 듣고 있자니

참 창피하더라.〉작년에 고모님이 돌아가셨는데 장례식장에

큰아버지, 결혼한 사촌들, 그 가족의 애들까지 모든 친척들이 다

모였어요. 아무런 계획이 없었는데 제가 〈우리 집에 오실래요?〉

하고 초대해서 직접 만든 음식과 와인을 꺼내 큰 파티를 했어요.

내가 누구의 도움 없이 혼자 이렇게 살아 왔지만 언제나 가족들을

생각하고, 얼마든지 도와줄 자세가 되어 있었다는 걸 보여 주고

싶었죠. 그런 기회가 이제야 온 것 같았어요.

제 문화를 남편이 느끼려면
시간이 필요한 것처럼요.
몇 마디 말로 전할 수 있는 게 아니에요.

억지로 그 마음을 돌려놓으려고 애쓰기보다는 서로의

마음이 자연스럽게 화합되길 기다렸네요. 그런데 그

기다린 시간이 17년이라니 참 길어요. 다시 기쁘게

만날 수 있었다는 것도 놀랍고요. 그렇게 지켜봐 주고

기다리는 게 부부의 소통에서도 마찬가지였겠죠?

제 소통의 원칙은 어떤 관계에서든 똑같아요. 그러니까 누굴

만나든 마치 숨 쉬듯 자연스럽게 상대방의 입장이 되어 주고 또

기다려 주는 것이 몸에 배어 있어요. 요즘 남편이 말하길 결혼 초기에는 자기 안에 자기가 너무 많았대요. 그래서 저도 말했죠. 〈나도 그렇게 느꼈어. 당신이 너무 많이 담겨 있었어.〉 그때는 남편에게 아무도 가까이 다가갈 수 없는 분위기가 있었어요. 천하무적이었죠! 그때 〈아무리 얘기를 해도 안 될 테니 스스로 깨닫고 비울 때까지 기다려야겠구나〉라는 생각이 들었어요. 열매를 따기 위해서는 씨부터 심어야 되잖아요. 그런데 씨를 심으면서 언제 열매를 따느냐고 묻지 않듯이 기다려야 하는 과정은 꼭 거쳐야 하는 거죠.

그 시간 동안 어떻게 어려움을 견뎠나요?

저는 멀리 봐요. 당장 그 결과를 바라지 않아요. 1995년에 스티븐 스필버그 감독을 저녁 모임에서 만난 적이 있어요. 드림웍스가 한국에 진출하게 되어서 40명 정도 모이는 디너파티를 열었는데, 그때 드림웍스의 중심인 스티븐 스필버그, 제프리 카젠버그, 데이비드 게펀이 왔어요. 그들과 저희 부부가 같은 테이블에 앉았어요. 임신해서 배가 불러 있던 때였죠. 그들이 남편한테 새로운 작품 이야기를 하더라고요. 그래서 제가 열심히 통역했죠. 스필버그 감독은 남편에게 관심이 있어서 우리가 어떻게 만나서 결혼했는지도 이미 다 알았는데, 남편은 그분들과 말도 많이 안 하고, 흥미도 안 갖더라고요. 남편이 관심이 있는 것처럼

보이게끔 적극적으로 통역해 주려고 해도 말이 너무 없으니까
제가 어떡하겠어요. 그때는 「모래시계」가 끝난 후였고, 남편은
외국보다 한국에서의 활동만 염두에 둔 것 같았어요. 그런데
저는 감히 상상도 못하는 스티븐 스필버그와 저녁을 먹게 됐으니
완전히 난리도 아니었죠. 하지만 〈아, 이런 순간도 있구나〉
하면서 꾹 참았어요.

어떻게 인내하느냐고 물었죠? 그 순간에는 씨가 보였던 거예요.
씨 하나를 흙에 막 파묻는 순간이었죠. 우리 부부의 인생은 제가
나름대로 씨를 하나씩 심어서 찬찬히 일군 거예요. 〈아, 이런
씨를 또 하나 심어야 되는구나. 이것도 키워 나가야지.〉 키워
나가겠다는 건 살면서 기회가 되면 언젠가는 그 상황과 이야기를
어딘가에 써먹겠다는 거죠. 제 욕심대로였다면 바로 그 자리에서
별의별 욕도 다 뱉어 냈을 거예요.

　　　배우라는 사람이 스필버그 감독 앞에서 지금 뭐 하는

　　　거냐고?

정신 나간 사람이라고 대놓고 욕하고 싶었어요. 그런데 참았어요.
나중에 여행 갔을 때 그 이야기를 꺼냈어요. 〈참 독특한
사람이야. 세계적인 감독하고 있었는데 자기는 별로 적극적이지
않았잖아. 엄청난 충격이었어.〉 이렇게 얘기하니까 남편이 〈그래?
그때 충격받았어?〉라고 반응하더라고요. 그제야 제 마음을 조금

비출 수 있죠. 〈외국에서는 신 같은 존재들이니까. 배우들이
아무리 다가가고 싶다 해도 쉽지 않은 그런 어려운 존재들이야.〉
그 신들이 바로 옆에서 우리에게 관심을 가졌다고 설명을 쫙 하니
남편이 그제야 납득하더라고요. 저는 그날 남편의 행동과 상황을
받아 준 거예요.

제가 희망하는 것은 나중에 제가 지나가듯이 한두 마디만 꺼내도
〈주은이가 지금에야 이렇게 설명하지만, 그때는 아무 얘기도 안
했구나. 왜 그랬을까?〉 하며 자신을 돌아보는 거예요. 그러려면
저는 그 자리에서 몇천 번을 죽어야 돼요. 나중에 전혀 다른
자리에서라도 남편이 받아들일 수 있을 때 한 번 풀어 봐야겠다고
생각하는 거죠. 곧바로 말하는 것보다 나중에 얘기하는 것이 더
강력하니까요. 그래서 언제, 어떻게 이야기하는 게 효과적일지 늘
생각해요.

　　　눈앞에 있는 커다란 기회를 그냥 날아가도록 두는
　　　거네요.

어쩔 수가 없어요. 그냥 가도록 두어야죠. 남편이라고 생각이
왜 없었겠어요. 자기 나름대로 다 있죠. 그런데 당시에는 우리가
여유 있게 서로의 입장을 이해해 가면서 얘기할 수 있는 상황이
아니었어요. 시간만이 해결할 수 있었어요. 제 문화를 남편이
알려면 시간이 필요한 것처럼. 아무리 가르쳐 줘도 상대가

받아들일 자세가 안 되어 있으면 어려워요. 몇 마디 말로 전할 수 있는 게 아니에요. 자기가 스스로 깨달아야 하죠.

고액의 출연료를 제안한 광고 일도 하찮은 이유로
거절해서 속상했다는 이야기를 들었어요.

남편과 결혼하면서 연예인이라는 직업에 대해 알게 되었는데, 광고가 특히 놀라웠어요. 별거 안 하는 것처럼 보이는데 어마어마한 금액이 그냥 들어오더라고요. 그런데 그 기회를 놓칠 때가 많아요. 큰돈이 그냥 날아가 버려요. 아내 입장에서는 〈하나도 빠짐없이 다 해야지 지금 무슨 생각이지?〉 했죠. 하지만 남편한테는 언제나 이유가 있었어요.

한번은 신발 브랜드 광고였고 부부가 출연하는 조건으로 굉장히 큰 금액을 제안했어요. 그 대신 남편 헤어스타일을 조금만 다듬어 달라고 했어요. 전 당연히 남편이 승낙할 줄 알고 물어봤어요. 〈그 머리 조금만 다듬으면……〉 그러니까 손을 막 휘저어요. 〈주은아, 예술인한테는 시기라는 것이 있어. 그리고 나는 배우이니까 배역을 기다리는 자세도 필요해. 어디서 잘라 달라고 해서 자르는 건 못 하겠어. 그건 주은이가 좀 이해해 줬으면 좋겠다.〉 제가 그 자리에서 또 몇천 번 죽고 넘어 갔죠. 물론 광고는 놓쳤고요. 그런데 일주일 후에 바로 머리를 자르고 온 거예요. 깔끔하게 바짝! 그래서 어떻게 된 거냐니까 한다는 말이 〈느낌이 왔어!〉 이제 좀 잘라야겠다는 느낌이 왔다는 거예요. 〈그게 일주일 전이면 안 되었을까?〉 〈일주일 전? 그 광고 때문에?〉 〈그렇지. 이렇게까지 짧게 자르라는 것도 아니었는데!〉 〈그래, 미안해. 그때는 자를 수가 없었어. 이해해 줬으면 좋겠다.〉 늘 이렇게 별난 일로 스트레스를 받았죠.

경제, 일, 스타일 등 여러 면에서 가치관이 달랐군요.

처음에는 정말 갑갑한 일이 많았죠. 결혼하자마자 남편에게 빚이 몇억이나 있다는 걸 알았는데, 남편은 언제라도 벌면 된다는 생각이었어요. 일일이 돈 계산을 하면서 살면 골치 아픈 일이 생기거나 인간관계의 회복이 어려워진다고요. 그래서 빌려 준 돈도 많았어요. 우리가 동시에 어떤 사람에게 서로 몰래 돈을 빌려 준 적도 있어요. 그 사람이 도망가고 나서야 알게 되었어요. 그리고 남편 통장을 관리했던 18년 된 친구한테도 당했어요. 그 당시 10억이 들어 있었던 통장인데, 결혼을 했으니 넘겨 달라고 했지요. 그랬더니 갑자기 사라졌어요. 그런데 남편이 뭐라는 줄 알아요? 〈주은아, 그 돈이 얼마나 오래 갈지는 모르겠지만 그냥 두자.〉 그때 남편이 대단하게 보였어요. 대학교 때부터 알게 된 오래된 친구인데, 그 당시 매니지먼트 개념이 없었기 때문에 그 친구한테 관리해 달라고는 통장을 맡겼대요. 게다가 전셋집을 얻어 주고 레포츠 회사를 차려 주기도 했대요. 결혼하기 전에

두 사람이 같이 살기도 했는데, 심지어 결혼한 후에도 같이
살았었죠.

그렇게 부딪히는 순간들이
나름대로 우리 부부의 기록이 되고
역사가 되었어요.

　　　　신혼 시절에 그 친구와 같이 살았다고요?

정말 셋이서 한 달을 살았어요. 밥을 차리더라도 그 친구 몫까지
해야 했으니 너무 난감했어요. 어떤 때는 아침에 일어나면 그
친구가 거실 바닥에서 자고 있어요. 그렇게 불편한 채로 한
달을 보냈어요. 한번은 친구가 감기에 걸려 아프니까 남편이
한다는 말이 〈감기에 좋은 음식 좀 해주면 좋겠네……〉. 그 말을
듣는 순간 제가 폭발했어요. 그래서 남편에게 한마디 했어요.
〈오빠, 이런 얘기는 어떻게 해야 할지 모르겠지만 나는 오빠 한
사람하고만 결혼했지 두 남자랑 결혼한 게 아니에요. 오빠를
돌볼 수는 있지만 저 친구까지는 어려워요.〉 남편은 동생들과,
친구도 다 자기 식구인데 갑자기 한 여자가 들어왔다고 생활이
송두리째 달라져야 한다는 걸 이해하지 못했어요. 자기가 살던

세계밖에 몰랐고 그것이 바뀌는 것을 어려워했지요. 〈오빠가 정리 좀 해볼게〉하더라고요.

그래도 바로 말다툼으로 가지 않고 생각을 정리한다고 표현했네요.

제가 남편한테 혼란을 줬죠. 그런 순간이 언제 올지 몰라요.

그런 순간이라는 건 어떤 뜻이죠?

남편이 지금까지 살아온 세상을 제가 흔드는 순간이요! 그걸 어떻게 받아 주고 어떻게 이해할지, 그리고 무슨 대답을 할지 정말 모르겠더라고요. 저한테는 마치 도박과 같았어요. 그런데 그렇게 부딪히는 순간들이 나름대로 우리 부부의 기록이 되고 역사가 되었어요. 신혼집에 들어가자마자 〈저 친구가 나가지 않으면 내가 나갈 거야〉라고 협박하지 않았어요. 저도 나름대로 남편의 상황을 존중하고 그 상황 속으로 들어갔잖아요? 같이 어울리다가 얘기를 꺼냈죠. 분명히 말하지만 처음부터 싫었어요! 하지만 남편에게 신뢰를 얻는 것이 가장 먼저 해야 할 일이었고, 그 한 달간이 신뢰를 쌓을 기회라고 여겼죠. 그리고 제가 원하는 대로 설득하기 위해 어떻게 상황을 만들까 하는 고민을 많이 했어요. 결국은 이렇게 이야기하며 남편에 대한 저의 바람과 꿈을 말했어요. 〈나는 이 세상에 오빠밖에 없어. 오빠만 생각하고 걱정하고 신경 쓰고 싶은데 자꾸만 다른 사람에게 그 마음을 나눠 주라고 하면 어떡해야 할지 모르겠어. 난 그럴 준비가 안 되어 있어.〉

그런 당연한 이야기를 할 때도 입장을 바꿔 생각해 보고 상대가 더 쉽게 받아들일 수 있게끔 하는군요.

늘 셋이 같이 어울리고 재미있게 얘기도 나눴어요. 절대로 싫은 티를 안 냈어요. 단번에 설득할 수 있게끔 마음먹고 한 달을 꾹 참았죠. 제가 조금이라도 불편한 티를 내면 남편이 결정적 순간에 저를 믿지 않을 것 같았어요. 제 불만까지 받아 줄 수 있는 여유가 있는 사람이 아니라는 걸 본능적으로 느꼈거든요. 여태까지 살아 온 방식이 온통 자기중심적이었으니까요. 하지만 저는 남편이 이상적인 가정을 갖고 싶어 한다는 걸 알고 있었어요. 남편이 저를 보면서 자기가 꿈꾸어 왔던 사람이라고 했고, 저와 좋은 가족을 만들고 싶다고 했거든요. 캐나다 집에 남편이 처음 왔을 때 집 안 구석구석을 다 신기하게 살펴보는 걸 보고 느꼈어요. 그러니 저도 남편이 원하는 것을 다 해주고 싶었죠. 그런데 정작 남편의 세상에는 내가 좋아할 만한 것이 하나도 없었어요. 그때 제가 직면했던 큰 도전은 〈남편이 이질감을 못 느끼도록 남편 주변의 것들을 정말 좋아하는 것처럼 보여야겠다!〉였어요.

처음부터 전략이 있었군요.

에피소드 하나만 말해 줄게요. 남편이 카드놀이를 매주
했는데 카드 자체보다는 그 분위기를 좋아했어요. 사람들
모아 놓고 각자 자리에 앉아서 담배 한 대씩 폼 잡고 피면서
포커를 치는 거죠. 조그마한 테이블 위에 까만 타월을 하나
덮어 놓고 칩들을 던져 가면서 포커를 했어요. 남편은 두꺼운
로브도 하나 쫙 빼입었고요. 일주일에 한 번씩 사람들이 집에
모였는데, 제가 〈골목 친구들〉이라고 불렀던 뒷골목이 주 무대인
남자들이었어요. 「미녀와 야수」에서 야수 친구들 중에 숟가락,
젓가락, 시계, 이 빠진 찻잔 들이 있잖아요. 그거랑 매한가지였죠.
한 사람은 정말 이도 빠져 있었고요. 순수하지만 사회적으로
인정받는 사람들은 아니었죠. 남편은 자기에게 이익을 주거나
도움을 준다는 이유로 친구를 사귀지 않아요. 의리로 이어진
뜨거운 관계 있죠? 그러면 돼요. 아름다운 우정이라는 건 알지만,
이렇게 살면 큰일 나겠더라고요. 남편이 매일 골목 친구들에게
둘러싸여 있으면 나는 뭐고 우리 아이들은 뭐가 되나요? 그런
불안을 지닌 채로 포커 테이블에 다양한 간식들을 내갔어요.
제가 그 친구들한테 〈음료수 뭐 드실래요?〉 하면 제 발음이
어설퍼서 한바탕씩 웃더라고요. 그렇게 남편의 세계에 들어갔죠.
친구들이 올 때마다 변함없이 신나게 준비했고 제 그런 모습을
남편도 뿌듯해하고 고마워했어요. 남편에게 신뢰를 얻어 가는

과정이었지요.

어느 날 드디어 골목 친구들에 대한 얘기를 꺼낼 때가 되었다고
생각했어요. 남편도 받아들여 줄 것 같았지만, 그걸 어떻게
말하느냐가 제일 중요했죠. 제가 남편과 살아 보니 자기 인생에
해야 할 것과 하지 말아야 할 것들을 잘 구별하더라고요.
그래서 남편이 골목 친구들을 상대하는 이유를 생각해 보고
앞으로 어떻게 될지를 상상해 봤어요. 〈친구들 순수하고
좋으시다.〉 이렇게 좋은 말로 시작했죠. 〈그 사람들은 사람을
사귀는 데 어떤 목적도 없고, 의리도 있어. 내가 배울 게 많아.
앞으로 그 친구들이 결혼하고 아이를 낳아 우리 아이들하고도
자주 어울리면 참 좋겠다.〉 그렇게 말을 던져 봤어요. 그런데
남편 표정이 조금 굳어져요. 〈그건 아니지.〉 거기서 딱 선을
긋더라고요. 그래서 이해가 안 간다는 듯이 되물었어요. 〈뭐가?〉
〈아니지, 우리 아이들은 다른 아이들과 지내야지.〉 그 순간 숨을
쉴 수 있겠더라고요. 그 친구들을 차별하는 건 정말 아니에요.
열심히 사시는 분들이지만 가정, 부부, 가족을 기준으로 사는
사람들이 아니었어요. 그런데 아이들 이야기가 나오니까 남편이
그 친구들한테 갑자기 그 기준을 대더라고요. 굉장히 단호하게
말해서 저도 놀랐어요. 그때 오히려 제가 거꾸로 말했어요.
〈자기는 참 나쁜 친구다. 어쩜 그렇게 말할 수 있어. 이렇게까지
자주 만나고 의리 있는 관계라면 끝까지 우정을 지켜야지 거기서
선을 그어? 그리고 우리 아이들이 생기면 그 아이들하고 못

논다고? 그런 법이 어디 있어?〉

　　　반응이 어땠나요?

창피해했어요. 할 말이 없는 거죠. 왜 안 되느냐고 계속
밀어붙이니까 말이랑 생각이 막 꼬이는데, 그걸 보는 게
즐거웠어요. 저는 가정을 위해 꼭 필요한 우리만의 기준을 보호한
거예요. 이 남자에게 우리 집에도 서로 지켜 가야 할 기준이
있다는 걸 확인시켜 주고 싶었는데, 오히려 저보다 더 엄격한
기준을 가지고 있었죠.

　　　기분 나쁜 말 하나 안 하고 뒤통수친 격이네요.

우선 남편이 그 골목 친구들과 얼마나 오래 갈지, 이 친구들이
남편의 인생에서 얼마나 중요한지 생각해 봤어요. 그리고 남편의
생각보다 한 단계 더 깊이 들어가 봤어요. 그래서 아이들끼리도
서로 어울리는 친척 같은 관계를 가지자고 말해 본 거죠. 그게 말
한마디로 뒤통수 치는 격이겠죠? 알려 주고 싶고 깨달음을 주고
싶더라도 절대로 가르치는 입장이 되면 안 되었어요. 상대방이
깨닫게끔, 그 사람의 입에서 스스로 자기의 잘못이 나오게끔 해야
해요. 남편은 자기주장이 맞는다고만 말하는 사람이에요. 저는
틀렸다는 걸 알면서도 우선은 남편의 주장 속으로 들어가 봐요.

좋다고 밤마다 친구들을 불렀지만, 일반적인 가정의 모습은
아니었죠. 그런데 거기서 제가 거북하다고 한마디라도 하면
남편이 할 말은 뻔해요. 〈주은이는 좋은 환경에서만 살아서 역시
편견이 있어.〉 그래서 우선 골목 친구들이 올 때마다 저도 무조건
환영했죠. 그러면 남편이 트집 잡을 게 없잖아요. 저와 환경도
다르고 생각도 다르지만 나중을 위해 우선은 남편한테 다 맞춰
줬어요. 남편 좋아하는 걸 오버에 오버로 응원했지요.

그 이후에 카드놀이는 줄었어요?

자연스럽게 줄었어요. 처음부터 제가 싫다고 했으면 오히려
저한테 보여 주려고 더 열심히 했을 거예요. 자기가 알아서 접게
하려는 계획이 성공한 셈이죠.

남편이 가지고 있는 가정에 대한 엄격한 기준은
뭐였어요?

남편의 머릿속 완벽한 가정은 드라마에서 보는 그런
그림들이었어요. 예를 들어 남편 목소리는 남자다워야 했고,
남편이 집안의 기준을 세워야 했지요. 아내는 말을 잘 듣고
목소리가 부드럽고, 맛있는 걸 준비해 놓고 남편을 왕처럼
대접해야 했고요. 아이들은 부모님 말씀 잘 듣고 올바르게 커야

했죠. 그런 생각을 가진 사람과 살아야 했으니 참 힘들었어요. 요즘 세상에 그런 가정이 어디 있어요? 하지만 가족을 가져 본 경험이 없어서 본인은 그렇게 해야 한다고 생각한 거예요. 그래서 남편이 원하는 가정의 모습이 뭔지를 느꼈을 때 우선 맞춰 주려고 했지요.

조금은 비현실적이고 지나치게 가부장적인 가정에 대한 환상을 깨고 싶지 않았나요?

딱 보아 하니 직접 경험을 해야 알게 되지 제 말로 깰 수 있는 게 아니었어요. 결혼한 지 얼마 되지 않았으니까 제가 무슨 이야기를 해도 그걸 진심으로 믿지 못했어요. 그래서 저도 남편의 방식대로 해보겠다고 결심했어요. 언젠가는 깨달을 거라고 믿고 있었거든요. 그렇다고 건성으로 행동하면 안 되었죠. 온갖 정성을 다해야 했어요. 그럼에도 남편이 원하는 가정은 불가능하다는 사실을 언젠가는 알게 되리라고 믿었어요.

극한 상황에서 서로에게 갖는 신뢰는
쉽게 얻을 수 있는 게 아니에요.

신뢰를 얻기 위해 노력했다고 했어요. 보통은 부부라고 하면 이미 신뢰하는 관계라고 생각하죠. 결혼을 했으니 무조건 상대를 신뢰한다고 여기기보다는 상대의 신뢰를 얻기 위해 노력했다는 말이 인상적이에요.

우리가 말로는 별 좋은 소리를 다 할 수 있잖아요. 사랑한다, 믿는다, 너밖에 없다, 널 지켜 준다. 하지만 우리가 상상도 못 하는 상황이나 사람들이 다가오게 되죠. 그때가 남편의 진심을 볼 수 있는 순간이에요. 나를 대하는 남편의 본능적인 태도가 바로 그 대답이고요. 그건 억지로 꾸며 낼 수 없어요. 그런 극한 상황에서 서로에게 갖는 신뢰는 정말 쉽게 얻을 수 있는 게 아니거든요.

그 반대로 나도 그 사람을 신뢰해야 하잖아요. 그 사람이 믿을 만하지 않다면 어떡하죠?

만약에 그 사람이 내 신뢰를 받을 자격이 없다면 저는 그것도 내 과제로 여기고 해내고 싶어요. 그 신뢰를 나부터 시작하는 거죠. 나의 조건 없는 마음과 신뢰, 사랑을 통해서 상대도 똑같이 신뢰를 주는 사람이 되어야겠다는 감정을 불러일으키는 거죠. 남편이 유명인이니까 별난 상황들이 생길 수 있잖아요. 그걸 일일이 알아 낼 수 없고, 억지로 제 앞에 사람을 세워 놓고 확인할 수도 없었어요. 그래서 행동 하나하나로 제가 표현하고 싶은

사랑이 뭔지를 먼저 보여 주었어요. 언젠가는 이 사람의 눈에서
감동의 눈물이 나오게 만들고 싶었어요. 그래서 말보다 행동으로
표현했죠. 그게 더 강한 효과가 있다는 걸 알았으니까요.

남편에 대한 신뢰가 나에게 부메랑처럼 돌아온다는
것인데, 그 사람이 나를 힘들게 하고 의심스러운 행동을
해도 미워하기는커녕 먼저 말과 행동으로 노력해야
한다는 거잖아요. 당장의 불편한 상황에 집착하지 말고
조금 더 장기적으로 현명한 길을 찾는 거군요.

그건 도박처럼 리스크가 크고 시간도 꽤 걸려요. 하지만 그
역할을 나부터 먼저 책임지기 시작해야 한다는 거예요. 여기서
중요한 게 있어요. 기본적으로 상대가 나를 사랑해야 한다는
걸 느껴야 해요. 내가 이 남자를 쫓아가기만 하면 안 돼요. 그건
제 기준이에요. 연애를 할 때든 결혼을 한 뒤든 계속 쫓아오게
만들어야 해요. 그래서 제가 가진 매력을 유지하려고 많이
노력했어요. 예를 들어 아침에 일어나자마자 나의 기쁨과
에너지로 좋은 기분을 안겨 준다든지, 힘든 위기가 닥치면
뒤돌아서서는 한참을 울지언정, 〈괜찮아. 해낼 수 있어〉라고 말해
줄 수 있는 여유를 보여 주어 남편이 편한 마음을 가질 수 있도록
했어요. 후줄근하게 입고는 어떤 모습이라도 남편이 당연히
날 사랑해 줄 거라고 생각하지 않았어요. 그렇다고 화려한

차림으로 있어야 한다는 것은 아니에요. 남편이 나를 보면서 힘을

얻을 수 있어야 해요. 저는 남편한테 언제나 인상적인 아내가

되고 싶어요. 어떻게 하면 이 남자가 나를 보면서 〈당신은 참

대단해〉라는 말이 자연스럽게 나오게 할까? 그걸 목표로 제

자신을 키워 내고 있어요. 외모에서부터 말이나 행동 모두요.

남편을 진심으로 위해 주고 응원해 준다고 느낄 수 있도록

했어요. 그런 점을 자꾸 보여 주면 남편도 언젠가는 감동할

거라고 믿었어요.

여전히 마음속에 간직하고 있는
생각이 있어요. 어느 누구에게서든지
가르치는 말투를 듣는 건
불편하다는 거예요.

남편의 사고방식에 대해 말할 때 특별히 염두에 두는

것이 있나요?

제가 어릴 때 배워서 여전히 마음속에 간직하고 있는 생각이 하나

있어요. 어느 누구에게서든지 가르치는 말을 듣는 건 불편하다는

거예요. 누군가 그렇게 얘기하는데 귀에 확 들어왔어요. 말이

되더라고요. 누군가가 가르치려 들 때 사람들은 자존심도 상하고 예민해지잖아요. 나한테 완벽한 답이 있고 당연히 그걸 따라야 한다고 말하면 상대는 공격으로 느껴요. 그런 상태에서는 상대가 여유를 찾을 수 없죠. 공격이라고 느끼지 않도록 말하는 것도 소통의 방법이에요. 그게 어려울 때는 그냥 솔직하게 말하기도 해요. 〈내가 이야기를 하나 하고 싶은데 오해하지 않았으면 좋겠어. 나도 이게 맞는지 잘 모르겠어. 어쨌든 너를 불편하게 할 의도는 전혀 아니라는 걸 미리 말하고 싶어.〉 아이들에게도, 남편에게도 그렇게 말해요. 내가 이야기하고 싶으면 그걸 들을 상대방을 배려해야 해요. 보통 남편한테 뭔가를 요구할 때 쉽게 가르치는 입장이 되잖아요. 그건 누구든 싫어해요. 그래서 그러지 않으려고 정말 조심하죠. 남편은 제가 뭔가를 가르친다고 생각하면 귀를 닫더라고요.

소통에 필요한 다른 실용적인 팁이 또 있나요?

저는 짧게 말해요. 말이 길어지면 남편이 오해할 가능성도 그만큼 더 커졌어요. 게다가 일일이 설명하면서 이해시키려면 구구해지고 효과적이지 않더라고요. 정신 차리고 3분 안에 내가 원하는 것을 말하자고 생각했죠. 그러니 그 짧은 시간에 어떻게 말해야 상대방의 기분이 상하지 않으면서 원하는 걸 얻을까? 이런 고민을 언제나 해요. 보통 대화를 할 때이건 강의를 할 때이건 길게 얘기하는 사람이 많은데, 반대로 듣는 사람은 핵심의 한마디를 계속 기다리고 있어요. 기다리고 기다리다가 그 한마디가 안 나오면 관객은 지치고 어느 순간 다 사라져요. 또 다른 하나는, 말을 많이 아껴요. 정말 해야 될 때만 하는 거죠. 설득해야 할 사람이 있으면 그 사람을 먼저 알아야 되니까 말하는 대신 상황을 더 살펴요. 〈상대방이 이해를 할까? 이 사람에게는 여기까지만 말해야겠다. 저 사람은 이해할까? 저 사람도 여기까지만.〉 이해를 시켜야 할 단계가 너무 많다 싶으면 얘기를 아예 안 해요.

　　　말을 해서 상황이 꼬이느니 얘기 안 하는 게 나아서요?

말을 더 해버리면 질문만 많아지고 정작 제가 전하고자 하는 의견은 사라져 버려요. 그래서 내 말이 당장 그 사람을 이해시킬 수 없으면 안 하지요. 어떤 것이냐에 따라 일주일, 몇 달, 아니면 몇 년 후에야 비로소 내가 하고자 했던 말을 알아주고 깨달아요. 그런데 어떤 때는 바로 그 결과가 나와야 할 때도 있지요. 그럴 땐 훨씬 더 마음을 내려놓는 자세가 필요해요. 직접적으로 말하지 않아도 상대를 통해서 내가 원하는 결과가 나오게끔 하려면 어떻게 상황을 만들어야 할까? 그런 고민을 많이 하지요.

　　　보통은 그 반응이 빨리 나타나길 기다리고 원하잖아요.

그래서 조급해지고요.

저는 반응이 빨리 오지 않아도 돼요. 더 중요한 건 본인이 깨달을 수 있게끔 하는 거예요. 제가 남편의 카드놀이를 멈추게 하려고 했던 것처럼 그렇게 항상 도전이 시작되죠. 그게 장기 프로젝트가 될 수도 있어요.

전하고 싶은 뜻을 남편이 자연스럽게 받아들일 수 있는 상황을 만드는 것도 쉬운 일은 아닌데요.

인내가 필요해요. 상대에게 섭섭한 순간이 있잖아요. 그런데 섭섭하다는 말을 그 순간에 하면 안 돼요. 상대방이 그 메시지를 받아들일 준비가 될 때까지, 심지어는 상대가 여기저기 부딪치며 상처를 입는 것까지 보며 기다려야 해요. 그 사람에게 그 메시지가 필요한 순간이 오면 저는 제가 하고 싶었던 그 한마디를 해요. 〈기억나지? 참 웃긴다. 나도 그런 경험이 있어.〉 그러면 상대는 거기서 깨닫게 돼요. 평생 잊지 못하죠. 저는 남편이 기분 좋을 때에 저를 실망시켰던 상황을 이야기해요. 〈나 하나만 얘기할게. 그런데 마음의 준비가 필요한 이야기야.〉 이렇게 남편이 너무 불편해하거나 깜짝 놀라지 않도록 우선 신경을 쓰죠. 실제로 이야기를 할 때는 도움을 요청하는 듯이 아주 저자세를 취해요. 〈내가 마음에 걸리는 게 있는데, 나 좀 도와줄 수 있어?〉

〈가르치는 것〉과는 완전히 반대인 〈도움을 청하는 자세〉를 취하는군요.

〈나 힘들어. 조금만 도와줄 수 있어?〉 이렇게 부탁하듯이 말하면 〈당연히 내가 도와주지, 뭔데? 말해 봐!〉라며 자기도 모르게 독약을 신나게 먹어요. 저는 화가 머리끝까지 났지만, 우선 상황을 그렇게 만들어요. 어떤 상황에 부딪혔을 때 바로 그 자리에서 내 생각과 감정을 얘기한다고 스트레스가 풀리진 않더라고요. 내가 느끼는 대로, 내 본능대로 시원하게 얘기하면 상대방은 〈이 사람 뭐야?〉라고 반응해요. 그러면 문제는 더 복잡해지고 제가 얻을 수 있는 건 다 사라져 버려요. 그렇다고 무조건 참고 아예 얘기하지 말라는 건 아니에요. 제 마음속에 계속 그 불만을 갖고 있을 수는 없으니까요. 이야기를 하되, 마음가짐이 달라야 해요.

저자세를 취하는 데에도 요령이 있을 것 같은데요.

불만을 직접 표출하면 상대의 마음은 멀어져요. 받아들이기에 거북하지 않도록 남편이 필요하다는 걸 간절하게 어필하는 거예요. 〈그 순간에 외로웠어. 나는 자기밖에 없고 자기만을 믿고 있는데 이러이러해서 너무 불안했어.〉 그런 장면을 미리 짜보고 정말 연기자가 되어야 해요. 그런데 그 안에 이런 메시지는 꼭

들어가야 해요. 〈당신이 없으니 더 많은 문제가 생겼어. 당신이
너무 필요해.〉 내 마음에 걸리는 게 있으면 남편 마음에도 분명히
걸려 있겠죠. 보통 그런 상황에서는 아내가 이런 말을 할 거라고
예상해요. 〈당신의 태도는 잘못됐어.〉 그 예상을 뒤엎는 거예요.
〈자기가 없으니까 무서웠어. 갑자기 별별 생각이 다 나더라.
그런데 그때는 얘기를 못하겠더라고.〉 그렇게 상대방에 대한
소중함과 필요함을 표현하면 미안해하고 감동하지요.

저는 감정을 빼는 연습을 해요.
감정이 들어가면 그 순간부터
상황이 확 커진다는 걸 알아요.

화가 나는 순간에 냉정해져야 할 것 같은데, 그걸
조절하는 방법이 있어요?

또 연습이 필요하죠. 저는 감정을 빼는 연습을 해요. 감정이
들어가면 그 순간부터 상황이 확 커진다는 걸 알아요. 만약
남편이 소리를 지른다 해도 저는 절대로 소리를 지르지 않아요.
그런 행동에 1백 퍼센트 예상되는 반응을 하면 안 돼요. 극복해야
하는 도전이라고 생각하고 참고 지나가면 딱 이런 기분을 느껴요.

〈내가 또 올바른 선택을 했구나.〉

　　　　감정을 조절하기 힘들 때는 그것도 내가 맞닥뜨린

　　　　도전이라고 생각하나요?

그런 상황에서 내 감정이 흔들리면 그 상황도 확 흔들려요.

결국 내가 정한 기준에 도달하기 위한 도전을 하는 거지요.

절대로 상대가 예상한 반응을 하지 않는 것도 제 도전이죠. 저는

충동적인 것은 우선은 배제해요. 확 올라오는 본능적 감정을

추스르는 것도 도전이죠.

　　　　감정적인 말로 상황을 더 키우지 않는군요.

맞아요. 그리고 무슨 말이든 하기 전에 미리 다짐할 수 있어야

해요.

　　　　어떤 다짐이요?

〈이게 말이 돼? 지금 장난해? 그렇게 생각이 없어?〉 같은 표현들

있잖아요. 싸움이 될 수 있는 말들을 안 하겠다는 다짐이에요.

누구에게나 어려운 일이죠.

그렇게 참아야 하는 순간이 많이 있었나요?

우리 가족에게 빼놓지 못하는 에피소드가 하나 있어요. 〈노인 폭행 사건〉. 누가 보더라도 감정이 북받치는 사건이죠.

〈쾅〉 하는 위기의 순간에
귀한 보물이 숨어 있다고 생각해요.

〈노인 폭행〉이라는 단어가 주는 자극에 터프가이라는 최민수에 대한 고정 관념까지 더해져 많은 사람이 기억하는 사건이지요. 최민수 씨가 공식 기자 회견에서 무릎을 꿇었죠. 그때 어디에 있었어요?

그날이 아직도 생생하게 기억나요. 마트에서 주차를 하자마자 전화벨이 울렸어요. 당시 매니저였죠. 〈형수님, 지금 어디세요?〉 〈장 보러 왔는데 무슨 일 있어요?〉 그런데 매니저가 좀 머뭇거려요. 그때 힘든 순간이 왔다고 직감했어요. 그 순간을 잘 넘기기 위해서 미친 듯이 내 감정들을 내려놓을 준비를 했고요. 〈괜찮아요, 지금 말씀하세요. 무슨 일이에요?〉 〈1시간 반 안에 생방송이 나갈 거예요.〉 그러면서 얼마 전에 노인과

실랑이했던 일이 노인 폭행 사건이라고 알려졌대요. 제가 〈남편
잘못이에요?〉 물으니 아니라고 해요. 그래서 우선 전화를 끊고
집안일을 도와주시는 분에게 전화해서 잠시 후 가지러 갈 거니까
남편의 어떤 옷과 신발을 준비해 달라고 했어요. 매니저한테는
집에 옷이 준비되어 있으니 남편이 그 옷을 입었으면 좋겠다고
말했고요. 그러자 매니저가 물어요. 〈전할 말 없으세요?〉 〈네,
옷만 그렇게 입으라고 해주세요.〉 화가 많이 났지만 그렇게만
하고 전화를 끊었어요. 이미 방송이 코앞이니 빨리 준비해야 할
테니까요. 그때 제가 하고 싶었던 말은 이거였죠. 〈왜? 왜 이런
상황을 만들었어? 왜 그걸 피하지 못했어? 이건 도대체 무슨
경우야?〉 제 속에서 본능적으로 왜, 왜, 왜가 너무 많았어요.
남편에게서도 전화가 왔지만 안 받았고, 생방송 나오는 것도
보지 않았어요. 그냥 모르는 체하고 싶었어요. 〈오케이. 어떻게든
알아서 해결하겠지.〉 그렇게 생각하고 평소와 다름없이 하루를
보냈어요.

아직도 그 사건에 대해 오해하고 있는 사람이 있어요.
결국 무혐의를 받았지만 정정 기사도 없었던 걸로
알아요.

나중에야 남편이 그 노인과 있었던 일을 설명해 줬어요. 이태원의
큰 음식점 앞에서 있었던 일이었고 그 식당 손님들의 불법 주차를

단속하려는 구청 직원과 수백억 원의 자산가이자 식당 주인인 노인 사이에 실랑이가 벌어지면서 교통 체증이 심해진 거예요. 지프차를 몰고 그곳을 지나가다가 교통 체증에 막힌 남편이 그게 단순히 신호 때문이 아니라는 걸 알고는 빨리 그 불법 주차된 차를 견인해 가도록 차에서 내려 도왔어요. 그때 자기 손님을 보호하려던 노인과 남편 사이에 실랑이가 벌어진 거죠. 결국 그 불법 주차되었던 차는 견인이 되었고, 다시 가던 길을 가려던 남편 지프차 보닛 위에 노인이 올라탄 거예요. 오픈카 형태의 지프차였어요. 남편은 갑자기 생긴 위험한 상황에 당황스러워서 우선 갓길에 차를 댄 다음, 그 노인을 조수석으로 끌어당겼어요. 차 안에는 남편이 늘 가지고 다니던 작은 등산용 칼이 있었는데, 흥분한 노인이 그걸 잡을까 봐 남편이 그 칼을 우선 잡았죠. 그런데 그걸 가지고 남편이 흉기를 휘둘렀다고 노인이 진술한 거예요.

일이 확대된 건 물론이고, 노인의 일방적 주장만 뉴스에 보도되었죠. 완벽한 뉴스거리였어요. 한순간에 괴물이 된 거예요. 제가 나중에 기자 회견 영상을 봤는데 남편이 잘못한 것도 없는데 카메라를 정면으로 보면서 무릎을 꿇고 〈머리 숙여 사죄합니다〉 하더라고요. 여태까지 내가 더 대단한 줄 알았는데 영상 속의 남편을 보면서 〈아, 이 남자가 나와 우리 가족을 지켜 줄 남자구나〉 생각하게 되었어요. 저라면 그런 순간을 피하고만 싶지 그렇게 말할 수 없었을 거예요. 내가 살아남고 싶은 마음이

더 강해서 그렇게 다 내려놓지 못해요. 그 마트 주차장에서 저의
〈왜?〉를 억눌렀던 것은 남편의 행동에 비하면 정말 아무것도
아니었어요.

그 이후 남편은 2년간 산에서 지냈죠. 어떤 마음으로
지냈어요?

남편에게도, 저에게도 필요한 시간이었어요. 남편은 가정에
피해가 오는 것을 싫어했죠. 그때 별의별 파파라치들이 있어서
가방 안에 몰래 카메라를 넣고서는 지하 주차장에 갑자기
나타나 최민수를 찾아요. 누구냐고 물어보면 동생이라고만
하고요. 제가 외국인 학교에서 일하고 있었는데, 학부모인 것처럼
찾아온 기자들도 있었고, 또 아무 생각 없이 눈이 부셔서 눈을
찡그리는 걸 찍어서 최민수 부인이 근심에 빠져 있다고 쓴 기자도
있었어요.
우리도 모르는 남편의 근황을 방송을 통해서 처음 알 때도
있었어요. 인터넷에선 남편을 몰래 찍은 사진이 돌아다녔고요.
바깥에서는 사람들 마음대로 드라마를 찍고 있더라고요. 그러면
〈아, 저런 곳에 사는구나〉 하며 그제야 소식을 아는 거죠. 그럼
전화해서 〈거긴 또 어디야?〉 하고 물어봤어요. 아는 사람의 빈
집이었는데 반은 허물어진 곳이었어요. 남편이 옆에 있었으면
정도가 더 심했을 거고 힘들었겠죠. 우리 가족은 오히려

느긋했어요. 주말에 애들 데리고 가서 하룻밤 자고 온 적도 몇 번 있어요. 좋더라고요! 자기 지프차와 오토바이 가져다 놓고, 가죽 공예 공간도 만들었더라고요. 혼자 유유자적 자유롭게 캠핑하는 사람의 모습이었어요.

제가 남편의 입장이라면
그런 배우자가 필요할 것 같았어요.

서로 휴식 시간을 가진 거나 마찬가지네요. 그런데 주변에서는 위기라고 떠들썩하니 그런 시선과 말들에 에너지 소모가 있었겠어요.

우리가 이혼할 거라는 소문이 났어요. 여기저기서 이혼했냐고 전화가 왔죠. 하지만 사실은 그 반대였어요. 우리가 떨어져 살게 된 것은 남편 입장에서는 가정에 피해를 안 주고 싶어서 내린 결정이었고, 저는 사회생활을 계속해야 하고 아이들도 학교를 다녀야 하니까 최소한의 정상 생활을 유지하기 위한 결정이었어요. 색다른 시간이었고 오히려 사랑을 확인하는 시기였지요. 우리가 더 단단해지는 시기요. 저는 더욱 본능적으로 우리 울타리를 지켜야 한다고 생각했고 그동안 남편은 정신적

치료와 회복을 했어요. 남편한테 〈걱정하지 마, 집안은 내가 지킬게, 자기는 필요한 시간을 가져〉라고 말했어요. 제가 남편의 입장이라면 그런 배우자가 필요할 것 같았어요.

> 그런 지옥 같은 상황이 오히려 신뢰와 사랑이
> 두터워지는 계기가 되었네요.

저는 〈쾅〉 하는 위기의 순간에 귀한 보물이 숨어 있다고 생각해요. 그렇게 실패 끝에 열매가 맺힌다고 믿어요. 실패를 두려워하는 게 아니고 오히려 거기서 중요한 게 나온다고 생각해요. 그 상황 밖에 나와서 그 상황을 살펴봐요. 그 사건 이후 우리는 서로를 더 신뢰하게 되었고, 어떤 일도 같이 헤쳐 나갈 힘이 생겼어요. 하지만 실패는 누구도 경험하고 싶지 않지요. 저는 결혼한 순간부터 매 순간 〈생각했던 것과 상황이 다르구나〉를 느꼈어요. 다들 살면서 그런 순간을 당연히 겪게 돼요.

> 함께 겪어야 할 실패의 순간을 어떻게 극복하느냐에
> 따라 서로의 믿음을 더 잘 확인할 수 있을 것 같아요.

결혼할 사람이 또는 결혼한 사람이 과연 제일 어두운 곳으로 나와 함께 손잡고 걸어 들어갈 수 있는가가 중요해요. 물론 결혼

전엔 저도 몰랐어요. 살아 보고, 그런 사건도 겪어 보니 알게
되는 거죠. 신뢰의 관계는 직접 만들어 가는 거예요. 이때 신뢰를
쌓으려는 우리의 의도가 참 중요해요. 소통할 때는 상대방을
먼저 믿어 주고 배려하는 자세부터 시작해야 해요. 그때 대화나
행동은 믿음과 신뢰를 보여 줄 수 있는 가장 큰 도구이죠. 그렇게
처음부터 신뢰를 만들어 가야지, 배우자로 정했다고 해서 없던
신뢰가 바로 생기는 것은 아니에요.

남녀의 역할을 구분해 놓으면
각자의 범위가 한정되잖아요.
참 좁아져요.

부인으로서 파악한 남편의 성격은 어때요?

제가 어떤 프로그램에서 남편에게 편지를 썼어요. 거기에 〈아기
천사 민수에게〉라고 시작해요. 그냥 쓴 말이 아니에요. 그 몸
안에 순수한 천사가 담겨 있으니까요. 성경에서는 천사의 탈을 쓴
악마를 알아보는 지혜가 있어야 한다고 하잖아요. 남편은 완전히
반대죠. 세상 사람들이 봤을 때는 악마처럼 보일 수 있어요.
누구도 만지고 싶어 하지 않고 옆에 가고 싶어 하지도 않은 까만

바위예요. 다들 〈너무 까맣다, 저거 너무 무겁다〉 하면서 그냥 지나쳤는데, 제가 그 옆을 지나가다가 넘어져서 어쩔 수 없이 그 옆에서 살게 되었지요.

제가 그 바위를 안고 참 예쁘게도 까맣다, 어쩜 이렇게 끝까지 이 자리를 지키고 있느냐면서 23년 동안 광나게 닦아 줬어요. 그러자 어느 날 갑자기 누구도 몰랐던 다이아몬드가 안에서 빛나는 거예요. 남편은 원래 밝은 사람인데 그동안 살아오면서 불행한 가정 탓에 어두운 면이 많이 부각되었어요. 장난 치고, 애교도 부리고 싶은데 받아 주는 사람이 주변에 없었던 거죠. 하지만 저는 처음 만났을 때부터 장난기가 많고 재미있는 사람이라고 알아봤어요. 아무리 심각하게 말을 해도 그 안에 개구쟁이가 보였어요. 남편은 순수한 사람, 편집되지 않은 사람, 아기 천사 같은 사람이에요. 그런데 그런 모습을 쉽게 파악할 수 없기도 하죠. 어떨 때는 하필 나한테 이 사람을 볼 줄 아는 눈이 있었을까? 왜 그 짧은 순간에 이 사람과 인연이 맺어졌나? 하고 생각해요. 저에게는 피하고 싶었던 순간이죠. 그 앞에 고생길이 훤하니까요. 그런데 남편에게는 저를 놓칠 수도 있었던 무서운 순간이었죠. 양쪽 입장이 참 달라요. 무대 뒤에서 어색하게 악수하던 그 짧은 순간 말이죠.

터프가이로 유명한 남편을 아기라고 표현하는군요. 그 말엔 어떤 의미가 담겨 있나요?

몸은 어른이지만 영혼은 맑고 티 없는 사람이에요. 어떤 상황 속에서도 자신을 조절할 줄 몰라요. 아기라는 건 그런 의미예요. 남편에 비하면 저는 까졌어요. 조절할 줄 알거든요. 남편은 영원한 소년인 피터 팬 같기도 하고, 어린 왕자 같기도 해요. 저는 그걸 보호해 주고 싶어요. 그냥 순수한 그대로 살았으면 좋겠고 그걸 도와주고 싶어요. 남편이 자라 온 과거가 안됐어요. 온전한 가족의 모양도 없이 험하게 자라 왔는데 부모를 향한 불평이 없어요. 남편이 5살 때 찍은 사진을 보면 새어머니인 김지미 씨하고 아버지 앞에서 행복한 표정을 짓는데, 그 모습에서 지금의 밝은 표정이 보여요. 편견이 많은 한국 사회에서 그 집안에 대해 정말 여러 말이 있었을 거예요. 틀렸다, 제대로 안 됐다, 콩가루 집안이다. 이런 별난 소리들을 들었을 텐데도 착실한 마음으로 살아왔지요. 그 점에 큰 격려를 해주고 싶어요. 그래서 저는 우리 삶 속에서 박수를 쳐요. 보호를 해주고 싶고 대신 감싸 주고 싶어요. 제겐 그런 힘이 있다고 느끼고 그 힘을 주고 싶어요. 이 한 사람한테요.

일반적으로 가정에서 부부가 가지는 역할이 있잖아요. 남자가 가장으로서 가족을 보호하고, 여자는 가장을 지지해 줘야 한다는 게 우리 사회가 지닌 전통적 생각인데 강주은 씨의 가족은 그 역할에 구분이 없는 것 같아요.

최근에 리마인드 결혼식을 올렸는데 거꾸로 했어요. 제가 신랑이 되고 남편이 신부가 되었죠. 그 역할에 대한 우리의 방식을 표현하고 싶었어요. 때로는 제가 남편의 역할을, 때로는 남편이 아내의 역할을 할 때가 있어요. 살아가다 보면 가정 내에서 역할은 그렇게 다 혼합되고 어느 시기가 되면 상대를 서로 도와주는 역할을 하게 돼요. 그래서 어느 때부터는 역할의 구분이 중요하지가 않아요. 꼭 내가 해야 하는 것, 꼭 남편이 해야 하는 것이 아니라 내가 지금 남편을 위해 뭐를 할 수 있을까? 남편은 나를 위해 어떤 점을 받쳐 줄 수 있나? 하는 생각을 하게 되죠. 그때는 역할의 고정 관념이 완전히 사라져요. 남녀의 역할을 구분해 놓으면 범위가 한정되잖아요. 참 좁아져요. 그 좁은 데에 서로 안 들어간다고, 또는 못 들어간다고 스트레스를 받죠. 저는 남편보다 사람들과 소통을 더 잘해요. 그래서 남편의 살아 있는 자막 역할을 하거든요. 그렇다고 남편도 내 자막이 되어 줘야 하나요? 필요 없어요! 못하니까요. 오히려 손해만 끼쳐요. 우리는 각각 할 수 있는 역할을 잘하면 돼요.

그렇다면 남편은 강주은 씨한테 주로 어떤 역할을 해주나요?

인스타그램 팔로어 늘려 주는 거! 참 화가 나요. 내 인스타그램에 남편 얼굴을 올리면 잠잠하던 팔로어 수가 확 늘어나요. 남편은

이전에도 말한 것같이 제게 꼭 필요한 재료이지만 제가 원하던
재료는 아니었어요! 제 머릿속의 이상적 남편의 모습과 부합되는
게 하나도 없어요. 저는 점잖으면서 농담도 잘할 줄 아는 사람이
좋아요. 그런데 말이죠, 그 이상적 남편이라는 게 현실적으로
가능한지 모르겠어요. 아마 그런 남자를 만났으면 오늘의 행복을
못 가졌을 거예요. 감히 있을 거라고 상상도 못했던 내 안의
재료를 남편이 끄집어내 줬으니까. 그만큼 제 세상은 제한되어
있었지요. 남편 덕분에 제 삶의 모양이 제 생각보다 훨씬 더
다양해졌고, 저도 몰랐던 나의 다른 모습도 발견하게 되었어요.

어찌 보면 재미와 안정을 바꾼 것도 같아요. 예상하지
않았던 곳으로 들어가는 모험을 해야지만 삶의
이야기들이 풍성해지잖아요. 불편함을 감수하는 것도
모험 중 하나예요. 일상에서 남편과 있으면서 자주
맞닥뜨리는 불편함은 무엇인가요?

남편과 불편한 점 중 하나는 이 사람이 〈편집〉할 줄을 모르기
때문에 생기는 불안함이에요. 폼 잡는 척이나 잘하지 계산할
줄도 모르고 불편한 자리에서 괜찮은 척도 못해요. 하려고
해도 꼭 숨김없는 이야기나 행동으로 그 자리를 다 망쳐 놔요.
다른 사람에게 맞춰 주기도 하고 싫어도 참아 주기도 해야
하는데 남편은 싫으면 싫은 표정이 나와요. 그래서 제가 옆에서

더 웃고 있으면 오히려 물어요. 〈이게 재밌어? 왜 웃어? 나는 재미없는데.〉 초를 쳐요. 그런 모습은 제가 감춰 줄 수도 없고 피할 수도 없죠. 그걸 만회하려고 뭘 하면 더 이상해져요. 그래서 이제는 그런 모습을 완전히 제 품에 안고 가는 습관이 되었지요. 남편의 솔직함을 사람들이 불편해하면 그 상황을 아주 투명하게 해석해서 알려 줘요. 〈맞아, 자기는 워낙 사람 만나는 게 익숙하지 않아서 많이 불편할 수도 있겠어.〉 그냥 그렇게 있는 그대로 말해요. 그럼 사람들도 이해를 해요. 그렇게 남편의 자막 역할을 하면 구멍 났던 부분이 어느 정도 메워져요.

남편이 변한 게 아니라 제가 변했어요.
그 사람은 바뀌지 않아요.

그런 자리가 이어지면서 남편이 변한 부분은 없었어요?
그 불편한 자리를 중재하는 역할을 끝없이 할 순
없잖아요?

남편이 변한 게 아니라 제가 변했어요. 그 사람은 바뀌지 않아요. 그래서 어떤 자리에는 남편을 빼야겠다는 것을 본능적으로 알게 되었죠. 굳이 데려가야 할 필요가 없더라고요. 그래서

혼자서 가는 행사들이 많이 생겼죠. 그것 역시 우리를 보호하는
방법이었어요.

　　그렇다면 남편이 자유롭게 감정 표현하고, 불편해하는
　　것을 말하도록 놔둬요?

남편이 마음먹은 이상 못 하게 할 순 없어요. 그런 일들이 많이
쌓이면서 저도 방법이 생겼죠. 그 자리에서는 거북하다는
말을 절대로 안 해요. 하지만 그 불편한 상황에 대해 한번은 꼭
짚어야 하잖아요. 그래서 효과적으로 이야기를 할 때를 찾기
위해 우선은 제가 싫어하거나 안 맞는 부분, 불편한 순간들을 내
이야기 주머니에 차곡차곡 넣어 둬요. 그 상황을 완전히 거꾸로
반전시킬 수 있는 때를 기다리지요. 그러다 보면 어느 날은 쌓아
뒀던 이야기 중에 하나를 꺼내도 될 만한 상황이 와요. 남편이
입 찢어지게 기분 좋은 날이 될 수도 있어요. 그 타이밍을 놓치지
않아요. 〈즐겁지? 그런데 만약 이 순간에 어떤 사람이 이렇게
하면 어때?〉 남편이 이전에 했던 행동을 제3자의 이야기인 것처럼
말해요. 그러면 남편은 고맙게도 이렇게 대답해요. 〈그거 완전
미친놈이지. 그게 말이 돼?〉 〈그렇게 생각해?〉 〈당연하지!〉 〈왜
그렇게 생각해?〉 〈상식적으로 말이 안 되지…….〉 이렇게 끝까지
자기 죄를 자기 입으로 말하게 만들고 기다리죠. 다 듣고는 전
이렇게 시작해요. 〈혹시 기억해?〉 〈뭐?〉 그때부터 실제로 남편이

저를 불편하게 했던 그 이전의 상황들을 설명해 줘요. 그러면
뒤통수를 치는 상황이 되는 거죠. 너무너무 시원하게요!

　　　　남편의 부끄러워하는 모습이나 미안해하는 표정을 보면
　　　　불편하게 마음에 담겨 있던 것들이 해소가 되나요?
　　　　그리고 그 이후의 남편의 반응도 궁금해요.

시원한 냉수 마신 것처럼 해소가 돼요. 그런데 어쩔 수 없이 안
바뀌는 부분들은 있어요. 그래도 남편이 제 입장을 알고 있는 게
중요하죠. 그러면 비슷한 순간이 또 왔을 때 남편도 인식하게
되죠. 알기만 해도 고마워요. 고칠 수 없는 것은 영원히 고칠 수가
없으니까요!

　　　　그렇게 참아 주고, 이해해 주고 잘못된 것을 불편하게
　　　　만들지 않으면서도 깨닫게 해주는 사람을 만나기는
　　　　정말 어려워요. 그럼에도 그 배려를 당연하게 여기는
　　　　것에 섭섭함이 생기고 어떤 때는 화도 나죠. 남편이
　　　　존중해 주지 않을 때도 생기고요.

물론 저를 존중해 주지 않는다는 느낌이 들 때가 있죠. 하지만
저는 그런 순간엔 짜증 내지 않았어요. 그 대신 〈내 멋진 남편
어디 있지?〉라는 뉘앙스로 반응했어요. 예를 들어 길을 걸을 때도

본인이 먼저 앞질러 가고 나는 쫓아가죠. 그런 경우도 〈옆에 서줘, 천천히 가줘, 왜 먼저 가?〉가 아니라 〈이렇게 외출할 때는 내 보호자가 되어 주면 좋을 텐데 왜 자꾸 없어지지?〉라고 표정이나 행동으로 메시지를 보내요. 어떤 상황에서든 마찬가지예요. 지금 말한 것은 비유적인 상황이지만 다 적용될 수 있을 것 같아요.

누구든 내 파트너가
독특하다고 생각할 거예요.
그런 만큼 우리만의 방법을
새로 만들어 가야 해요.

결혼은 두 세계가 만나는 것이에요. 거기엔 시너지도 있지만 충돌도 생기죠. 보통은 지혜롭게 그 충돌을 넘기라고 하지만 너무 막연해요.

결혼은 제가 여태까지 살아온 방법을 새롭게 보게끔 만들어 주었어요. 제가 살아온 방법으로는 남편과 살 수 없더라고요. 제 과거는 정말 일단락이 되었지요. 그 연장도 아니고 더 발전시키는 일도 아니었어요. 남편과의 새로운 환경 속에서 처음부터 다시 시작해야 했어요. 이건 결혼한 사람들 모두에게 해당돼요. 어떤 결혼 생활에서도 충돌을 피할 순 없어요. 누구든 자신의 파트너가 독특하다고 생각할 거예요. 그런 만큼 우리만의 방법을 새로 개발해야 하죠. 처음엔 많이 힘들었지만 저는 그 방법을 찾았고, 효과도 있었어요. 어떤 때는 제가 남편한테 전혀 영향을 주지 못할 때도 있어요. 아무리 제가 노력해도 바뀌지 않는 부분이 있는 거죠. 그런 것은 마음에 안고 가야 하는 부분이에요.

부부 둘만의 삶을 꾸려 나가면서 결혼 이전에 혼자 살면서 마음껏 펼쳤던 캐릭터를 어쩔 수 없이 양보하는 부분이 생기죠. 예전의 내가 현재보다 더 값어치가 있는 건 아닌지 걱정이 들 때도 있고 억울할 수도 있죠. 결혼을 위해 치과 의사가 되는 것을 포기하면서 자신의 끼나 성격도 다 억누르고 한 남자의 아내로 삶을 시작했지요.

그렇게 보면 제가 남편에게 참 대단한 선물을 한 거죠. 남편이 그걸 알면 참 좋겠지만 당시에는 몰랐어요. 이제 와서야 조금씩 아는 것 같아요. 〈주은이는 속에 담긴 것을 세상과 나눠야 하는 사람인데, 너무 내 품에만 꽉 안고 있는 것 같다〉고 말을 해요. 그래서 제가 강의를 하거나 외국인 학교에서 일하는 모습들을 참 자랑스럽게 생각하죠. 또 영어로 사람들하고 이야기 나누는 모습도 좋아해요. 외국 대사들을 인터뷰했던 아리랑 TV의

「디플로머시 라운지」도 평소에 보지 못했던 모습이라 그런지
좋아했고요. 또 요즘에 서툰 한국어로도 방송을 하고, 또
사람들이 반가워해 주는 걸 보면 참 행복하다고 말해요. 지금에야
서로에게 선물이 되어 주었다는 것을 아는 것 같아요.

남편이 그렇게 찾았던 형이 제 안에 있어요.
누나 같고, 엄마 같다고도 하지만
남편한테는 〈형〉이라는 표현이 더 어울려요.

부부 사이의 배려는 어떤 것이라고 생각해요?

역시 상대의 입장이 되어 주는 것이죠. 부부 사이에서 상대의
입장이 되어 주기 시작한다면 자식에게도, 부모에게도, 밖에서
만나는 사람들에게도 가능할 거예요. 내 옆에 있는 가장 가까운
사람에게 제일 먼저 시작하면 바깥에서 만나는 사람들도
자연스럽게 배려할 수 있어요. 배려는 우리 가족 사이에서만이
아니라 모두에게 적용되는 이야기예요.

상대의 입장이 되기 위해선 상대를 잘 알아야 해요.
남편을 어떻게 알아 갔나요?

남편을 공부하는 마음으로 살았죠. 너무 독특하니까요. 보통
사람들과 다르니까 언제나 관찰했고, 왜 그런지 생각했어요. 뭘
불편해하는지, 뭘 원하는지, 어떤 행동을 하는지 등등.

　　　남편은 강주은 씨를 어떤 캐릭터로 보나요?

저를 형으로 생각해요. 남편은 의지할 수 있는 형이라는 존재를
자기 인생 속에서 원했어요. 어떤 상황 속에서도 자신을 받쳐 줄
수 있는 형, 도와달라는 말을 하지 않아도 옆에서 챙겨 주고 힘써
주는 그런 의리 있는 형을요. 남편이 그렇게 찾았던 형이 제 안에
있어요. 누나 같고, 엄마 같다고도 말할 수 있지만 남편한테는
〈형〉이라는 표현이 더 어울려요.

　　　요새도 말다툼이나 신경전을 하나요?

싸우는 수준이 많이 높아졌죠. 이제는 위트 있는 싸움을 할 줄
알아요. 얼마나 더 핵심을 찌르는 말로 상대를 난감하게 만드는지
경쟁해요. 남편이 위트 있는 말로 저를 자극할 때는 이렇게
말하죠. 〈아, 너무 멋진 말이다. 역시 누나한테서 배워서 이제
수준이 꽤 높아졌어.〉

　　　신경이 날카로운 상황에서도 유머로 환기시키는군요.

지금 두 사람의 소통은 원활하나요? 그렇게 되기까지
얼마나 걸렸어요?

한 10년 걸린 것 같아요. 그 과정에서는 계속 소통하는 방식에
대한 고민과 실험 그리고 인내가 필요했죠. 박사 학위도 받을 수
있을 거예요.

그렇게 전략적으로 접근해도 10년이네요. 정말 박사
학위를 받는다면 어떤 주제로 논문을 썼을까요?
키워드가 있다면 어떤 단어가 될까요?

저는 지금도 논문 속에 살고 있고, 저의 생활과 행동으로 그
지면을 채우고 있어요. 최근엔 방송으로도 내용을 보태고
있죠. 저와 남편이 사용하는 우리 부부의 언어를 많은 시청자가
알아 가고 있어요. 논문의 주제는 인터퍼스널 릴레이션십, 즉
대인관계가 될 거예요. 그리고 그 안에서 가장 중요한 키워드는
〈러빙 쓰루 액션Loving Through Action〉. 행동을 통해 사랑을 보여
준다는 의미예요. 단순하죠. 그래서 그냥 지나치기 쉽고,
무시하기가 쉽지요.

어떤 행동으로 사랑을 보여 줄 수 있죠?

아주 쉬워요. 사소한 거라도 행동과 표정, 말로 보여 주는 거죠.
단순하지만 사람들이 잘 안 해요. 〈고마워〉라는 말일 수도 있고,
손을 잡고 웃어 주는 것일 수도 있고요. 그냥 기쁜 마음이 들 때
안아 주는 것일 수도 있어요. 미안할 때는 미안하다고 말하는
게 될 수도 있죠. 그런데 사람들은 그런 표현을 잘 안 하는 것
같아요. 너무 사소해서 중요하지 않다고 생각할 수도 있고,
부끄러워서일 수도 있고, 표현에 서투른 성격이라고 스스로
단정 지어서일 수도 있어요. 하지만 어색해도 반복해서 훈련해야
해요. 그러면 어느 순간 습관이 되고, 자연스럽게 되죠. 상대가
행동이나 표현을 내가 원하지 않는 방식으로, 또는 내가 모르는
방식으로 할 때도 있어요. 그때 상대의 표현을 잘 알아봐 주고
고마워하는 것도 그 사람을 사랑하는 방법 중 하나예요.

남편은 어떤 행동과 표현을 하고 있나요?

이제 와서 남편한테 뒤통수를 맞고 있어요. 현재의 남편을
만나기까지 시간이 필요했어요. 현재 남편의 모습을 열매라고
말한다면, 그건 쉽게 딸 수 있는 열매가 아니었어요. 그런데 지금
와서는 제가 좀 창피해요. 이 남자는 순수하게 뼛속까지 배려로
가득했으니까요. 제가 이 남자한테 주었던 배려는 장난하는
수준이었어요. 여태까지 저는 최민수와 살면서 힘들었고
참았다는 이야기만 했잖아요. 그런데 남편 안에는 저보다 몇

배나 더 큰 엄청난 배려의 폭탄이 있었어요. 이제 와서 돌아보면
내가 나를 아끼는 것보다 이 남자가 더 나를 아껴 줬어요. 그런데
내가 생각하는 배려, 내가 생각하는 사랑의 표현과는 너무
달라서 몰랐던 거예요. 이 남자의 배려를 조금 더 일찍 알아챌 수
있었더라면 참 좋았을 거예요.

　　　〈배려의 폭탄〉이라니 재미있는 표현이에요. 그 폭탄은
　　　언제 어떻게 터졌나요?

지금 떠오르는 이야기를 하자면, 제 첫 월급에 관한 일이에요.
10년 동안 주부로만 살다가 서울 외국인 학교에서 일을
시작했잖아요. 제 인생에서 첫 번째 월급을 탔을 때 그
봉투를 고스란히 남편에게 줬어요. 그랬더니 봉투를 확
빼앗듯이 채가더니 춤을 추면서 〈오늘 술 마시러 간다〉 하며
신나하더라고요. 실망스럽고 슬펐지요. 제가 원했던 반응은
〈주은아, 너무 고생했다〉라는 말 한마디였어요. 그런 드라마를
머릿속으로 이미 하나 찍어 놨는데 실제로는 영 반대였죠.
그런데 이미 줬으니까 그 자리에서 뭐라고 말하지도 못했어요.
그러고서 2년이 지난 어느 날이었어요. 힘든 일 하나가 끝나서
스스로 보상을 하고 싶었어요. 그래서 남편한테 말했죠. 〈나를
위해 뭘 하나 샀으면 좋겠는데 잘 모르겠네. 게다가 지금은
우리가 아껴야 하니까.〉 그런데 갑자기 남편이 〈잠깐만 기다려

봐〉 하면서 자기 방에 들어가더라고요. 그러고는 검도 책을

하나 가지고 나와요. 그래서 또 검도 이야기를 하려나 보다

했어요. 책을 막 뒤적이며 묻더라고요. 〈뭘 사고 싶어?〉〈글쎄,

어떤 물건을 사고 싶다기보다 그냥 기분이 그래.〉 그런데 갑자기

책 속에서 하얀 봉투를 빼더니 그걸 저에게 건네줬어요. 〈내가

소중하게 갖고 있었던 거야. 오늘 주은이한테 줄게.〉 봉투 안을

보니 첫 월급으로 받은 수표가 그대로 있었어요. 갑자기 눈물이

났어요. 〈그때 술 사먹는다고 하지 않았어?〉〈내가 그렇게 정신

나간 놈이야? 장난친 거지. 주은이가 처음 세상에 나가서 번

돈이라서 아끼고 있었어. 나를 아직도 몰라!〉 이런 식으로 한참

뒤에서 제 뒤통수를 쳐요.

당시엔 남편이 절 배려하는 게
뚜렷하게 안 보였어요.
문화적으로 표현이 다르고
방법이 다른 것만 불편했어요.

평소에는 남편의 어떤 행동에 배려를 느껴요?

제가 바랐던 배려는 내가 좋아하는 신선한 꽃이 내가 정말 원했을

때 테이블에 놓여 있는 것이었어요. 그런데 살면서 한 번도 그런 일은 없었죠. 남편이 제 상태를 미리 알아채서 제일 좋아하는 꽃을 챙겨 주길 바라는 건 비현실적인 일이에요. 그런데 그저께, 23년 만에 처음으로 그림 같은 배려를 받았어요. 서래 마을에 자주 가는 빵집이 있는데 갈 때마다 문이 닫혀 있거나 시간이 늦어서 제가 좋아하는 마들렌을 못 사는 거예요. 크기도 꽤 커서 정말 딱 하나만 먹어도 되는데 근래에 5~6번을 가도 못 먹으니까 화가 나더라고요.

그런데 이틀 전에 일을 마무리하며 너무 바빴던 하루를 끝내는데 남편이 봉투를 내밀더니 안을 열어 보래요. 그렇게 먹고 싶었던 마들렌이 두 개나 있었어요! 혼자 가서 사 온 거죠. 참 힘든 하루를 보내고 난 터라 그 순간의 기쁨과 감동은 엄청났어요. 그런데 거기서 끝이 아니에요. 다음 날 같이 외출을 했는데 저녁쯤 되니 갑자기 빨리 집으로 가자는 거예요. 다짜고짜 자기가 미리 주문을 해놨대요. 〈뭘 주문했는데?〉라고 물으니 〈그 마들렌!〉 제가 너무 좋아하니까 그걸 또 주문한 거예요. 가게가 8시에 닫으니까 그걸 가지러 가야 한다면서 막 서둘러요. 〈어제 사둔 거 아직 남았는데, 또 샀어? 몇 개를 샀는데?〉〈4개.〉〈…….〉 갑자기 열이 확 올라오더라고요. 남편은 아직도 절제하거나 멈출 줄 몰라요. 「미녀와 야수」에서 눈싸움할 때 야수가 그 연약한 미녀한테 커다란 눈덩이를 신나게 던지는 장면이 있잖아요. 딱 그런 순간이에요. 그게 남편의 배려인 거죠.

서툴러서 더 인간적이고 재밌어요. 반대로 최근에
남편에게 어떤 배려를 해줬나요?

오늘 아침에 있었던 일을 말해 줄게요. 남편이 딸기, 바나나,
아몬드 같은 거 넣고 건강 셰이크를 만든대요. 부엌에서 혼자
만들어서 쭉 마시더라고요. 그 모습을 보고 아침 식사는 챙기지
않아도 되겠구나 생각했어요. 한 시간쯤 후에 달걀 프라이가
먹고 싶더라고요. 그래서 프라이팬을 달구고 있는데 갑자기
주방에 들어와서는 물어요. 〈내 거?〉〈아니! 내 거!〉〈아,
그렇구나. 그런데 난 주은이가 예전에 만들어 주던 오믈렛 하나
먹으면 참 좋겠는데.〉〈아까 셰이크 마셨잖아!〉〈아유, 사람이
그것 가지고는 안 되지.〉 그러면서 제 옆에 와서는 달걀이랑
채소를 꺼내서 이미 막 일을 벌여요. 제 레시피대로 오믈렛
만들려면 채소들을 다져서 살짝 볶은 다음에 달걀을 붓고 치즈도
조금 넣어서 익혀요. 그런데 남편이 그 채소랑 달걀을 이미 다
섞었더라고요. 그래서 〈야채를 볶은 다음에 계란을 넣어야지〉
하니까 남편이 얄밉게도 끝까지 이런 말을 해요. 〈아, 그것도
참 좋은 방법이네! 역시 오믈렛을 제대로 만드는 사람하고 못
만드는 사람의 차이가 여기서 나타나.〉 어쩔 수 없이 만들어 줬죠.
〈아, 주은이는 오믈렛을 참 잘 만들어. 달걀도 참 잘 뒤집네. 참
멋지게 만든다.〉 바로 옆에 서서 칭찬을 막 해요. 다 만들어서
큰 그릇에 담아서 내었더니 한입 먹고는 〈조금 싱겁네〉 하면서

군말을 시작해요. 그때까지 저는 제 달걀을 먹지도 못 했는데. 그래서 결국 제가 케첩을 가져다주면서 말했어요. 〈오, 이런 것도 스스로 꺼내 먹을 줄을 모르네?〉 그러니까 뭐라는 줄 알아요? 〈주은이가 23년간 같이 살면서 오빠가 케첩이 뿌려진 오믈렛을 좋아한다는 걸 모르네?〉 정말로 목을 조를 뻔했어요! 그래도 꾹 참고 케첩을 한 줄로 쫙 뿌려 줬죠. 그게 제가 오늘 아침에 남편에게 한 배려예요.

　　　남편도 요리를 자주 하나요?

자기가 요리를 잘한다고 생각해서 음식을 만들 때 프라이팬을 자꾸 허공으로 돌려요. 옆에 기름이 다 튀니까 오버하지 말라고 해도 폼을 재면서 하죠. 소금 뿌릴 때도 제스처가 얼마나 큰지 몰라요. 그러면 다 흩뿌려지잖아요. 그걸 일일이 치우라고 잔소리하는 게 또 저의 일이 되죠.

　　　케첩 이야기는 예전 같으면 정말 서러워서 부엌에서 눈물 좀 흘렸을 것 같은데 이제는 유쾌한 에피소드로 완성되네요.

예전엔 남편의 그런 모습을 받아 줄 여유가 없었어요. 만약에 제가 어떤 아이디어를 꺼내면 거기에 덧붙이는 말이 정말 끝이 없었죠. 무조건 저를 응원해 주길 원했는데 응원은커녕 설명도 많고 평가까지 하니 듣기가 싫었어요.

그런데 어느 날 한 교포 친구하고 얘기하는데 친구의 남편은 친구의 말에 무조건 동의하고 칭찬해서 오히려 아무런 배려를 못 느낀다는 거예요. 그럴 수도 있겠더라고요. 조금 전에 말했듯이 남편의 의견이나 조언을 들을 만한 제 그릇이 작았던 거죠. 당시엔 제 입장만 생각하니까 남편의 배려가 뚜렷하게 안 보였어요. 볼 줄 몰랐죠. 문화적으로 표현이 다르고 방법이 다른 것만 불편했어요. 그런데 살다 보니까 조그마한 것까지 다 잊지 않고 저를 챙겨 줘요. 같이 밥 먹으러 나가면 제가 버릇없는 아이가 된 것 같은 기분이 들어요. 저는 원하는 것만 말하고 남편은 들어주기만 하거든요. 그래서 한번 물어봤어요. 〈하나부터 열까지 내가 얘기하고 원하는 것을 다 맞춰 주잖아? 왜 그래?〉〈그냥 주은이니까.〉참 단순한 대답이죠. 그게 지금 우리가 도착해 있는 지점이에요. 예전엔 상상도 하지 못했던 것들이죠. 〈내가 어디에 있어야 하고 무엇을 해야 된다는 걸 이제는 잘 알겠어〉라고 남편이 말해 줬어요.

　　　지금껏 여러 가지 패턴도 일일이 확인해 보고, 씨앗도 심어 보고, 위기를 신뢰로 바꾸려고 노력한 결과가 지금에야 나타난 거죠?

그런 과정 없이는 여기까지 올 수가 없었어요. 요 근래 남편이 이런 이야기를 했어요. 〈요즘에 주은이가 우주이고 나는 지구 안의 작은 섬이라는 생각이 들어. 우주가 섬하고 살면서 자기에 대해 얘기하고 싶은데 섬이 이해를 못하니까 얘기를 못 해. 그럼 얼마나 답답할까? 어떻게 주은이는 내가 보는 눈과 똑같이 세상을 보겠다고 결심했어? 완전히 남의 입장이 되는 건 불가능한 일인데. 내게 너무나 큰 선물을 줬어. 참 고맙다.〉 진짜로 제가 우주라는 것은 아니에요. 처음에 남편은 우리가 같은 시선과 시야를 가졌다고 생각했어요. 그런데 살다 보니까 문득문득 제가 보는 시선이 훨씬 더 깊다고 느낀 거지요.

　　　　우주와 섬의 비유는 어찌 보면 열등감을 불러올 수
　　　　있는 표현이에요. 지금의 관계이기 때문에 그런 표현도
　　　　자유롭게 할 수 있는 것 같아요. 부부 사이에 열등감이나
　　　　경쟁심도 있었나요?

남편은 아예 열등감이 없는 것 같아요. 〈주은이는 우주이고, 나는 섬이다〉라고 대놓고 인정해요. 항상 저를 존중하고 대단하게 여겨요. 저와 경쟁하려는 마음 자체가 전혀 없어요. 오히려 제가 느껴요! 남편은 순수하게 자기 세계에 빠져 들어가 있어요. 남편은 충분히 그럴 권리가 있는 것처럼 마음대로 행동해요. 그런데도 사람들이 좋아하죠. 저는 성질이 보통이 아닌 남자와

다니면서 참아야 하는 게 많았어요. 또 마음이 불편할 때도 좋은 모습으로 사람들을 대하면서 혼신의 노력을 했어요. 그렇게 남편 옆에서 별 춤을 다 추는데 저는 정작 안 보이나 봐요. 남편은 아무 노력 없이도 눈에 띄는데 말이죠. 그게 제가 가진 콤플렉스예요.

그래도 지금까지의 이야기를 들어 보건대 정말 지혜롭고 강인하게 그런 상황들을 잘 파악하고 활용해서 현재에 이른 것 같아요. 그것이 가능했던 것은 남편을 사랑하고 서로가 원하는 가정을 완벽하게 만들고 싶은 의지가 있었기 때문이겠죠?

계속 말하지만 완벽하고자 하는 욕심은 없어요. 그저 어떻게 하면 남편이 속한 이 특별한 환경 안에서 〈정상적인 가정〉을 만들 수 있는지 고민이 많았어요. 평범하게 아이들을 키우고 싶었고 그것에 큰 책임감을 느꼈어요. 저는 외국에서 자라긴 했지만 무난하게 살아 왔거든요. 남편은 태어날 때부터 평범하지 않아서 보통의 삶을 간절히 원했지요. 그래서 저는 늘 평범한 모습으로 가정을 지키기 위해 고민했어요.

남편에게 갖는 경쟁심에 대해서 조금 더 얘기하고 싶어요. 남편의 존재감이 커서 자신의 존재감이 상대적으로 작다고 느꼈기 때문일까요? 지금도 경쟁심이 있나요?

언제나요! 치과 의사가 되고 싶었던 저는 한국에 와서는 아무것도
아니었죠. 그냥 바닥에서부터 다시 시작해야 했어요. 일부러
루저 역할을 했는데, 그것 때문인지 나름대로 계속 욕구가
쌓여 갔어요. 〈언젠가는 나도 내 자리를 찾을 거야. 그리고 그
자리에서는 너보다 더 잘나갈 거야.〉 좀 얄미운 소리이지만
남편을 보면서 그렇게 생각했어요. 다들 제게 〈최민수 씨와
결혼한 부인은 얼마나 좋겠어?〉 이런 말을 했고, 그런 이야길
들을 때마다 내가 아무것도 아니라는 것이 사실인 것처럼
여겨졌어요. 사람들은 저를 잘 나가는 배우와 결혼한 미스
코리아라고만 생각했으니까요. 그리고 인터뷰를 하게 되면 다
주부 생활에 관련된 거였어요. 〈어떻게 하면 집을 예쁘게 꾸밀
수 있죠? 아기를 위해 어떤 간식을 만들어 주나요? 어떤 책을
읽어 주죠? 아침 식사는 주로 어떤 메뉴이죠?〉 단아하고 착실한
주부라는 고정 관념이 저를 괴롭혔어요. 그게 내 전부가 아닌데
그게 다인 것처럼 얘기를 하니까요. 하지만 최선을 다했어요. 〈아,
그런 게 보고 싶으세요? 네, 그럼 저는 이렇게 저렇게 해서 아침을
만들어요. 이번엔 인테리어 이야기를 해볼까요? 그렇다면…….〉
이런 인터뷰들을 하면서 너무 갑갑했고, 그럴 때마다 언젠가는
아무도 상상하지 못한 나를 보여 주고 싶다고 늘 다짐했어요.

착실한 부인이라는 고정 관념이 자신을 괴롭혔다는 건,
그게 실제의 본인의 모습과 달랐기 때문인가요?

제게는 다양한 모습이 있어요. 그런데 사람들은 나를 조신한
부인으로만 생각했고 남편의 기세에 눌려 있는 존재로만 봤죠.
그런 시선이 숨 막혔어요. 그런데 지금 「강주은의 굿라이프」에서
담고 있는 모습은 예쁜 주부로 밝게 살고 있는 모습이잖아요.
어떻게 제가 그런 인물로 당당하게 그 자리에 설 수 있을까요?
만약 23년 전에 그런 제안이 왔다면 정말 소름 끼쳤을 거예요. 센
남자와 사는 연약한 여자 캐릭터가 되어 버릴 테니까요. 그런데
지금은 「엄마가 뭐길래」를 통해 남편에게 눌려 사는 부인이
아니라는 걸 많은 분이 알게 되었고, 이제는 그 역할을 기꺼이
할 수 있게 되었죠. 그 예쁜 주부 뒤에는 독한 년의 모습도 있죠.
〈깡주은〉이라는 별명이 저한테 힘을 줘요. 그 힘을 받으면 제가
한없이 부드러울 수 있어요. 남편에게 이유 없이 부드러운 게
아니에요. 영어 속담 중에 이런 말이 있어요. 〈Behind every
strong man, there is a stronger woman.〉 모든 강한 남자 뒤에는
그보다 더 강한 여자가 존재한다.

실제로 토크 쇼에 고정 패널로 출연하고, 홈쇼핑
프로그램의 단독 호스트가 될 정도로 인기가
많아졌어요. 어느 부분에서는 남편과의 경쟁에서 이기고

있다는 생각이 들지 않아요?

아직도 경쟁심이 불타고 있어요. 제가 왜 외국인 학교에서
13년간 열심히 일했는지 아세요? 거긴 최민수의 영향력이 닿지
않으니까요. 방송 세계에는 남편이 있잖아요. 그게 제 자존심을
깎아내리긴 하지만 최대한 저의 색깔을 보여 주려고 해요. 물론
23년 전과는 많이 다르죠. 그런데요 남편이랑 찍은 인스타그램의
피드 하나에 팔로어가 갑자기 4천 명이 늘어요. 두 가지 감정이
한꺼번에 교차하죠. 인정하기 싫지만 데리고 다녀야 하는 거죠!
가슴에 손을 얹고 생각했을 때 한 번도 남편을 이겼다고 말할
수 없어요. 토끼와 거북이예요. 토끼가 남편이고 거북이가
저예요. 이 토끼는 나보다 뛰어난 달리기 솜씨를 타고나서
결승선에 도착할 때쯤 되면 거북이 등에 누워서 다리를 꼬고 발을
까딱거리고 있지요. 거북이는 그 밑에서 땀을 줄줄이 흘리고
있고요. 저는 아직도 뭐든지 제가 온전히 해냈다는 성취감을 즐길
수가 없네요.

지금의 우리는 23년 동안
몇 번이나 죽고, 희생하면서
직접 다듬은 거예요.

남편과의 힘든 시간이 지나고 지금은 편해지고 재밌다고
말했는데, 지금은 어떤 식으로 대화를 하나요? 예전과
비교한다면?

요즘은 대화를 거칠게 해요. 그런 거센 말들 속에 사랑과 믿음이
있어요. 처음에 만났을 때는 존댓말을 했고, 하고 싶은 말을
하기는커녕 단어 하나에도 너무나 조심스러웠죠. 지금은 그
시절과 완전히 반대예요.

이제는 대화할 때 어떤 감정도 거르지 않아요?

제가 조금이라도 감정을 정리하거나 조심스럽게 말하잖아요?
그러면 남편은 우리의 신뢰를 욕하는 것 같다고 싫어해요.
〈주은아, 혹시 내가 못 알아들을까 봐 그렇게 말한 거야? 남도
아니고 왜 그래?〉 자기한테는 어떤 욕보다도 더 큰 욕으로
들린대요. 그래서 서로에게 솔직하게 말하는데, 방송을 통해
우리의 모습을 본 사람들은 제가 남편보다 기가 세다고
생각하더라고요. 실제로 집 안에서 기 싸움 같은 게 없어요.

욕으로 소통한다는 말을 어떤 인터뷰에서 봤어요. 두
사람이 쓰는 〈욕〉도 솔직한 사랑의 표현인가요?

그 욕 안에 솔직함이 담겨 있어요. 솔직해지는 데 두려움이 없어요! 남편은 장난삼아 저랑 사는 게 억울하다, 힘들다, 마님 성격이 대단하다고 하지만 사실 제 남편은 저의 가장 큰 팬이에요. 조금 더 솔직히 말하자면 열정적인 스토커예요. 갑자기 저를 보면서 그래요. 〈네 눈빛에 보여, 너는 어쩜 오빠를 그렇게 사랑할 수가 있지?〉 전 정말 다른 생각하고 있었는데 뜬금없이 와서는 그럴 때가 있어요. 제가 사랑스러우면 괜히 반대로 돌려서 그렇게 표현하는 거예요. 당연히 저도 제 남편을 사랑스럽게 보는 순간이 있어요! 다른 것에 집중하느라 바쁜데 생뚱맞게 말 거는 남편한테 저는 이렇게 말하죠. 〈또 오버를 하는구나! 혼자 드라마를 찍어요.〉 지금 저희는 그렇게 서로를 대해요.

　　　남편도 욕을 하나요?

남편의 욕은 하도 많이 들어서 이제는 욕으로 안 들려요. 지금은 남편보다 제가 훨씬 더 많이 하는데, 남자의 기운이나 힘을 과시하면 그 모습을 다 다져 놓고 싶어져요. 그럴 때 욕을 해요. 그러면 남편은 그걸 듣고 너무 즐거워하죠.

　　　부부 사이는 소울 메이트라고 하는데, 강주은 씨 부부는 어떤가요?

소울 메이트의 범위가 다양한 것 같아요. 우리 주변에 나를 잘 이해하고 대화가 잘 통하는 사람이 있죠. 성격과 재능, 매력이 다양한 만큼 어떤 사람과는 이런 차원에서 통하고 다른 사람과는 또 다른 차원에서 통하기 마련이죠. 그렇게 통하는 사람을 소울 메이트라고 한다면 주변에 굉장히 많아요. 그런데 제가 생각하는 진짜 소울 메이트는 서로의 다양한 면을 두루 공감하고 느낄 수 있는 관계인 것 같아요. 지금 이제는 남편이 내 소울 메이트라고 느껴요. 이 사람만큼 저의 여러 면을 아는 사람이 없어요. 제가 필요한 것을 알아서 채워 줘요. 그렇게 되기까지 23년이 걸렸어요. 저 역시 남편한테 맞춰져 찬찬히 만들어진 소울 메이트이죠. 우리가 그동안 만들어 온 관계는 아무리 노력해도 단번에 이룰 수 없어요. 저의 소울 메이트는 고맙게도 긴 시간 동안 저의 다양한 모습을 알게 된 제 남편이에요.

많은 것을 함께 경험했다고 해서 모두 그런 관계를 가질 수 있는 건 아니지요.

우리는 특수한 케이스예요. 저는 작정을 하고 준비된 자세로 결혼 생활을 했어요. 게다가 저도 몰랐던 재료들이 남편한테 있었고요. 우리 관계를 만들어 가는 데 필요한 재료들이요. 정말 운이 좋았어요. 제가 올인을 한 만큼 그 대가도 받을 수 있었어요. 그런데 그런 결과가 올 거라는 보장을 누가 어떻게 하나요. 나도

최민수 같은 남편을 가졌으면 좋겠다, 강주은 같은 부인이면 참
행복하겠다고들 하잖아요. 23년 전의 우리 모습이라면 아무도
그런 말을 안 할 거예요. 지금의 우리는 23년간 몇 번이나 죽고,
희생하면서 직접 다듬은 거예요.

내게 없는 건 남편에게 있고,
남편에게 없는 건 제게 있어요.

서로에게 아직도 매력을 느끼나요?

우리는 외모로 매력을 느끼는 사람들은 아니에요. 남편은 참
잘생긴 인물이래요. 전 몰랐어요. 남편도 제 외모에 끌린 게
아니에요. 남편은 저의 모든 면을 아껴 주고, 또 아무리 힘든
순간이라도 자존심 다 내려놓고 제가 앞서 나가도록 도와줘요.
그게 남편으로서 가진 매력이지요. 살면서 갑자기 닥친 어려운
상황들 속에서 미처 몰랐던 우리의 모습을 많이 보았어요. 이제는
그런 걸 받아 주고 이해하고 그럴 때마다 더 챙겨 주는 사이가
되었어요. 이상하게도 힘들 때 서로에게 더 매력을 느끼게 된
거죠. 우리는 다행히도 그런 과정이 유쾌하게 이루어지는 것
같아요. 남편이 감성이 풍부하다면 저는 이성적이어서 우리가

같이 있으면 그 두 가지를 한번에 가질 수 있어요. 내게 없는 건 남편에게 있고, 남편에게 없는 건 제게 있어요.

배우자만이 볼 수 있는 서로의 모습들을 통해 감동을 받기도 하고, 부족한 점을 보완해 주기도 하면서 서로 신뢰를 쌓고 매력도 유지했군요.

남편은 워낙 알려진 인물이었기 때문에 저는 처음부터 각오를 했어요. 이 사람 옆에 살면서 자칫하면 내 존재감이 사라질 것 같았어요. 그래서 남편에겐 없는 나만의 재능, 행동, 말 하나하나를 통해 나라는 사람이 누구라는 것을 남편에게 알려 주고 제 매력을 느끼게 하고 싶었어요. 남편은 처음부터 저에게 호기심이 많았어요. 같이 살면서부터는 새로운 면모가 많이 줄어들어 그런 호기심들이 점점 사라지게 되지만, 저는 그걸 없애고 싶지 않았어요. 끝까지 유지하게 만들겠다는 마음이었고 오늘까지도 그 마음을 가지고 있어요.

생활 속에서 어떻게 표현했나요?

조금 색다른 옷을 입으면 기분이 남다르잖아요. 집 안에 새로운 물건을 봐도 마찬가지고요. 남편 앞에서 늘 새 옷처럼 느끼게끔 새로운 모습을 보여 주고 싶었고, 지금도 그걸 위해

의도적으로 행동해요. 편안하게 있기보다는 늘 정돈하고 있어요. 몸이나 마음이나 말이나, 전부 다요. 밖에서 친구 만나려면 준비하잖아요. 그거랑 비슷하죠. 설사 집 안이더라도 남편이 보고 싶지 않을 것 같은 모습은 안 해요. 그러니 누군가와 살고 있는 한 완전히 쉬는 게 아니지요. 아이들이 보고 싶은 엄마의 모습이든 남편이 보고 싶은 아내의 모습이든, 전 늘 제 모습을 확인해요. 집 안에 있을 때도 엄마나 아내로서 신뢰를 얻고 싶어서요. 그렇다고 의도적인 포즈를 취하고 계산된 옷을 입는 건 아니에요. 그냥 훈련을 통해서 몸에 배어 있어요.

　　　일본 부부 중 절반이, 그리고 한국 부부는 삼 분의 일이
　　　섹스리스라는 통계가 있어요. 성생활은 서로를 향한
　　　애정과 에너지의 확인이기도 하지만, 결국 소통이고
　　　공감 능력과도 연결되잖아요.

제가 나이가 어느 정도 들었으니 이제는 자연스럽고 점잖게 살자고 하면 남편이 〈아유 이 사람아, 무슨 할머니 같은 소리를 해〉라고 말해요. 남편은 아직도 제게 관심이 있어요. 주변 이야기를 들으면 나이가 들면서 자연스럽게 부부 관계가 없는 경우가 참 많더라고요. 부부인데 서로 손 잡는 것도 어색해해요. 그런 걸 보면서 애정 표현도 연습이고 습관이라고 생각했어요. 남편보다 제가 더 애정 표현을 잘해요. 잘 안아 주고, 뺨에 뽀뽀도

하고, 손도 잡고, 애교스러운 표현도 자연스럽게 해요. 남편도
받는 게 익숙해요. 그 과정이 어색하면 성관계까지 어떻게 가요.
스킨십은 매일매일 있어야 해요. 어색해도 훈련이 필요하고 그
시간을 지켜 내는 것이 중요해요. 부부는 생활 속에서 돈 문제, 일
문제, 아이들 문제 등을 해결하기 위해 필요한 부분만 충족시켜
주느라 바빠요. 그러다 보면 어느 날부터 따로따로 살게 되기도
하죠. 게다가 부모님이나 친척들까지 신경 써야 하잖아요.
책임지는 게 너무 많아서 둘만의 시간이 없어지죠. 그런데 그
시간이 참 필요하거든요. 외국에는 데이트 나이트라는 게 있어요.
온전히 둘만의 시간을 갖는 거죠. 처음부터 의도적으로 일주일에
한 번이든, 2주에 한 번이든 그런 시간을 꼭 만드는 거예요. 좋은
방법이죠?

　　　남편과 단둘이 있는 시간을 꼭 지키나요?

지금도 둘만의 시간이 소중하고, 거기서 에너지를 받아요. 같이
외식을 하든, 드라이브를 하든 그런 시간을 꼭 가져요. 그런데
처음부터 그런 건 아니었어요. 결혼 초기에는 항상 누군가와
같이 있었죠. 함께 살기도 했잖아요. 사람들은 자신이 살던
생활 패턴이 가장 편해요. 그러다가 결혼을 해서 완전히 다른
삶을 살던 사람과 살려니 어색할 수밖에 없겠죠? 둘만의 환경을
만들어 가는 과정이 꼭 필요해요. 어색하고 부자연스럽고

이해하기 어려운 시기는 어쩔 수 없이 지나야 하지만요.

다른 남자와 결혼했더라도 부부로서 이런 강력한
관계를 만들 수 있었을까요?

오늘의 나는 다 남편 덕분이에요. 이 남자가 아니었으면
캐나다에서 아주 평범하게 살았을 거예요. 제가 가진 재료를
어떻게 사용해야 되는지 몰랐어요. 완전히 「포레스트 검프」 같은
이야기이죠. 제가 포레스트 검프이고, 남편이 깃털이에요. 그
깃털이 제 발에 닿는 순간 갑자기 상상할 수 없었던 사람들을
만나고 악수했어요. 이 남자가 없었다면 그럴 수 없었어요.
하지만 이 남자는 너무 특이해서 누구한테도 권하고 싶지 않은
그런 사람이기도 해요. 1백 년을 살더라도 인생에 이런 손님이
들어오면 곤란해요.

우리 좀 솔직해질까요?
더 솔직해질수록 공감도, 힘도, 용기도
진심으로 줄 수 있어요.

처음 1~2년 동안은 이혼이라는 단어가 늘 머릿속에

있었다는 이야기를 인터뷰 기사를 통해 봤어요.

어느 잡지의 인터뷰에서 그 이야기를 했더니 남편과 엄마가
정말 불편해했어요. 누구나 똑같이 하는 이야기를 왜
너까지 하느냐고요. 그런데 저는 지금도 너무 당당해요.
제가 작년에 결혼한 사람이 아니고, 이미 20년 이상 살아 낸
사람이잖아요. 살면서 이혼 생각을 안 하는 사람이 있을까요?
저는 없다고 생각해요. 언제부터 이혼을 생각했는지 아세요?
결혼식장에서부터! 〈아직도 늦지 않았겠지? 이 결혼을 다시
생각해 볼까?〉 결혼하고 나서는 〈아이가 없으니까 아주 힘들면
이혼해도 되겠지?〉 아이 낳고 나서는 〈나 혼자서 키울 수
있을까?〉 그리고 둘째 낳았을 때는 〈둘째까지 나 혼자 키울 수
있을까?〉 위기의 순간마다 그런 생각은 어느 누구라도 하죠.
정말 내일이 다 사라져 버린 것 같은 순간이 왜 없겠어요? 없다고
한다면 그건 거짓말이죠. 저는 이혼에 대해 고민하는 사람들에게
힘을 주고 싶어요. 이혼에 대한 생각은 어느 누구도 당연히
가져야 해요. 우리는 사람이니까요. 결혼했다고 해서 이혼 생각이
잘못된 건가요? 충분히 할 수 있어요. 저는 지금 참 행복하게
살지만 거저로 얻은 게 아니에요. 수많은 희생을 치르면서
여기까지 겨우 버텨 왔어요. 그런데 사람마다 버티지 못하는
단계들이 있고, 그 상황도 사람에 따라 다 달라요. 저는 이제 와서
왜 그렇게 많은 사람들이 이혼하는지 충분히 이해돼요.

누군가가 〈얼마 전에 이혼했어요〉라고 하면 〈너무
축하합니다〉라고 말해요. 그러면 놀라요. 〈축하요?〉
이혼하기까지 그 사람은 얼마나 많은 갈등이나 아픔 그리고
주변 사람들의 충격을 가슴에 안고 있었겠어요. 그런 모든 것을
생각해도 결혼 생활을 이어 가지 못할 이유가 있었을 테죠.
그들의 대단한 용기를 응원하고 축하하고 싶어요. 만약에
제가 그런 결정을 내야 하는 사람이라면, 그런 응원이 필요할
것 같아요. 결혼 생활하면서 제가 깨달은 게 뭔지 아세요?
〈인간이 인간과 같이 살면 안 된다.〉 우리 좀 솔직해질까요? 더
솔직해질수록 공감도, 힘도, 용기도 진심으로 줄 수 있어요. 왜
그걸 감춰요? 저는 너무 감사하게도 행복한 가정을 여기까지
이끌어 왔지만 그게 쉽게 된 게 아니잖아요. 얼마나 서툴게
여기까지 왔는데요. 그 시간동안 제 마음이 흔들린 적이
없었을까요? 아니요. 당연히 있었죠! 결혼하는 날부터요.

　　　　　어떤 마음으로 이혼이라는 생각을 넘어서게 되었나요?

항상 저를 돌아본다는 이야기를 했잖아요. 화가 나는 순간이
되면 그 화에 대해 생각해 봐요. 내 욕심 때문인가? 자존심
때문인가? 뭐 때문에 지금 화가 나지? 그렇게 항상 나를
체크해요. 너무 행복하게만 살아와서 말이나 행동 하나로 남편에
대한 내 마음이 이렇게 흔들리나? 하며 제 감정을 논리적으로

분석해 봐요. 물론 말 한마디가 전쟁을 시작할 수 있고, 산을 움직일 수도 있어요. 그렇지만 순간적인 분노가 생겼을 때 〈나만 너무 꽉 차 있나?〉하고 물어보면 꼭 〈그렇다〉는 결론이 나오더라고요. 그렇게 내 이기심과 욕심을 마주하는 연습을 많이 했어요.

　　　자신의 화를 분석하는 거예요?

분노가 식을 때까지 기다렸다가 꼭 다시 생각해 봐요. 그러면 그 순간은 뜨거웠지만 지금 보니 그렇게까지 나쁜 상황은 아니었구나, 내가 조금 오버했구나, 하게 되더라고요.

　　　부부는 서로에게 포레스트 검프의 발등에 놓인 깃털
　　　같은 존재인데, 그걸 깨닫지 못해서 헤어지는 걸까요?

다양한 부부 관계들이 있잖아요. 비합리적이고 말도 안 되는 상황을 겪는 분들이 많아요. 어떤 사람은 폭력을 당하고 살아요. 시간이 지나도 나아지지 않는 그런 과한 상황들이 있지요. 제가 그 상황에 처해 있지 않아서 어떤 말도 못 하겠어요. 우리가 지닌 성격과 능력이 다르기 때문에 다른 사람과 동일해질 수가 없어요. 〈저 사람은 이렇게 했구나? 나도 이렇게 해야지. 저 사람은 저 길로 갔구나? 나도 저 길로 가야지〉하고 따라 하면 안 돼요. 가장 중요한 것은 내가 누구이고, 내가 어떤 재료들을 갖고 있는지, 그리고 내 상황은 어떠한지 스스로 파악해야 해요. 강연을 나가면 엄마들이 울면서 제게 자신들의 상황을 말해요. 마음이 너무 아파요. 그럴 때 이렇게 말해요. 〈제가 그 집안 상황을 전혀 몰라요. 남편분도 어떤 사람인지 모르고 당신에 대해서도 아는 게 없어서 제가 무얼 어떻게 하라는 얘기는 못 하겠어요. 각자의 길을 찾아야지 누가 대신 찾아 줄 수가 없어요. 저도 누가 찾아 준 게 아니에요. 내가 갖고 있는 재료를 최대한 이용해서 스스로 찾았어요.〉

　　　강주은 씨는 스스로 어떤 재료를 가지고 있다고
　　　생각해요?

인내를 가지고 있어요. 저는 참고 기다릴 수 있어요. 당장 반응을 안 봐도 돼요. 이 인내는 남편을 통해서 점점 커진 재료예요. 이 인터뷰 책이 20년, 30년 만에 나와도 좋고 안 나오더라도 괜찮아요. 인내는 상대방과 연결된 것이잖아요. 이 사람이 가야 되는 길이 있고 어려움이 있어요. 제가 팁을 주고 있는데도 그것을 받지 못하면 제가 더 이상 이 사람 운명을 어떻게 해주지 못해요. 그건 제 남편이라도, 제 자식이더라도 마찬가지예요. 또 상대에 대해 이야기를 할 때도 하고 싶은 말을 모두 하지 않아요. 상대가 받아들일 만큼만 하죠. 거기에도 인내가 필요해요.

보통은 상대가 보고 싶은 나보다 본능적으로 〈내가
원하는 나〉를 보여 주게 되잖아요.

저는 상대에 맞춰요. 상대가 뭘 보여 주면 전 거기에 맞는 춤을
춰요. 내가 안 보이더라도 괜찮아요. 만약 상대가 진짜 나를 못
본다면 그건 그 사람 손해예요.

〈조건 없는 사랑〉은 저의 선택이에요.
어떻게 살아가겠다는 원칙은
내가 직접 한 선택이어야 해요.

지금 대한민국은 남녀평등이 많이 퍼져 있어요. 많은
여성이 강주은 씨를 좋아하는데, 지금까지 말해 온
얘기는 자칫하면 여성만이 참아야 한다는 메시지로 들릴
수 있어요.

제가 말하는 그 〈조건 없는 사랑〉은 저의 선택이에요. 내 삶의
원칙은 내가 직접 한 선택이어야 해요. 손해 안 보고 싶다, 조건
없이는 안 된다, 왜 참기만 해야 하나? 그런 생각도 존재하죠.
모든 선택은 자신이 감당할 수 있는 범위에서 이루어져야 해요.

자신을 보호하기 위해 선택과 차단을 잘 판단해야 해요. 저는 조건 없는 사랑을 하겠다고 결심했어요. 그리고 그건 남녀 관계에 국한된 게 아니에요. 그것은 누구에게나, 어디서나, 언제나 해당돼요. 저는 집에서부터, 그러니까 남편, 자식, 부모에게 먼저 손해 볼 준비를 했지요.

가족 안에서의 소통에 집중하다 보니 부부 관계에 국한된 소통법이라는 오해를 받을 수도 있어요. 하지만 그 자세는 어떤 종류의 소통에도 통한다는 거군요.

저의 조건 없는 사랑은 제 삶의 모든 면을 관통해요. 어느 한 관계에서만 지키기는 어려워요. 바깥에서와 집에서의 자세가 다르면 안 돼요. 그건 억지스러워요. 그 자세를 진심으로 가질 수 있다면 남녀 사이에서든, 친구 사이에서든, 동료 사이에서든 자연스럽게 나오죠. 그러니까 남녀 사이의 문제가 아니에요. 그것은 한 인간으로서의 자세예요. 내가 여자라는 조건을 빼고도 손해 볼 자세를 가질 수 있어야 해요. 스스로 자신의 자세를 선택했으면 인생에서 만나는 모든 것에 행해야 해요.

소통법을 이야기하려고 보니까 인생 전체가 다 들어가네요. 본인에게 소통이란 무엇인가요?

제가 생각하는 소통은 나를 설명하는 것이 아니라 상대를 이해하는 것이에요. 대화를 하고 소통을 하다 보면 이해 못 하는 부분이 더 많아요. 그건 내가 제일 잘 아는 내 입장만 말하기 때문이에요. 대화가 잘 안 풀리면 상대방 탓을 하면서 〈이 사람은 말이 안 통해〉하고 단정 짓죠. 많은 사람이 단지 설명을 위해 너무 많은 시간을 투자해요. 그리고 상대방이 이해를 못 하면 화를 내버리죠. 소통은 그렇게 단순하지 않아요.

소통을 하다 보면 자연스럽게 상대가 지닌 세세한 면모에 눈길이 더 가기도 하죠. 그래서 새로운 점을 발견하기도 하고요. 이제 완벽하게 남편을 안다고 말하지만 여전히 새로운 점이 보이나요?

끊임없이 새로운 점이 보여서 놀라요. 저도 어느 순간엔 남편에 대해 어떤 결론을 내리고 싶은데 잘 안 돼요. 그런데 그게 건강한 자세인 것 같아요. 그만큼 제가 열려 있고 준비되어 있다는 뜻이니까요. 남편한테 내가 모르는 새로운 면이 나타나면 그걸 받아들여요. 사람이 계속 변하는 건 당연하니까요. 보통은 목적지를 정하고 거기에 도착하면 끝이잖아요. 만약 도착하지 못하면 왜 아직 도착하지 못했지? 언제까지 가야 하지? 이런 힘든 고민이 자연스럽게 따라와요. 그런데 목적지를 정하지 않은 사람은, 그다음은 어디로 갈까? 어떤 길을 따라가게 될까?

그런 질문을 스스로 하면서 좀 더 먼 앞을 보게 돼요. 어딘가에
도달하지 않고 계속 변하는 게 인생이니까요.

내 남편이, 내 부인이 어떠한 사람이라고 단정 지으면
그것이 새로운 생각을 방해하는 장애물이 된다는
뜻인가요?

〈우리 남편은 이렇다〉고 결론지은 상태에서 그와 다른 새로운
면을 보게 되었을 때, 그 낯선 점을 못 받아들여서 〈저 사람이
갑자기 왜 저러지? 난 몰랐던 모습인데? 이상하네?〉라며
부정으로 보게 되죠. 하지만 사람이니까 계속 변화가 있을
거예요. 변할 때마다 나도 그 사람을 안아 줄 수 있는 자세를
배우고 그걸 습관으로 만들어야 해요.

좋은 모습을 보이지 못해서 후회스러울 때는 없었나요?

물론 있어요. 저는 가끔씩 주변 사람들한테 나는 완성되지
않았다고 말해요. 완성은커녕 성장하고 있는 과정이라고 말하죠.
내가 처한 문제에 답이 없을 때가 있는데, 내가 가진 것은 지금껏
살아온 세월과 경험뿐이에요. 내 경험이 어느 때는 상대에게
답이 될 수 있지만 그 반대가 될 수도 있어요. 완벽한 사람이
되어야 한다거나 상대에게 꼭 영향을 끼쳐야 한다는 생각이

우리를 방해해요. 상대에게 영향을 주기 위해서 정말 많은 대답을 가지려고 하죠. 그런데 그게 잘 안 되면 스트레스 받고 화도 나잖아요. 내가 가진 대답이 완벽하지 않다는 자세로 사람들을 대하면 일은 쉽게 풀려요.

살아 보기 전엔 몰라요.
결혼하고 가정을 가지고 나서도
사랑을 배우는 과정이 필요해요.

강주은 씨가 생각하는 부부 간의 사랑은 어떤
모양이에요?

오픈된 지프차에 면사포를 날리면서 신혼여행을 떠나는 게 제가 꿈꿔 왔던 결혼식의 모습이었어요. 실제로 교회에서 결혼식을 마치고 나와서 지프차를 탔어요. 내가 상상했던 것을 해냈고, 그 순간이 행복했었어요. 그런데 딱 그 순간뿐이었어요. 좋은 일들이 그 뒤에 이어질 줄 알았는데 아니었죠. 이제 와서 면사포를 쓴 사진 속 제 얼굴을 보면 참 안됐어요. 앞으로 어떤 일을 겪어야 하는지 전혀 모르는 표정이거든요. 이후는 내리막길뿐인데 내려가는 그 길이 내 상상과 달리 너무 길었어요. 결혼 전 아직 서로의 어려운 점을 나누지 않는 시절은 참 편하고 즐거워요. 서로에게 책임감이 없거든요. 누가 타인의 어려움을 안고 가고 싶어요? 그게 아무리 사랑하는 사람일지라도 본능적으로 어려워요. 우리는 그냥 편안한 곳만 찾아요. 결혼할 때는 이 사람이 나를 더 편안하게 해줄 거라는 기대가 많죠. 상대방이 나와 제일 깜깜한 곳에 들어갈 준비가 되어 있는지, 그리고 나도 그 사람과 그런 곳에 함께 들어갈 수 있는지부터 확인해야 해요. 그게 가능한 것이 사랑이 아닐까요?

그걸 어떻게 확인할까요?

사실은 살아 보기 전엔 몰라요. 결혼하고 가정을 가지고 나서도 사랑을 배우는 과정이 필요해요. 사랑이라는 건 희생과 인내가 기본인데 우리는 가족한테조차 나누는 것을 힘들어하잖아요. 결혼은 힘든 여행이에요. 힘든 시기가 닥칠 때 상대를 응원하고 도움을 줘야 해요. 〈결혼하면 많은 변화를 겪을 것이다. 충격적이고, 결정적인 순간이 오면 우리도 모르는 자신의 속마음이 드러날 것이다. 그럴 때마다 서로를 공격하지 말자. 오히려 그런 때를 응원하는 기회로 여기자. 제발 노력하자.〉 결혼 전에 이런 식으로 대화를 하거나 써두고 기억해도 좋을 것 같아요. 결혼 초기는 아기 걸음마일 수밖에 없어요.

배우자가 도와주길 기대를 하는 게 아니라 어려운
순간에도 내 배우자를 위해 얼마큼 도와줄 수 있는지를
먼저 체크해 보는 것이 더 중요하군요. 강주은 씨에게
남편은 어떤 존재인지 한 문장으로 말한다면?

사랑하는 방법을 가르쳐 준 존재. 저희 부모님은 제게 사랑을
주셨어요. 이 남자는 저한테 사랑하는 방법을 가르쳐 줬어요.

미스코리아 대회 때 아빠가 찍은 남편의
리허설 모습. 멋있다며 생판 모르던 남자를
카메라에 담았다.

미스코리아 대회를 마치고 엄마와 함께 아빠가
데리러 오기를 기다리는 중.

1993년 미스코리아 선발 대회 연습 때. 수유리의 아카데미하우스.

캐나다에서 결혼식을 올린 뒤 바로 서울에서
신혼 생활을 시작했다. 시어머니와 남편과 함께
63빌딩 관람 후 찍은 사진.

1995년 5월 1일. 결혼 후 처음 맞는 남편의 생일이었다. 남편의
전화번호부를 보고 사람들에게 직접 전화해 깜짝 생일 파티에
초대했다. 압구정동 어느 카페의 정원이었고, 배우 김희선과
이정재, 패션 디자이너 하용수 등이 참석했다.

캐나다에서 결혼식을 올린 뒤 별장을 빌려
부모님과 함께 시간을 보냈다.

4년 전 드라이브 사진. 시간이 나면 자주
둘이 바람을 쐬러 나간다.

2001년 6월, 둘째 유진이가 태어난 지 불과
일주일이었다. 유성이는 웃고 있지만 실은 새로
태어난 동생을 보며 스트레스를 받고 있다.

강주은의
두 아들

자녀 교육

Since life can be a tough journey,
help me to serve others so their
journeys can become more
enjoyable and meaningful.

\#
오늘의 기도

인생은 고된 여행이니,

다른 이의 여행길이 조금이라도

더 의미 있고 즐겁도록 돕겠습니다.

유진이가 8개월이었던
어느 아침의 세 부자 모습.

어릴 때부터 부모님과 캠핑했던
캐나다의 킬베어 공원. 이때도
남편, 아이들 그리고 부모님과 함께
캠핑을 했다.

하나도 손해 보지 않게 해주고 싶죠. 눈앞에 있는
기회를 한 번씩 맛보게 해주고 싶고요. 그런데 우리가
화초를 심으면 자랄 수 있게 시간을 줘야 돼요. 우리는
자꾸 앞서가요. 욕심이 있으니까요. 부모의 욕심은
결국 우리 아이들을 놓고 자랑하고 싶은 욕심이에요.
다른 부모가 〈우리 아이는 이거 하고 저것도 한다〉라고
하면 당연히 자연스럽게 〈우리 아이도 이것저것 하고
있다〉라는 말을 하고 싶어져요.

저 스스로는 잘했다고 생각하는데
아이들은 그걸 모르죠.
언젠가 알게 될까요?

두 아들의 엄마예요. 아이들은 남편과 비슷한가요?

정말 무서울 정도로 닮았어요. 23년 동안 옆에서 본 제 남편은
호랑이 같은 사람이었어요. 이 남자를 버텨 내려고 저 자신을
새롭게 개발하면서 다 맞췄지요. 다행히 이제는 거센 호랑이
기운이 좀 빠져서 비로소 남편을 졸업한 기분이에요. 그래서
좀 쉬겠구나 하면서 앉아 있는데 저쪽 산꼭대기에 새파란 새끼
호랑이가 꿱 소리를 지르고 있네요. 그동안 잠들어 있다가 이제
일어난 거죠. 열정이나 기운을 보자니 제가 키우면서 없앴다고
생각한 아빠의 DNA가 생생하게 살아 있어요. 여기서 끝난 게
아니었어요.

큰아들 유성 군을 말하는 거죠?

네, 아이를 교육시키면서 제가 의도적으로 골라냈던 아빠의
모습이 그대로 드러났어요. 지금까지 제 노력은 물거품이
되었고요. 유전의 힘은 무시를 못 해요. 제가 알던 아들은

없어지고 웬 모르는 사람이 있어요. 남편 젊었을 때보다 몇 배 더 센 기운이 느껴져요. 얘랑 앞으로 살 여자가 걱정돼요. 제가 그 중간에서 굉장한 노력을 해야 하겠죠.

그 무서운 기운이라는 건 어떤 점이죠?

스스로 정한 원칙이 많아요. 자기 기준이 분명하고 강해요. 사람들을 대할 때는 누구에게나 공평해야 한다는 원칙도 있고 열정도 넘치고 드라마도 많아요. 마치 불덩이 같아요.

최근에 유성 군도 방송이나 잡지에서 가끔씩 볼 수 있어요. 아직은 옆에서 도와주는 입장일 텐데 어떤가요?

얼마 전에 같이 잡지 화보를 찍었어요. 눈빛이나 포즈가 평소에 보지 못한 거였어요. 음악을 들으면서 자연스럽게 움직이는데 깜짝 놀라서 제가 집중을 못 하겠더라고요. 촬영 시작 전 분장실에서 〈엄마, 나 촬영 잘할 수 있을지 불안해. 어떻게 해야 될지……〉라고 말하기에 안정시켜 줬거든요. 불과 몇 초 후 카메라 앞에 섰는데 완전히 돌변했어요. 유성이가 카메라를 갖고 논다고 포토그래퍼가 말할 정도였죠. 제가 얼마나 놀랐으면 〈유성이는 괜찮은데 강주은 씨가 조금 굳어 있어요. 조금 자연스럽게 했으면 좋겠어요〉라고 웃는 방법까지 지도를 받았어요.

　　　촬영을 앞두고 나름의 연구를 하지 않았을까요?

좋아하고 존경하는 연기자들의 모습을 많이 보면서 연구했대요.
제임스 딘부터 리어나도 디캐프리오, 리버 피닉스 등 자기가
좋아하는 배우들 작품과 사진들을 공부하는 마음으로 보면서 그
포즈와 표정을 다 자기 걸로 만든 거예요.

　　　옛날 배우들을 좋아하네요.

노인 같아요. 클래식 영화를 좋아하고, 좀 특이한 구석이 있어요.
그날 촬영 중간에 쉴 때 분장실에 들어가니까 아들이 혼자 앉아서
눈물을 흘려요. 그래서 〈왜 그래? 신난 거 아니었어?〉 그러니까
저한테 다짜고짜 이건 아니라는 거예요. 〈웃음이 부자연스럽다,
포즈가 안 나온다, 이렇게 섰으면 좋겠다. 왜 그런 말들을 해요?
엄마는 그냥 엄마인데.〉

　　　사진작가가 엄마한테 한 말이 마음에 걸렸군요.

〈맘, 그냥 평소대로 웃어.〉 제가 웃어 보이니까 〈그냥 엄마의
언제나 웃는 그 모습, 그냥 그걸로 해〉라며 눈에 눈물이 고인 채로

말하더라고요.

　엄마에 대한 각별한 애정이 있네요.

원래 저를 찍는 화보였는데 아들의 비중이 커졌어요. 어떤 부모가
안 기쁘겠어요. 그런데 자기가 엄마의 자리를 빼앗는 느낌이
들었대요. 엄마에게 향하는 사람들의 시선을 자기가 빼앗는 게
미안했던 거예요.

　사려 깊고 감정이 풍부한 것 같아요. 어릴 때 책을 많이
　읽어 주었나요?

큰아들에게 책을 읽어 준 기억이 오늘까지도 생생해요. 매일 자기
전에 〈어떤 책을 읽을까?〉 하고 물으면 꼭 『굿나잇 고릴라』라는
책을 가져왔어요. 읽으면서 늘 책 속의 주인공 역할을 애한테
맡게 했어요. 〈너는 이 주인공이야! 그러니까 아저씨가 모르게
조용해 해야돼〉라고 말하면 이미 신나 있어요. 〈다음 장으로
넘길까? 말까?〉 하면 발을 동동 구르며 빨리 넘기래요. 고릴라가
경비 뒷주머니에 있는 열쇠를 몰래 빼내 동물들을 철창에서
꺼내 주면 동물들이 한 마리씩 경비의 눈을 피해 그 뒤에 차례로
서서 따라다녀요. 결국엔 경비의 집까지 동물들이 줄줄이 따라
들어가요. 경비가 불을 끄고 부인한테 〈굿나잇〉 하면 동물들도

각각 〈굿나잇!〉 하고 말해요. 검은 바탕에 동물들의 하얀 눈과 말풍선들만 있는데 그 부분은 동물들 목소리를 흉내 내서 다 다르게 읽어 줬어요. 그러면 애가 좋아하면서 따라 했지요. 바나나를 먹는 장면에서는 〈유성아, 우리도 먹어 보자!〉 하고는 둘이서 맛있게 먹는 척을 했어요. 책에서 인도 사람이 나오면 인도 사투리 쓰면서 읽어 주고, 흑인이 나오면 흑인 리듬으로 신나게 읽었죠. 그렇게 책 한 권으로 온몸을 움직이면서 열의를 다해서 놀아 줬어요. 저 스스로는 잘했다고 생각하는데 아이들은 그걸 모르죠. 언젠가 알게 될까요?

이거 다 내 욕심인가?
내가 억지로 애를 그 자리에 넣어 놓았나?

아이들이 어릴 땐 어떤 활동을 시켰나요?

큰아들은 초등학교 2학년 즈음 축구를 시켰어요. 남자니까 기본적으로 운동은 잘했으면 싶었거든요. 애들이 시합을 하면 경기장에서 응원해 주는 부모가 되고 싶었어요. 그래서 큰아들은 축구를, 작은아들은 하키를 시켰는데 장비가 많아서 일일이 챙겨야 하는 게 다 엄마의 일이었죠. 실은 그렇게 챙겨 주는 엄마가 되고 싶었던 거예요. 그런데 애들이 별로 좋아하지 않았어요. 둘 모두 남을 배려하는 마음이 커서 경쟁심이 없어요. 공이 자기 앞에 오잖아요? 큰아들은 그 앞에서 조깅을 해요. 상대 팀에게 공을 너무 쉽게 빼앗겨서 수십 번이나 〈너 뭐 하니!〉라고 외치고 싶었지요.

그럼 언제 포기했어요? 계기가 있었어요?

축구 시작한 지 2년쯤 뒤에 그만뒀어요. 큰아들은 좀 통통했었는데 체력적으로 부담이 좀 됐었나 봐요. 다른 애들에 비해 모든 면에서 느렸고. 우울증이 올지도 모른다는 걱정이 들 정도로 힘겨워 보였어요. 그때 이런 생각이 들더군요. 〈다 내 욕심인가? 내가 억지로 애를 그 자리에 넣어 놓았나?〉 처음 축구를 하자고 마음먹었을 때 제가 아이의 대답을 유도한 거나 마찬가지였어요. 결국은 제 욕심으로 시키고 싶었던 거죠. 작은 아들의 하키도 마찬가지였고요. 조금 더 과감하게 밀기도 하고 몸싸움도 해야 하는데 그렇게 못 하더라고요. 문득 제가 어릴 때 피아노 연습하던 일이 떠올랐어요. 피아노를 10년 치는 동안 콩쿠르에도 많이 나가고, 상도 많이 받고, 많은 것을 배웠지만 애초부터 큰 흥미는 없었어요. 그저 엄마가 시켜서 연습을 매일 한 거예요. 그래서 아이들에게는 좋아하는 것을 시키고 싶었어요. 부모 뜻에 따르느라 억지로 뭘 하는 경험을 안겨 주고 싶지 않았어요.

아이들이 잘하는 건 뭐였어요? 어떻게 발견하고 키워
주었나요?

큰아들은 연기 쪽에 관심이 많아서 학교 연극에서 로미오 역을
맡기도 했었죠. 아들이 배우가 되기를 원하는 건 아니지만
그래도 하고 싶어 하니 응원을 보냈어요. 작은아들은 소외된
아이들을 챙기는 착한 심성을 가졌고요. 사람들 사이에서
신뢰가 중요하다는 점을 잘 알아서 약속도 잘 지켜요. 그런 게 참
감사해요. 그리고 아이들 모두 남들과 경쟁하기보다 자기와의
싸움에 더 힘을 쏟아요. 큰아들은 학원에 다니지 않고 혼자
공부해서 토론토 대학교에 들어갔어요. 연극하면서도 책임감을
느끼고 제대로 공부한 거죠.

〈맘, 내가 신경 안 쓰면 이 집안에서
도대체 누가 내 점수에 신경을 쓰는데?〉

토론토 대학교에 갔으면 성적도 좋았다는 뜻인데
아이들 성적은 직접 관리했나요?

두 아이들 모두 쉽게 성적이 오르진 않았어요. 정말 집중하고 열심히 한 만큼만 성적이 나왔어요. 그러니 아이들의 점수는 순수하게 자기들 힘으로 얻은 거죠. 그래서 30점을 받아 오든 80점을 받아 오든 그 노력을 인정해 주고 충분히 박수 쳐줬어요. 그렇게 스스로 해냈다는 성취감과 자신감을 키우는 것이 중요해요. 물론 점수도 중요하지만 더 귀중한 건 정직한 노력의 대가를 인정하고 기뻐하는 자세를 만들어 가는 것이었어요. 세상이 자꾸 변하면서 많은 직업이 사라지고 새로 생기는 마당에 아이들이 앞으로 뭘 하게 될지도 모르고 어떤 환경에 살지도 모르잖아요. 좋은 점수를 받았다고 해서 행복하게 살리라는 보장은 없어요. 그럴 때 부모가 해줄 수 있는 것은 아이들이 올바른 자세를 가지도록 지도하는 것이고, 그게 부모의 기본적인 역할이지요. 자신감이라는 건 교만이나 잘난 척을 말하는 게 아니에요. 성적에 대한 자신감이라면 최소한 〈모두가 나보다 점수가 높네. 나는 모자란 사람인가?〉라고 생각하지 않는 거예요. 그래서 늘 아이들이 점수를 받아 왔을 때 이렇게 물었죠. 〈네 양심에 떳떳한 점수야?〉 점수보다는 스스로 한 노력이 더 중요하다는 걸 알려 주고 싶었어요.

그래도 성적이 생각만큼 양호하지 않으면 불안한 마음이 생길 텐데요?

둘 다 공부를 잘하는 게 아니니 많이 불안했어요. 수학 점수가 20점인 적도 있었어요. 걱정되는 얼굴로 〈엄마, 나 20점 받았어〉라고 말해요. 그러면 제가 묻죠. 〈저번보다 노력한 거야?〉〈노력했어요.〉〈그럼 이해를 못 했어?〉〈아니요, 다 이해해요.〉〈그러면 점수가 왜 그래?〉〈실수했어요. 문제를 더 자세하게 봤어야 하는데 잘못 읽었어요.〉 그럴 때마다 제가 말했죠. 〈이해가 안 되면 더 공부해서 이해를 해야 하고, 알고 있다면 문제를 읽을 때부터 신경 써서 끝까지 집중해야 해.〉 그러면 아들이 화가 났느냐고 물어요. 〈화 안 났어. 내가 아무리 화를 내도 이건 네 점수이지 엄마 점수가 아니거든. 아빠 점수도 아니야. 너는 이 점수가 어때?〉〈이 점수가 싫어요. 반에서 제일 낮아.〉〈그렇구나. 열심히 노력했다는 게 제일 중요해. 그런데 정말 열심히 했는지 아닌지는 너만 알아. 그냥 대충했으면 그것도 네 책임이야. 네가 꼭 알아야 하는 건 이 점수는 엄마 아빠와는 상관없다는 거야. 도움이 필요하면 그때 엄마 아빠에게 물어봐. 굳이 도움이 필요 없으면 스스로 노력해야 해.〉

그렇게 기다려 주었더니 좋은 결과가 있었나요?

큰아들이 12학년이 되니까 학교에서 학부모가 아이들의 점수를 확인할 수 있는 웹사이트 주소를 하나씩 줬어요. 저는 한 번도 로그인 한 적이 없는데 제가 하도 아이들 점수에 신경을 안 쓰니 큰아들이 하루는 이러더라고요. 〈제발 한 번이라도 내 점수를 관심 있게 봐줬으면 좋겠어.〉 그래서 아들이랑 같이 점수를 확인한 적이 있지요. 주변에서는 대학 수험에 열심인데 큰아들은 그해에 학교에서 하는 연극 「로미오와 줄리엣」의 로미오 역할을 맡아서 연습하느라고 공부하는 시간이 부족했어요. 주변의 학부모들이 줄곧 저한테 와서 지금 학원에 가도 안 늦었다고 말했죠. 아들도 불안한지 이렇게 묻더라고요. 〈엄마, 다들 나한테 연극 연습하지 말고 대학교 준비해야 한다는데, 어떡하지? 이거 계속해도 돼?〉 그래서 대답했어요. 〈나도 잘 모르겠네. 엄마도 혼자 공부해서 스스로 대학교에 들어갔어. 그러니까 너도 할 수 있을 것 같아.〉 만족스러운 점수가 안 나오니 불안해하더라고요. 〈괜찮아. 언젠가는 어딘가에 들어갈 거야. 걱정하지 마. 지금 모든 게 결정되는 게 아니야. 무겁게 생각하지 말고 할 수 있는 데까지만 해.〉 그러니까 애가 저한테 뭐라는 줄 알아요? 〈맘, 내가 신경 안 쓰면 이 집안에서 도대체 누가 내 점수에 신경을 쓰는데?〉 그 순간 제가 큰 상을 받는 기분이었지요. 애가 이렇게까지 고민하고 걱정하고 난리 치는 게 결국엔 스스로 해내야 한다는 걸 알았기 때문이었어요. 그래서 말했어요. 〈유성아, 멋지다. 엄마는 네가 무엇을 하더라도 믿어. 오늘 엄마한테 정말 귀한 선물을 주었구나.〉

아이들에게 10년 만에 받은 대답이네요.

엄마 아빠는 길이 잘 보이는 지도를 제공하는 역할을 하는 데서 그쳐야 해요. 요즘은 명문 대학교를 나와도 좋은 직업을 가질 수 있다는 보장이 없잖아요. 게다가 새로 생기는 직업도 많고, 또 그만큼 사라지는 직업도 많아요. 그럴수록 더 각자의 재능을 파악하고 스스로 준비해야 해요. 그래서 아이들한테 자주 말해요. 〈도와줄 수 있는 데까지는 해줄 거야. 하지만 너희들도 스스로 책임져야 한다.〉 처음엔 애가 걸을 때까지만 잘 돌봐 주면 되는 줄 알았는데 걷기 시작하니 잡으러 다녀야 하고 그 시기가 지나면 또 자기들 의견이 생기고 학교도 보내야 하죠. 그다음엔 졸업만 하면 끝인 줄 알았는데 그 이후에도 직장, 결혼 등등 자꾸만 새로운 단계들이 생겨요. 끝이 없어요. 제가 아이들한테 늘 하는 얘기가 있어요. 〈우리 가족은 한 팀이고 서로의 역할이 있다. 대신 해줄 수는 없어도 도와줄 수는 있다.〉 그런데 솔직히 부모로서 그 팀이 되고 싶지 않을 때가 많죠. 제 역할이 제일 크니까요.

스쿠버 다이빙을 함께하죠? 팀이 되어 함께 동적인 활동을 하는 이유도 책임감, 격려, 응원 등을 공유하려는 건가요?

그렇게 의도하고 시작한 활동은 아니지만 결국엔 도움이 되었어요. 스쿠버 다이빙은 결혼 후 남편과 함께 했던 취미인데 아이들이 크면서 같이하게 되었어요. 가족들이 서로 어우러져 할 수 있는 좋은 활동이에요. 면허도 따야 하는데 그 목표를 함께 달성하고 응원해 주는 느낌이 좋아요.

아이한테 말할 때도
어린아이 말투로 하지 않았어요.
처음부터 한 인격체로 존중해 주고 싶었고
지켜 주고 싶었어요.

언제 처음 애들을 혼냈어요?

큰아들은 자다가 일어나면 흥분하면서 막 우는 아이였어요. 차 뒷좌석에서 자다가 깨면 사정없이 울었지요. 그러면 차 문을 닫고 바깥에서 아이를 바라보면서 그칠 때까지 기다렸어요. 그래도 안 그치면 차 문을 열고 〈유성아, 다 울 때까지 기다릴게〉 하고는 다시 문을 닫고 기다렸죠. 말을 못 알아들어도 음성이나 분위기로 느낌을 알 수 있을 테니까요.

달래 주지 않았군요?

몸부림치며 우는 스타일이었으니 혼자 진정하도록 두는 게
가장 빨랐어요. 백화점 같은 데 가면 생떼를 부리며 우는
아이들이 있잖아요? 한국에서는 부모들이 그런 아이들을 그냥
놔두더라고요. 전 용납을 못 해요. 애들이 그럴 기미가 보이면
거기가 백화점이든 어디든 무조건 화장실로 갔어요. 〈우리
화장실 갈까?〉 하면 처음엔 애들이 울면서 따라와요. 막 앉기
싫다고 하는 아이를 화장실 한쪽에 앉혀요. 〈네가 울음 그칠
때까지 싫든 좋든 여기 있을 거야〉 그러면 정말 지칠 때까지 우는
거죠. 그런 일이 얼마나 반복되었겠어요? 또 남편 없이 캐나다에
가는 때가 많았는데 애들이 비행기 안에서 울면 승객들한테
미안했어요. 그래서 조금이라도 아이가 울 것 같으면 바로
화장실로 가서 앉혀 놓고 충분히 울게 뒀어요. 〈마음껏 울어.
여기서 기다릴게〉 하면 얼굴 빨개질 때까지 울었어요. 다 울
때까지 화장실에서 안 나갔죠. 이게 습관이 되다 보니까 어느
순간부터는 〈화장실 갈까?〉 이 한마디만 하면 징징대다가도
멈췄어요. 알아듣는 때가 오더군요. 그런데 그런 순간을 넘기고
나서는 정리하는 시간이 꼭 필요했어요. 아이들이 알아듣든 말든
〈기분이 안 좋다고 그렇게 사람들 많은 곳에서 울면 안 돼. 그렇게
울어도 해결되는 것은 없어〉라고 똑바로 말해 줬지요.

그렇게 직접적으로 말했어요?

1살 때부터 그렇게 했어요. 그래야 책임감을 느낄 것 같아서
습관이 되도록 자꾸만 이야기했어요.

어린아이 말투를 쓰지 않았군요.

그게 생각보다 어려워서 정말 노력했어요. 그 수고를 얼마 전
큰아들이 알아채 줬어요. 캐나다 부모님 집에 큰아들이 2살 때
찍어 놓은 비디오 영상이 있어서 같이 봤는데 아들이 그걸 보면서
놀라운 표정으로 말해요. 〈그때나 지금이나 엄마가 나한테
얘기하고 대하는 게 똑같아.〉 보통은 애기들한테 더 과장되고
귀여운 목소리로 말하잖아요. 전 아이한테 하는 말이라고 해서 그
말투나 목소리를 바꾸지 않았어요. 그건 제가 의도적으로 고집한
방법이었지요. 그러니까 어렸을 때부터 한 인격체로 존중하고
지켜 주고 싶었어요.

어떤 언어나 행동으로 존중해 주었나요?

보통 〈어른이 얘기할 때는 가만히 있어〉라는 말을 아이한테
자연스럽게 하잖아요. 저는 그렇게 하고 싶지 않았어요. 부모가
진지한 이야기를 하고 있는데 애들이 갑자기 들어와서 혼자

얘기를 시작하는 때가 있죠. 그럴 때에는 이렇게 말했어요.
〈우리가 얘기하는 거 알았지? 잘 몰랐어?〉〈알았어요.〉
〈다음에는 사람들이 얘기하고 있는지 꼭 봐야 돼. 사람이
이야기할 때는 네가 하고 싶은 말이 있더라도 기다려야 돼. 그게
아무리 친구들이고 친한 사람들이라도 마찬가지야. 그리고 언제
말을 해도 되는지 꼭 물어봐.〉 그런 식으로 애들에게 가르쳤어요.
그리고 〈너 뭐라고 그랬어? 엄마 아빠한테 그렇게 말하면
돼?〉라는 말은 절대로 하지 않았어요. 그 비디오 영상에 그런
태도가 담겨 있던 거예요. 그때부터 저와 남편을 대하는 아들의
태도가 또 달라지더군요. 그러니 의도적으로 그런 영상은 하나
정도 남겨 두세요.

밖에서 사람들을 만날 때는
어느 정도의 예민함은 있어야 해.

예절 교육은 어떻게 시켰어요?

어떤 환경에 들어가더라도 다양한 인간이 있을 테니 남들을
배려할 줄 알아야 하잖아요. 그렇게 사람들을 어느 정도 파악할
줄 아는 아이들이 되었으면 해요. 박사이든 교수이든 아무리

유명한 학교를 나오고 사회적 위치가 좋더라도 자기가 있는
공간에서 주변 사람들과 이야기할 줄 모르고 적응할 줄 모르면
하나도 의미가 없어요. 그러니까 기본이 되어야 한다는 거죠.

기본이란 어떤 행동에서부터 나오는 걸까요?

아주 작은 것에서부터 감사할 줄 아는 마음이 중요해요. 엄마가
뭐 하나 갖다 주더라도 〈엄마, 고마워〉라고 말할 줄 아는 거요.
쉬울 것 같잖아요? 습관이 안 돼 있으면 어려워요. 이런 감사의
마음은 제가 아이들을 대하는 모습에서 가장 먼저 시작돼요.
밖에서만이 아니고 집 안에서 먼저 보여 줘야 해요. 애들이 뭘
가져다주면 꼭 〈고마워〉라고 말해서 아이의 친절한 행동을
알아봐 줘야 해요. 그리고 〈엄마가 고맙다고 하면 기분 좋지?
엄마 아빠로서 당연히 해줘야 할 것들이지만 네가 고마운
마음을 갖는다면 너는 더 근사한 사람이 되는 거야〉라는 말을
꾸준히 해줬어요. 그래서 지금은 아이들에게 고맙다는 말이 배어
있지요. 학교에서 선생님이 수업하면서 공부할 프린트들 나눠
주잖아요. 〈그런 거 받을 때 가만히 그냥 받아? 선생님이 주는
거니까 꼭 고맙다고 인사하고 받아야 해. 그것도 고마워해야 될
일이야〉라고 말해요.

고맙다는 말이 간단한 것 같지만 뜻밖에도 못 하는
사람들도 있어요. 부끄러워서일 수도 있고 고맙다는
감정을 못 느껴서일 수도 있고요.

커가면서 사람들과 어울릴 때 고맙다는 말을 못 하는 아이들이
많아요. 애들 친구들이 우리 집에 오면 먹을 것을 만들어 줘요.
고맙다고 말하고 먹는 아이들이 있으면, 어떤 아이들은 슬렁슬렁
와서 그냥 먹고 다 먹으면 그릇을 놔두고 가요. 아이들이
돌아가고 아들에게 이렇게 말한 적이 있어요. 〈만약에 다른 집에
가서 물 한 컵을 받아 마시고는 고맙다는 말을 안 하면 엄마는
정말 실망스러울 거야. 밖에서 사람들을 만날 때는 어느 정도의
예민함은 있어야 해.〉

　　아이들한테 잔소리를 하는 편인가요?

애들한테 물어보면 아니라고 해줘요. 작은아들이 지금 15살인데,
아직 목소리 크기가 조절이 잘 안 돼서 최근에 잔소리를 좀
하는 편이에요. 제가 옆방에 있는데 마치 바로 옆에 있는 것
같은 목소리로 〈배 안 고파〉라고 하거든요. 그래서 그 차이를
자꾸 말해요. 〈얘기할 때 상대방이 어디에 있는지, 네 목소리가
알아들을 수 있는 크기인지 확인해야 돼. 네 나름대로 얘기를
하고 있지만 나는 그 소리가 안 들려. 이런 말을 자꾸 해서 듣기

귀찮겠지만 다른 사람을 만날 때도 이 말을 명심하면 앞으로
도움이 될 거야.〉 이런 얘기를 요즘도 많이 해요.

아이들을 인격체로 배려하는 행동과 자기가 해낸
것에 자신감을 갖도록 하는 것, 그리고 예절 교육을
강조했네요. 또 다른 게 있나요?

지금 이야기한 것들은 평생 잘 써먹을 수 있는 재료들이에요.
또 하나는 편안한 것만 찾지 말라고 늘 이야기해요. 〈편안한
것만 찾는 게 인간의 본능이다. 그런데 편한 상황에만 머물지
말고 거기에서 벗어날 용기를 갖기를 바란다〉고 말해요. 조금씩
불편함과 긴장감을 느낀다는 것은 건강하다는 신호예요. 저는
몸과 마음이 편안할 때 불안해져요. 그 이상 발전이 안 되니까요.
엄마와 아빠도 성장을 위해서 여전히 어렵고 불편한 자리를
찾는다고 아이들에게 말하죠. 인생은 아이에게든 어른에게든
계속 성장해 나아가는 길이니까요.

어떤 상황에서 그런 이야기를 해주나요?

큰아들이 자기의 미래가 확실치 않아 두렵고 스트레스를
받는다고 말한 적이 있어요. 그래서 말해 주었죠. 〈그 스트레스는
지금 네가 있는 그 자리가 불편하다는 뜻이야. 불편한 자리를

잘 견딜수록 많은 것을 깨닫고 성장할 수 있어. 그러니까
그런 실패에 대해 두려워하지 않았으면 좋겠다.〉지금 20대
초반이니까 자기 미래에 대해 진지하게 고민할 때인데 자기 앞에
뭐가 나타날지 몰라서 부정적인 생각이 들고 불안함도 느끼겠죠.

아무 일! 적더라도 돈을 받을 수 있는 일.
스스로 돈을 벌었으면 좋겠다.

사회생활을 시작하면서 자기가 하는 선택이 옳은지
그른지, 또는 지금 이 순간이 기회인지 아닌지 잘 모를
때가 많아요.

우리는 〈기회〉를 우리 꿈을 다 이루어 주는 환상적인 것으로만
생각해요. 그래서 저는 아이들에게 이렇게 이야기해요. 〈기회가
네 앞에 완벽하게 포장이 돼서 알아보기 쉽게 나타날 거라고
생각하지 마. 1백 명 모두 그 기회를 못 보고 그냥 지나치는
순간 네가 그 기회를 잡을 줄 알아야 돼. 이런 상황이면 1백 명
중 몇 명이 이걸 가져갈까? 불편하고 어렵게만 보여서 아무도
안 가져갈 수도 있어. 아무도 그것을 기회라고 생각을 안 하지.
하지만 누구도 상상하지 못하는 것에 기회가 들어 있어. 그런

기회를 찾아내는 사람이 대단한 거야.〉 정말 그게 기회인지 그 반대인지 모르잖아요. 힘들게만 보이니까 기회 같지가 않겠죠. 그래서 불편한 순간에 익숙해져야 기회를 잡을 수 있는 확률도 높아져요. 애들이 부족함 없이 자라 왔기 때문에 풍족한 삶만 알아요. 그런데 실제로 사회에 나가면 아무것도 없는 상태에서 시작하게 되잖아요. 저는 아이들에게 그 아무것도 없는 상황을 찾아가야 한다고 말하고 싶어요. 〈만약 너한테 차가 몇 대나 있어. 그런데도 넌 그걸 안 타고 대중교통을 이용할 수 있을까? 다 있는데도 불구하고 아무것도 지니지 않은 정신으로 살 수 있니? 지금부터 연습이 필요해.〉

지금 유성 군이 몇 살이지요? 아르바이트를 하나요?

지금 22살이고 휴학 중이에요. 이때 일을 해야 된다고 말했어요. 그런데 말로만 알겠다고 하고 일을 못 찾더라고요. 어느 날은 도대체 어떤 일을 해야 하냐고 물어요. 〈아무 일! 적더라도 돈을 받을 수 있는 일. 스스로 돈을 벌었으면 좋겠다.〉 그래서 피자 가게에서 시간당 6천6백 원을 받고 일했어요. 굉장히 힘들어했지만 책임감을 느낀다며 저한테 고맙대요. 〈엄마가 무슨 이야기를 하려고 했는지 알 것 같아〉라며 다음 방학 때도 또 하겠대요.

〈없는 것을 느껴야 된다〉는 말을 현실 속에서 어떻게 실천해야 하는지 알려줬군요.

그 피자 가게에서 일하면서 대중교통을 이용했는데 이야기를 들어 보니까 버스 안에서 사람들이 노인들한테 자리 양보를 안 하더래요. 그래서 자기 자리를 양보했다는 이야기도 막 신이 나서 해요. 부모 없이 사회에 나가서 하나씩 보고 듣고 느끼고 적응하는 모습을 보는 게 기뻐요.

엄살을 피우거나 별것 아닌 일에 힘들어하는 상황도 생기잖아요. 아이들이 약해질 때 해주는 이야기가 있나요?

큰아들이 또래들과 네팔에 갔어요. 사회 경험이 없는 아이들이 모여 산속 마을에서 생활하는 내용의 예능 프로그램을 찍으면서 하는 여행이에요. 부족할 것 없이 지내 온 도시의 아이들이 문명의 혜택이 없는 그곳에서 작은 사회를 직접 꾸리는 모습을 보는 거죠. 제가 아들 또래일 때 이곳에서 결혼 생활을 시작했는데 이민자의 자녀였던 저와 연예인의 자녀인 제 아들의 삶은 참 달라요. 문화가 다르고 겪게 되는 경험도 다르고 성격의 장단점도 달라서 제가 했던 생각이나 행동들을 아들에게 바랄 수는 없어요. 제 아들은 저랑 완전히 반대로 작은 것 하나하나에

의문을 가지고 고민해요. 그러니 그 낯선 환경에서 또래들과
생활하니 사소한 것들을 심각하게 받아들이고 있을 아들이
머릿속에 떠올라요. 가장 큰 걱정은 말이 잘 안 통한다는 거죠.
게다가 휴대폰 없이 생활하는 거였으니 더 불안할 거예요.
본격적인 촬영에 들어가기 바로 전에 메시지가 왔어요. 〈너무
걱정돼. 엄마와 아빠가 나를 위해 기도해 줬으면 좋겠어.〉 얼마나
불안하면 기도를 해달라는 말을 할까 싶었죠. 그에 대한 제
답변은 이거였어요. 〈유성아, 우리는 끊임없이 너를 생각하고
기도할 거야. 그 대신 너는 임현수 목사님을 위해 기도해 줄 수
있어? 부탁이야.〉

더 힘든 사람이 꼭 있으니
내 힘든 상황에만 몰두하지 말라는 거예요.

임현수 목사님이요? 어떤 분이시죠?

캐나다 토론토에 있는 아주 작은 교회의 목사님이시고,
유성이에게 세례를 주신 분이에요. 정부에서 지원해 주는 집에서
살고 본인 신발조차 안 사시는 분인데 지금 북한에 억류되어
있어요. 그분이 15년 가까이 북한을 드나들면서 국수 공장, 학교,

농장, 병원, 고아원, 가발 공장 등을 만들어 북한 주민들을 위한 지원 사업을 하셨어요. 자비로 북한을 1백 회 이상 다니시면서 헌신적으로 주민을 위해 일해 오신 분인데 정권이 바뀌면서 국가 전복 음모죄로 억류되어 평생 힘든 노동일을 하는 종신 노역형을 선고받았어요. 현재 하루에 8시간 동안 과수원 땅을 파고 계세요. 억류되시기 전 북한에 가실 때마다 서울에 들러서 언젠가 그곳에 같이 가서 외국인 학교를 세우고 봉사 활동을 하자고 말씀하시며 그곳의 사진을 보여 주셨지요. 제 마음 깊은 곳에는 항상 그분에 대한 염려와 걱정이 있어요.

근심하는 아들에게 더 힘든 상황에 처한 사람을 떠올리라는 메시지였나요?

네팔에서 생애 처음으로 아무것도 없는 낯선 환경에서 온몸으로 불편을 느끼고 있잖아요. 그런데 저는 그런 아이의 생각을 깨고 싶어요. 더 힘든 사람이 꼭 있으니 내 힘든 상황에만 몰두하지 말라는 거예요. 하지만 아들이 처음 겪는 불편함도 충분히 존중해 줘야 하죠. 그런데 그 불편을 느끼면서 자신보다 더 어려운 환경에 있는 사람을 위해 기도한다면 자신의 처지를 좀 더 객관적으로 돌아보게 되고 기도를 드리는 마음도 더 간절할 것 같았어요. 고맙게도 아이가 그분을 위해 기도하겠다고 해줬어요.

엄마의 강력한 메시지네요.

아주 짧은 시간에 이루어진 대화였어요. 아들의 마지막 답변이
〈땡스, 맘〉이었어요. 그분의 역경이 힘든 상황에 처한 아이에게
힘이 되어 준다고 믿었어요.(기도가 통한 덕분인지 지난 8월
9일 임현수 목사는 억류된 지 31개월 만에 병보석으로 풀려나
캐나다로 돌아가게 되었다.)

늘 상대방의 입장이 되어 대화한다고 했는데,
아이들에게는 어떤 식으로 가르치나요?

상대방의 입장이 되려면 상상력이 필요해요. 상대가 어떤
이야기를 한다면 그 이야기 속에 들어가 있다고 상상해야 해요.
어떤 공간에 대해서 이야기한다고 가정했을 때 그 공간에 내가
들어가 가장 먼저 보게 되는 건 뭘까? 어떤 소리가 날까? 그
자리에 누가 있을까? 그 사람은 나를 보고 무슨 말을 할까? 등등
마치 실제로 그 공간으로 들어간 것처럼 비주얼 플래닝을 해보는
거죠. 저도 남편이나 아이들이 저한테 어떤 문제를 갖고 올 때 그
이야기 속으로 들어가요. 그걸 못 하면 상대가 어떤 말을 해도 와
닿지가 않아요. 아이들에게도 그런 방법을 권해요. 아이들에게
어떤 상황을 설명하거나 가르칠 때 보통은 건성건성 알겠다고
해요. 그럴 때 아이들한테 좀 더 구체적으로 질문해서 상상하게

만들죠. 〈잠깐만! 네가 그 사람이 된다면 나한테 어떻게 얘기할 거야?〉

역할 바꾸기 놀이 같네요. 구체적으로 사고하는 훈련이 되겠어요.

처음엔 아이들이 대충 얘기해요. 〈뭐가 보여? 그다음은 어떻게 될까?〉 하고 자꾸 물으면 아이들이 정말 그 속에 들어가기 시작하지요. 그게 역할 놀이예요. 그 상황에 들어가야 더 자세하고 분명하게 생각할 수 있어요.

아이들이 엄마에게 고민을 털어놓나요?

최근에 막내한테 고민이 있었는데 2주 동안 말도 안 하고 먹구름 속에서 빠져나오지 못하더군요. 엄마로서 도와주고 싶었어요.

무슨 고민이었나요?

처음엔 어떤 고민인지 말을 안 했어요. 그러니 저로서도 어쩔 수가 없었죠. 그 대신 체크는 했어요. 〈유진아. 괜찮니?〉 〈맘, 지금 내 시간이 좀 필요해.〉 〈알았어.〉 매번 물어볼 때마다 소득이 없었지만 매일 물어보죠. 〈오늘 학교는 어땠니?〉 〈그냥 그랬어.〉

〈유진아, 얘기할 거 있으면 언제든지 해. 엄마는 다 이해해.〉
〈하아. 맘, 그냥 좀…….〉 그렇게 한 5일 동안 상황만 살폈어요.
그러더니 어느 날은 마음을 조금 비치더라고요. 〈기대하는
아들의 모습이 아니어서 엄마가 실망할 수도 있어.〉 그래서 〈나는
네가 행복해지는 것만 기대해〉라고 말하니 이야기를 할듯 말듯
해요. 그래서 먼저 솔직하게 말했지요. 〈유진아, 엄마가 너무 알고
싶어 미치겠다.〉

　　　친구처럼 다가갔군요.

그래도 소용없었어요. 〈절대로 평가 안 할게. 알려만 줘.〉
〈친구들하고 예전 같지가 않아서, 좀.〉〈그래? 네가 잘못한 게
있어?〉〈아니.〉〈그러면 여자와 관련된 일이야?〉〈아니, 아니.〉
아무리 물어도 속 시원한 대답을 안 해주니 그냥 기다릴 수밖에
없었죠. 그런데 어느 날 작은아들 아이패드가 제 침대 옆에서
자꾸 띵, 띵, 띵 울려요. 페이스북 메시지가 계속 오는 거예요.
작은아들은 아직 사생활을 가족에게 숨기지 않는 털털한
성격이라서 자신의 페이스북을 보여 주기도 해요. 내용을 보니
친구들이 작은아들을 위로하고 있더라고요. 〈우리가 크면서 서로
달라질 수 있어. 하지만 그렇다고 해서 우리 관계까지 달라지는
건 아니야.〉 이런 얘기를 하는 똑똑한 친구가 있더라고요.
작은아들이 뭐 때문에 고민하는지 대충 알겠더군요. 고등학교

1학년 때부터 친한 친구 넷이 있는데 다들 관심사가 달라지면서 거리가 생기고 관계가 깨질까 봐 불안해한 것 같았어요. 그 상황에 딱 맞는 이야기를 해줄 수 있을 것 같았죠.

무작정 고민이 뭔지 말하기를 다그치기보다 스스로 자기 상황을 판단해서 부모에게 스스로 말해 주길 기다려 줬네요.

아니나 다를까 정말 얼마 뒤에 아들이 물어봐요. 〈엄마 옛날 친구들은 지금도 여전해?〉 제가 기다려 온 아들의 고민거리가 말랑말랑한 상태로 제 손에 딱 들어왔지요. 일단 제게 아주 친한 남자 친구가 셋 있어요. 지금은 각자의 삶을 살고 있죠. 그런데 만나면 옛날 느낌 그대로 변함이 없어요. 〈엉클 리처드 알지? 그리고 그때 만났던 다른 삼촌들도 기억나? 고등학교 1학년이었을 때부터 제일 친했어. 우리가 이렇게 오랫동안 친구로 지낼 줄은 몰랐지. 매일매일 어울리면서 공부도 하고 여러 활동을 같이하면서 놀았어. 그런데 그때처럼 지금도 뭐든지 함께하면 어떨까? 다 각자 다른 생활이 있잖아. 리처드 삼촌은 열심히 일하고, 다른 삼촌도 딴 나라에서 살고, 나는 지금 한국에 있고. 그러니까 옛날처럼 매일 이야기하지 못하고 심지어 자주 만나지도 않지. 하지만 가끔씩 만나도 예전처럼 즐겁게 대화해.〉 그러니까 애가 고개를 끄덕여요.

스스로 아이가 독립심과 자신감을
가지게 되어서 너무 감사했어요.

친구들과 예전처럼 어울리지 못해서 우정이 깨진 줄
알았군요.

자기는 친구들을 맞춰 주느라고 바쁘게 지내 왔는데 친구들이
갑자기 흩어지니까 그에 대한 자책감에 2주 동안 완전히 힘이
빠져 있었던 거예요. 그런데 사실은 그사이에 자기도 영화
만드는 클럽이 있어서 처음 가봤대요. 그런데 그 클럽 아이들은
자기 친구들과는 좀 다르고 특이해서 마음이 맞지 않을 것
같다는 거죠. 그렇겠죠. 예술적인 아이도 있을 거고 혼자 있는
걸 좋아하는 아이도 있을 거고요. 〈그래서 그 영화 클럽 포기할
거야?〉 〈음, 요새 내 친구들도 다른 관심들을 가지는데 나도
일단 계속 나가 봐야지.〉 지금은 어떤 줄 아세요? 영화 클럽
아이들하고 너무 잘 지내요. 〈엄마가 역시 내 마음에 있던
고민을 풀어 줬어. 난 여태까지 친구들을 행복하게 해주는 게
제일 중요하다고 생각했는데 내가 먼저 만족감을 느껴야 했어.〉
이렇게 아이가 하나를 깨달았어요. 저한테는 또 다른 기쁜
선물이 되고요. 최근에는 이런 이야기도 해요. 〈맘, 내 친구들을
가만히 보니까 내가 그랬던 것처럼 다른 친구들 기분 맞춰 주고

자기들끼리 소속감을 느끼려고 다들 노력해. 그게 중요한 게
아닌데……〉 저는 제 이야기를 해준 것뿐인데 스스로 아이가
독립심과 자신감을 가지게 되어서 너무 감사했어요.

이런 일들을 남편과도 공유하나요?

남편도 알고 있어야 해요. 왜냐하면 아빠가 아이들 모습을 보고
〈쟤는 또 뭐 때문에 저래?〉라는 반응을 보이면 안 되거든요.
그것만큼 아이들을 무시하는 태도가 없지요. 그래서 제가
아이들한테서 새로 발견한 모습을 자세히 다 전해요. 그렇게
아빠에게도 아이들이 잘 크고 있다는 만족감을 줘야 해요.
그래서 제 일이 늘 두 배가 돼요.

부모님 사이에서 했던 통역자 역할이네요.

그 역할이 있어야 대화가 없어도 아들이 지금 어느 지점에 와
있는지 아빠가 알아요. 근래에 아이가 겪은 일을 아빠가 알면,
어느 순간 적절하고도 자연스러운 조언을 해줄 수 있는데 아빠가
잘 모르면 아이들한테 이상한 소리를 하기 쉽죠. 고민하고 있는
아들한테 〈군대 갈 애가 지금 이런 이야기나 하고 있네?〉라고
하면 한순간에 다 무너져요. 통역은 우리 가족의 생명줄이에요.

어른도 실수를 하잖아요.
자기 잘못을 책임지고 인정할 줄 알아야 해요.

부모가 권위적인 느낌이 없네요.

저도 남편도 아이들 앞에서 잘못한 것은 스스로 이야기해요.
어른도 실수를 하잖아요. 아이들 앞에서도 자기 잘못을 책임지고
인정할 줄 알아야 해요. 사람이기 때문에 실수하고, 심지어 그게
실수인지도 모를 때가 있잖아요. 그게 인간이지요. 저는 사람들이
실수할 때 마음으로 받아 주는 여유가 있어야 하고, 그 여유가
어느 때라도 발휘될 수 있도록 늘 준비해야 한다고 아이들에게
말해요.

그래서 아이들이 좀 더 친밀하게 부모를 대하는군요.

격의 없이 어떤 이야기라도 할 수 있는 집안 분위기를 만들어요.
그리고 누구를 실망시킬까 두려워서 해야 할 이야기를 숨기지
말자고 늘 말하고, 상대가 가장 솔직하게 이야기할 수 있게끔
인내심을 가지고 들어주는 자세를 준비하자고도 말해요. 그런데
그건 부모가 먼저 시작해야 하는 거예요. 아이들이 우리한테
이야기를 할 때 부모의 자세가 중요해요.

「엄마가 뭐길래」에서 큰아들 유성 군이 토론토 대학교 정치학과를 휴학하고 연기 학교에 들어가고 싶다고 엄마한테 털어놓는 장면이 화제가 되었어요. 그때 어렵게 이야기를 꺼내 줘서 고맙다고 아들의 손을 잡았던 장면이 방송에 나가자 많은 사람이 강주은의 교육법을 궁금해했어요. 학업을 중단한다는 건 엄마로서는 선뜻 받아들이기 어려운 이야기인데 차분하게 대응했죠.

그때도 저는 유성이의 입장이 되어 보았어요. 애가 예민해 보이고, 말을 꺼낼 기미가 있으면 그게 뭔지 아직은 몰라도 일단 마음으로 준비를 해요. 아들이 이렇게 말문을 열었어요. 〈엄마를 실망시키고 싶진 않아요. 그런데 곰곰이 생각했어요.〉 한 마디 한 마디로 어떤 상황인지를 파악하려고 했어요. 아들이 하는 이야기가 혹시 날 힘들게 할까? 어떤 이야기든지 괜찮다고 말했고, 지금이 어떤 이야기이든 잘 들어 줘야 하는 바로 그 순간인데 난 정말 준비가 되어 있나? 그런데 역시 부모라면 듣고 싶지 않을 휴학 이야기였어요. 그게 무슨 뜻이지? 계획 전체가 바뀌는 건가? 다시 복학은 한다는 건가? 그 순간 아이한테 하고 싶은 질문이 많았지만 그 전에 내가 완전히 아이의 입장이 되었는지 확인해 봤어요. 어렵게 이야기를 꺼냈는데, 이 아이라면 엄마에게 어떤 이야기를 듣고 싶을까를 생각해서 이렇게

말했어요. 〈와, 용기 내서 이야기해 줬다. 고맙다.〉

저는 상대의 입장이 되어 그 사람이 먼저 듣고 싶은 말 한마디가 뭘까를 생각해요. 아들하고는 사이가 가깝지만 엄마로서 아들의 입장이 되기란 참 힘들어요. 내가 유성이라면 정말 좋을 것 같아요. 휴학 이야기에 대뜸 고맙다고 말하는 엄마가 많지는 않을 거예요. 저도 그 말을 꺼내기가 참 어려웠거든요. 유성이가 고맙게 느끼겠지만 내가 상상하는 것만큼은 아닐 거예요. 부모가 되어 본 적이 없잖아요. 거기서 섭섭하면 안 되죠. 그러니까 나만의 만족으로 끝나야 해요. 저도 항상 주의해요. 제가 조건 없이 하려고 해도, 나도 모르는 순간 늘 조건을 만들고 있어요. 아들에게도요.

개인적인 이야기인데 방송으로 알려지게 되었어요.

촬영 바로 직전에 나온 이야기였어요. 그래서 촬영할 때 그 감정이 그대로 들어갔어요. 제가 학교에서 일을 했으니 부모의 욕심 때문에 아이와 불편한 상황을 겪는 가족을 많이 봤어요. 우리의 이런 이야기가 많은 사람에게 색다른 방식의 대화법을 시도하게 할 수도 있지 않을까 해서 이 상황을 공유하면 안 되겠느냐고 아들에게 물었죠. 아들이 흔쾌히 허락했어요. 늘 방송 전에 먼저 동의를 구해요.

저는 엄마로서 늘 아이들 옆에서
잘해 줄 기회나 만회할 경우가 많지만
남편은 오히려 손해를 보는 일뿐이에요.

유명한 아버지를 두었기 때문에 아이들의 삶 역시
특별한 호의와 관심을 받는 상황일 텐데요. 평범한 삶을
만들기 위해 노력했잖아요.

우리 가족은 특별한 혜택에 대한 기대나 생각이 없어요. 누군가가
혜택을 주려 해도 괜찮다고 늘 사양해 왔고요. 그런 식으로 제가
사람들을 대하는 것을 아이들이 봐왔지요. 그러니까 남편의
모습이나 행동들이 특별할수록 나부터 주의하자고 생각했어요.
아이들이 쉽게 뭔가를 가지고 싶다고 하면 〈다른 사람들은 저걸
가지기 위해서 이러이러한 일들을 하는데, 네가 이렇게 쉽게 가져
버리면 그 가치를 알 수 있을까?〉라고 혜택이 당연한 것이 되지
않도록 하나하나 설명했어요.

육아나 아이들 교육에 있어서 남편은 어떤 역할을
했나요?

남편은 바빴기 때문에 애들을 돌봐 줄 기회가 별로 없었어요.

그래서 제가 아이들에게 하나를 알려 주더라도 〈아빠 입장은 이렇고 엄마는 이렇다〉라고 언제나 아빠가 우리의 그림 속에 같이 들어와 있게 애썼어요. 아이들이 언어가 다르고 함께 지내는 시간도 적은 아빠를 마음속에서 배제할 수도 있을 것 같았거든요. 그런 최악의 상황을 방지하기 위해 아빠의 생각이나 성격 그리고 배경을 잘 설명하는 엄마가 되었지요.

어떤 배경을 설명했나요?

아빠가 몹시 불안정한 집안에서 자라 왔다는 걸요. 그래서 아빠는 완벽한 가족을 원하지만 아빠가 이상적으로 여기는 가정은 보통 사람들이 생각하는 것과 조금 다를 수도 있다고요. 〈아빠는 외롭게 자라 왔기 때문에 가정이란 것을 늘 갖고 싶어 했어. 한 번도 가져 본 적 없기 때문에 지금 우리 가족은 아빠한테 보물보다도 소중해.〉 그걸 알아야 한다고 많이 얘기해 줘요.

첫째가 몇 살 때부터 얘기를 해주었나요?

아이가 말을 이해할 수 있을 때부터 알려줬어요. 만약에 아빠가 아이들한테 아무런 설명 없이 무심하게 〈이건 아니지!〉 하고 가버리면, 제가 〈아빠가 저렇게 행동하지만 원래는 어떤 뜻인지 알아?〉라면서 얘기를 하는 거예요. 〈저 행동을 받아들이기 힘들겠지만 사실은 아빠는 누구보다도 더 투명하고 정확하게 얘기하는 거야. 엄마처럼 예쁘게 포장 안 해. 아빠는 거친 인생을 살아왔기 때문에 표현이 남달라. 그리고 아빠한테는 누구도 갖지 못하는 힘이 있어.〉 어떤 상황에서도 아빠를 보호해야 해요. 그게 제 의리예요.

　　　남편을 위한 의리이군요.

내가 남편을 아니까요. 애들에게 저에 대해 설명할 필요는 없어요. 응원받는 것도 필요 없어요. 저는 엄마로서 늘 아이들 옆에서 잘해 줄 기회나 만회할 수 있는 경우가 많지만 남편은 오히려 손해를 보는 일뿐이에요. 그 손해를 다시 만회해 주는 거죠. 심지어 남편의 생각에 동의하지 않아도 아이들 앞에서는 동의하는 모습을 보이죠. 그게 제 원칙이에요. 내가 지키고 싶은 의도가 중요한 만큼, 남편의 의도도 다름없이 중요하다고 생각해요. 그것을 아이들에게도 알려 줘야 해요. 남편이 마땅찮을 때가 너무 많아요. 그래도 아이들한테는 당연하다는 듯 아빠의 입장을 설명하면 결국 남편은 멋진 아빠가 되는 거고 애들은 아빠를 존경하고 좋아하죠.

　　　집안에서 통역자가 필요하겠다는 생각은 언제부터 했나요?

남편을 처음 만났을 때 남편과 저 사이에 통역자가 없었어요.
낯선 환경과 트라우마 속에서 남편과의 관계를 해결할 사람은
오로지 저뿐이었지요. 저를 이해해 주고 이해하지 못하는 것을
설명해 줄 중간 역할이 아무도 없었어요. 부모님에게 얘기할 수도
없고 의지할 데도 없었으니 스스로 이 남자를 이해하고 대화할
방법을 찾았지요. 그 시간들이 버거웠기 때문에 아이들에게
그때 내 곁엔 없었던 통역자가 되어 주어야겠다고 결심했어요.
아이들이 말을 알아듣기 시작할 때부터 그 역할을 자처했지요.

일상에서 어떻게 그 역할을 하나요?

그 역할이 너무 중요해요. 남편은 스트레스를 받거나 몸 상태가
안 좋으면 짜증이 많아져요. 그러면 애들한테 미리 알려 줘요.
〈아빠가 몸이 안 좋아. 그러면 예민한 거 알지? 그러니까 더
예민해지지 않게 너는 뭘 해야 하지?〉 그러면 작은아들이 그래요.
〈알겠어. 아빠한테 말할 땐 더 크고 정확한 소리로 말할게.〉
작은아들이 우물우물 말하는 걸 남편이 싫어하거든요. 아니나
다를까 아침에 아빠가 일어나서 〈유진아, 굿모닝〉 하며 일부러
더 기분 좋게 말을 걸어요. 보통이면 〈어, 알았어〉 하고 넘어갈
유진이도 자기답지 않게 〈굿모닝, 대디〉 하며 밝게 오버해서
대답하죠. 그럼 아빠는 만족스러워해요. 그렇게 사고가 날 수도
있었을 순간이 아무렇지 않게 지나가요. 하지만 방심하면 안

돼요. 저녁 식사 테이블에서 순간적으로 오해가 생겨서 남편의 말에 아이가 한숨을 쉬었어요. 그러자 바로 남편이 〈너는 아빠가 뭐만 얘기하면 반응이 왜 그러냐? 오케이. 지금 얘기하기가 좀 힘드네. 먼저 일어날게〉 하면서 삐쳐서 방으로 들어가더라고요.

남편에게 인내심이 없는 것을
탓하고 싶지만 애들 앞에서는
위신을 살리는 게 제 역할이에요.

가족들끼리 평범하게 싸우는 모습이네요.

신나게 저녁을 먹다가 갑자기 분위기가 썰렁해진 거죠. 〈아침에 엄마가 얘기한 거 기억나지?〉 〈하아……. 엄마, 혹시 예언자야?〉 〈왜 한숨 쉬었어? 이유가 있어?〉 물어보니 아빠 이야기에 제대로 된 대답을 하지 못해서 스스로 실망한 나머지 한숨이 나온 거래요. 그래서 제가 물었죠. 〈아빠는 지금 뭘 생각하고 있을까?〉 아들 말로는 지금 아빠의 마음은 찢어진 상태일 거래요. 큰소리 신나게 쳐놓고서는 막 후회하고 죄책감을 많이 가지거든요. 〈일단 아빠한테 미안하다고 말할게〉 하더라고요. 그러곤 아빠 방문을 노크해요. 저는 그때까지도 아이를 보고 있었지요. 할 수 있다는 사인도 보내 주고요. 문을 열고 들어가서는 두 손을 배꼽 앞에 모으고 서툰 한국말로 사과를 하더군요. 〈아빠, 미안해요. 제가 잘못했습니다.〉 그럼 남편의 마음에도 여유가 생기지요. 스스로 감옥에 들어갔는데 어떻게 풀고 나와야 할지 몰랐으니까요. 특히 남편이 이렇게 애들한테 화를 내거나 큰소리치고 나가 버리면 그 행동에 제가 동의를 하던 안 하던 무조건 아빠 편을 들고 아이들에게 상황을 설명해 줬어요. 오죽하면 아빠는 부모님 없이 외롭게 자랐기 때문이라고도 말해요. 그러면 애들이 아빠를 이해하죠. 남편에게 인내심이 없는 것을 탓하고 싶지만 애들 앞에서는 위신을 살리는 게 제 역할이에요. 그게 제 역할이고 유진이가 그렇게 먼저 사과를 하니까 또 남편도 아들한테 미안하다고 말하더라고요. 그렇게 또 한 번의 위기가 지나갔지요.

아이들에게 아빠는 어떤 존재인가요?

애들은 아빠가 실수를 안 하는 사람이라고 생각해요. 제가 조금이라도 실수하면 아이들은 〈엄마, 도대체 왜 그런 실수를 해요?〉라면서 강하게 말하는데, 별별 사고를 치더라도 아빠한테는 다 이유가 있다고 생각해요. 그럴 땐 화가 나면서도 감사하죠. 아빠를 향한 아이들의 믿음과 의리는 끝까지 남아야 하고, 아빠라는 존재는 언제나 아이들의 인생에서 굳건히 서 있어야 하니까요. 그건 제가 애들 앞에서 남편을 공손하게 대한다고 되는 게 아니에요. 아무리 애들 앞에서 제가 남편을 발로 차고, 남편이 깨갱 하면서 〈마님! 잘못했습니다〉라고 해도 〈우리 아빠 최고, 엄마를 위해서 저렇게 당해 주는구나〉라고 생각해요.

　　큰아들은 이제 20대인데 의견 차이 때문에 싸우기도 하나요?

저는 긍정적이잖아요. 그래서 유성이가 힘든 고민 속에서 막 헤매는 모습을 보면 엄마로서 괴로워요. 저는 항상 〈괜찮아. 넌 그 고민을 해결할 수 있는 힘이 있어〉라고 말하는데 그러면 오히려 더 힘들어하죠. 〈엄마, 그런 이야기는 지금 도움이 안 돼. 내 이야기를 있는 그대로 들어 주고 지금 내 상태를 받아 주면 좋겠어.〉 〈지금 들어 주고 있잖아.〉 〈아니야. 엄마는 들어 주고 있지 않아. 지금 내 말을 인정하지 않아.〉 점점 아이를 파악하지 못하는 부분이 생길수록 제가 많이 미안해지죠. 그럴 땐 〈힘든 부분을 지원해 주고 채워 줄 수가 없어서 미안해〉라고 말해요. 아이가 크면서 제가 도와줄 수 없는 부분이 벌써 생겼어요. 그럴 때는 얘기라도 스스럼없이 나눌 수 있는 존재가 되고 싶어요.

　　두 아들 성격은 어때요?

성격이 참 달라요. 큰아들 유성이는 고등학교 내내 여자 친구가
집에 온 적이 한 번도 없다가 12학년 때 딱 한 번 데려왔어요.
다른 친구들도 같이 왔었는데 그 아이만 눈에 보이더라고요. 집에
여자아이가 왔다는 사실에 모두 놀랐죠. 그런데 작은아들은 좀
달라요. 작년 가을쯤에 친구들을 초대해도 되겠냐고 묻더라고요.
처음엔 4명이 온다고 했는데 조금씩 더 늘어나더니 결국엔
12명이 왔어요. 여자 애들 8명, 남자 애들이 4명. 그 비율이
형하고 정말 다르죠? 또 형은 집에 있을 때도 옷을 잘 챙겨
입어요. 형은 보수적이면서 개인적인 데 반해 동생은 자기가 옷을
입었는지 안 입었는지도 크게 신경을 안 써요.

아이들의 눈빛이 달라질 때가 있어요.
많이 지켜보고 관찰했죠.

아이들의 신체에 변화가 왔을 때 특별한 이야기들을
해주었나요?

어릴 때부터 〈우리 몸은 커가면서 자연스럽게 변화할
것이다〉라는 메시지를 늘 전했어요. 3~4학년이 되면 몸에
변화가 올 것이고, 몸이 커지면서 기분도 달라지고 신경질도 나고

예민해지고 외로워질 수 있다고 말했어요. 그리고 그런 기분의
변화가 바로 어른이 되는 과정이니까 두려워하지 말고 엄마와
아빠한테 이야기하라고 미리 통로도 만들었고요. 아무런 말도
안 하다가 그때 가서 대화하기에는 어려울 테니까요. 집안에서
그렇게 어떤 일이든 터놓고 이야기할 수 있는 문화를 만들어
갔어요. 남편은 늘 농담 반 진담 반으로 애들이 커서 자기 방에서
혼자 지내는 시간이 많아지면 휴지통을 들여놔 주겠다고 했었죠.
매뉴얼이 있는 건 아니지만 부모가 왜 그런 이야기를 하는지도
설명해 줘야 해요.

어떤 말로 그런 설명을 해줬나요?

⟨몸의 기분이 달라지는 건 물론이고 갑자기 내 몸을 만질 때
새롭게 느껴지는 것도 자연스러운 거다. 때가 되면 무슨 말인지
알 것이다.⟩ 인간의 몸은 자연스러운 거라는 생각을 아주
기본적으로 박아 놓고 싶었어요. 학교에서도 아주 자세하게
성교육을 해주는데 그때 ⟨아, 엄마가 말한 게 이런 것이구나⟩
하고 자연스럽게 받아들이게 하고 싶었죠. 그래서 아이들이
질문을 하거나 성적인 표현을 할 때 일부러 부정적인 말도 쓰지
않았어요. 꼭 얘기했던 건, 그게 누구일지라도 내 몸의 소중한
부분에 허락 없이 가까이 오는 것은 잘못된 것이며 나만의
공간은 스스로 지켜야 한다는 거였어요. 한국에서는 어릴 때부터

아빠들이 귀엽다고 아들 고추를 만지더라고요. 한국에서는 크게
이상한 일이 아니니까 익숙해지려고 노력했어요. 아이들이 아주
어릴 때는 저도 웃으면서 넘겼지만 애들이 조금씩 자라면서
문제가 될 수 있겠다고 생각했죠.

성교육에 관해 남편과 의견이 일치했나요?

남편은 저한테 많이 의지했어요. 그런데 장난기가 많아서 〈좋은
여자 만나면 아빠한테도 좋은 여자 소개 시켜 줘라〉라고 했죠.

어떤 상황이라도 심각하게 만들지 않고 나중에라도
생길 문젯거리들을 쉽게 공유하기 위해 일부러 그러는
게 아닐까요.

남편이 그런 역할을 해주었죠. 성교육을 위해 다 같이 앉아서
진지하게 이야기하지는 않았어요.

어느 순간에 아이들에게 말했나요?

아이들의 눈빛이 달라질 때가 있어요. 많이 지켜보고 관찰했죠.
그럴 때 자연스럽게 한마디씩 했어요.

부모님께 성교육을 받은 기억이 있나요?

따로 이야기를 해주신 적은 없어요. 그게 우리 시대의 일반적
모습이었던 것 같아요. 저는 외국에서 자랐기 때문에 별의별
해괴한 이야기들을 많이 들었어요. 당시의 엄마들은 성교육을
할 줄 몰라서 섹슈얼한 행동은 물론이고, 자연스럽게 느끼는
욕구까지도 나쁘다고 강조했죠. 그렇게 아이한테 세뇌하면
아이들은 알게 모르게 충격을 받고 죄의식을 갖게 돼요.
저는 논리적이고 자연스러운 톤으로 이야기를 해서 애들도
자기들 몸이 변해 간다는 것을 인정하고 그래서 존중받을 수
있고, 죄의식을 느끼지 않게 하고 싶었어요. 사춘기가 되면
겨드랑이에도 털이 나잖아요? 목소리가 변하고 여드름이
생기고요. 그런 과정을 축제처럼 만들었어요. 〈아들아, 너도
이제 남자가 되어 가는구나. 오늘이 우리가 옛날에 얘기했던
그날이야.〉 그럴 때마다 아이들이 자연스럽게 받아들였어요.
막내는 훨씬 더 자연스러워서 옷을 입든 안 입든 상관도 안 하게
되었지만요.

사회적으로 남자는 어때야 한다, 여자는 어떠한 존재다
하는 성 역할에 대해서도 지도했나요?

그런 이야기는 안 했어요. 저는 아이들이 충분히 엄마와 아빠

행동을 보면서 많이 느낀다고 생각해요. 큰아들이 12살쯤 어떤 식당에 갔는데 서빙하는 분이 능숙하지 않아서 주문이 번복되고 시간도 오래 걸렸어요. 그걸 보던 남편이 조바심을 냈고 아들은 남편의 말하는 톤이나 표정이 불편했던지 나중에 〈아까 왜 아빠한테 뭐라고 안 그랬어?〉라고 묻더군요. 〈뭐가 불편했어?〉 〈여자분이 노력하고 있는데 아빠가 그 상황을 더 불편하게 만드는 것이 싫었어.〉 주변을 좀 더 예민하게 관찰했더라고요. 〈그 여자분도 사정이 있을 거고 그러니까 우리가 조금 더 여유를 가지고 기다려 주는 게 맞아. 네가 그런 마음을 가졌다는 게 고맙다. 너무너무 멋져〉라고 말해 주니 좋아했어요. 그러면서 아빠한테 뭐라고 말할 거냐고 묻기에 아빠한테는 나중에 따끔하게 한마디 하겠다고 하니 그런 이야기는 좋게 말하래요. 그러면서 자기는 엄마가 아빠를 존중하면서도 시원시원하게 대하는 모습이 좋대요. 예민하게 받아들일 수 있는 엄마에 대한 아빠의 부드러운 반응도 너무 뿌듯하다는 거죠. 나중에 아이가 사회에 나가서 사람들을 대할 때나 여자 친구를 만날 때 이런 모습을 떠올리지 않을까요?

아이들 앞에서 표정 관리를 하나요?

많이 해야죠. 본능적으로 나오는 성격은 완전히 죽여야 된다고 생각해요. 저는 본능과 반대로 행동하려고 늘 노력하니까 편안하게 있을 수가 없지요. 하지만 엄마로서 지칠 때가 있어요. 어느 순간에 다 무너져 버릴 때가 올 수도 있고요. 큰아이가 8살 때 제가 큰 실수를 했어요. 아이를 앉혀 놓고 이렇게 말했거든요. 〈나도 어느 날 갑자기 결혼하고 엄마가 되었어. 그런데 어느 순간에는 너무 힘들어서 엄마를 그만두고 싶어.〉 그때 애가 충격을 받은 거예요.

어떤 생각을 했을까요?

〈엄마가 지금 불행하다고 하는데 이러다 엄마가 없어지는 건가? 그러면 어떡하지?〉 이런 마음이었던 것 같아요.

큰아들이 8살이었으면 강주은 씨는 몇 살이었나요?

31살. 결혼하고 그때까지 많은 일을 겪었어요. 정신적으로 약해져 있었는데 그 말을 아이는 평생 안고 있더군요. 「엄마가 뭐길래」에서 그 얘기를 꺼내더니 8살로 돌아가 〈앞으로 행복한 시간이 기다리니까 걱정하지 마. 나중에 다 좋아져〉라고 말하고 싶다더군요.

그 전에는 얘기를 꺼낸 적이 없어요?

없어요. 저한테는 그 정도로 드라마틱한 사건이 아니었거든요.
그런데 아이에게는 온 세상이 무너지는 순간이었던 거죠.

너희들이 살고 있는 시대에는 평생 동안
모든 게 다 기록이 된다. 농담이든 아니든,
문자 하나라도 인터넷에 올릴 때는
생각하고 올려라.

아이들과 SNS를 공유하나요?

큰아들은 본인이 원하지 않아서 페이스북 친구는 맺지 않았지만,
언제든지 자기 계정을 보여 주겠다고 동의했어요. 그런데
작은아들은 아직 엄마에게 오픈하는 것을 불편해하지 않아요.
제가 아이들에게 당부하는 것은 이거예요. 〈너희들이 살고 있는
시대에는 평생 동안 모든 게 다 기록이 된다. 농담이든 아니든,
문자 하나라도 인터넷에 올릴 때는 생각하고 올려라. 누군가
의도적으로 너를 해코지할 수가 있으니 언제나 그걸 기억해라!〉

아이들이 SNS를 많이 하는 편인가요?

페이스북 세계에 살고 있어요. 그런데 적극적으로 게시물을 올리진 않더라고요. 그냥 친구들하고 얘기하는 통로인 것 같아요. 그래서 〈또 컴퓨터 해?〉라는 말은 안 해요. 내가 알던 시대와는 많이 달라요. 세대 차이라는 얘기를 이제야 알겠어요. 지금도 컴퓨터와 인터넷이 계속 발전하고 있잖아요? 미래를 살아가려면 아이들도 이 세계를 알아야 하죠. 하지만 인터넷은 판도라의 상자예요. 여기에 모든 것이 다 들어 있지만 정확하지 않은 정보도 많잖아요. 그런데 이런 얘기를 하면 애들이 웃어요. 이미 알고 있는 정도가 아니라 오히려 저를 가르치죠. 〈우리도 가릴 것 다 가리고 있어. 충분히 아니까 걱정하지 말아요.〉

그때는 한국어가
제게 가장 힘든 상대였어요.
아이들한테라도 휴식처럼
영어로 얘기하고 싶었지요.

육아는 영어로 하는 게 편했죠?

한국말로 했으면 아주 부자연스러웠을 거예요. 지금처럼 한국말을 잘하던 것도 아니었으니까요. 그때는 남편과 소통이

필요해서 무척 애를 썼던 시기였고 언어에 확신도 없어서 부부

사이에서도 실수할까 봐 늘 긴장했어요. 그때는 한국어가

제게 가장 힘든 상대였어요. 아이들한테라도 휴식처럼 영어로

얘기하고 싶었지요.

아이들은 어떤 식으로 한국어를 습득했나요?

큰아들이 〈눈높이 한글〉을 했었어요. 책자가 오면 거기에

체크하고 스티커도 붙이면서 공부해야 하는데 저부터 문제나

설명을 읽는 게 힘들었지요. 남편에게 설명해 달라고 하면 남편이

이해를 못 했어요. 〈지금 이렇게 써 있잖아? 이게 이해가 안 돼?〉

이런 식이었죠. 어쨌든 남편도 나름대로 설명해 줬는데 오히려 더

어려워졌죠. 아이는 문제를 이해하는 게 아니라 패턴에 따라서만

답을 적었고요. 그다음부터 아빠 없이 우리끼리 해결하기로 했죠.

아이들이 한국어에 능통하지 않아 주변에서 보내는

따가운 시선은 없나요?

저 같은 교포 엄마들이 흔히 겪는 일이에요. 모국어가 아니라서

아이들에게 한국어를 못 가르쳐 줘요. 그 고통이 얼마나 큰지

저 같은 엄마들은 다 알아요. 결혼 생활도 어렵고 사회에

적응하기도 어려운데 애들에게까지 한국어를 가르칠 여유가

있었을까요? 그런 건 없었어요. 애들도 이제 와서 한국어 왜 안 가르쳐 줬냐고 할 때가 있어요. 그런 아쉬움은 당연하죠.

그래도 아이들이 노력하죠?

지금은 알아서 하고 있어요. 큰아들은 많이 발전했어요. 그런데 사실은 아들과 한국어로 대화하면 우리의 분위기가 아니니까 아직도 어색하지요. 그래서 큰아들이 저한테 〈맘〉 대신 〈엄마〉라고 부르면 정말 낯설어요. 제가 많이 도와줘야 하는데 여전히 익숙하지 않네요.

아이들 언어 문제 때문에 힘들었던 점은 또 없나요?

작은아들이 11살까지 영어가 잘 안 됐어요. 다른 아이들은 장문으로 문장을 완성하는데 애는 한 줄 쓰는 것도 어려워했죠. 9살 때쯤 주변의 욕을 다 먹으면서 심리 상담사에게 데려갔어요. 왜 아들을 그런 데 데려가느냐고 하더라고요. 그런데 저는 아이가 왜 언어 능력이 늦된 건지 알고 싶었어요. 발달이 덜 됐다든지 아이의 성향이라던지 이유가 될 만한 것은 다양하잖아요. 다른 아이들과도 잘 지내고 문제 있는 아이들도 잘 감싸 주는 아이였어요. 그런데 제대로 영어를 하려고 하면 무슨 말을 하는지 잘 모르겠더라고요. 실은 아이가 학교를 1년 일찍 들어갔어요.

꼴찌가 될 수 있어도 제가 책임지겠다는 마음으로 입학을 시킨 건데 그게 언어 발달이 늦는 데에 큰 원인이 된 것 같았죠. 상담사가 말하길, 이 아이가 일반적으로 그림이나 모양을 더 잘 이해하는 반면 언어를 어려워하고, 게다가 1년 일찍 학교를 갔으니 그 스트레스가 2배가 됐을 거라고 하더군요. 아이한테는 스트레스가 없으면 자유롭게 잘해 낼 거라고 말해 주었죠.

　　　주변에서 욕을 했다는 건 어떤 상황이었나요?

직장에서 같이 일했던 사람들이 왜 그런 데를 가느냐고 했어요. 한국은 심리 상담에 편견이 있는 것 같더라고요. 저는 상관없었어요. 욕을 하든 말든 나는 우리 아이가 어려워하니 문제가 뭔지 알아야겠다는 생각뿐이었죠.

　　　획일적인 학교 교육이 아이에게 스트레스가 되는 경우가 많지요.

같은 것을 가르쳐도 아이들마다 습득하는 것이나 그 수준이 다 다르잖아요? 학교도 중요하지만 먼저 부모가 아이의 성향과 발달 상황을 잘 파악하고 거기에 맞춰 아이에게 교육 환경을 제공해야 해요. 정해진 대로 따라오지 못하는 아이에게 〈너는 왜 그러니?〉가 아니고 〈너는 배우는 과정이 달라야 되겠구나〉라고 생각하고 가르쳐야 해요.

　　　심리 상담은 정기적으로 받았나요?

그때 아이 성향을 파악하기 위해 1주일 동안 매일 갔어요.
상담사도 제가 아이를 어떻게 대해 왔는지 자세히
알아보더라고요. 여러 시나리오를 주고 다양한 상황에 대해서
엄마가 어떻게 대처했는지 물었어요. 가장 인상적이었던 건
애한테 가족의 그림을 그리게 했는데 자기를 제일 마지막에 아주
작게 그렸어요. 엄마는 아빠 다음에 서 있는데 아빠보다 키가
더 컸고요. 그걸 보고 상담사가 왠지 모르게 엄마를 조금 멀게
느끼는 것 같다고 하더라도요. 그때 눈물이 터졌어요. 그때부터
둘째에게는 제 마음을 더 내려놓았지요. 그때가 9살이었는데
11살 때까지 말을 제대로 하는 걸 어려워했죠.

　　　지금은 어떤가요?

이제는 아름다운 시를 쓸 줄 알아요. 지금 고등학교 2학년인데
시를 참 좋아해요. 시의 언어와 감정들을 이해하고 눈물까지
흘려요. 그리고 어제 그러더라고요. 〈나는 친구들하고 문자를
나눌 때 내가 항상 마지막이 되는 것이 좋아.〉 그게 웃는 얼굴의
이모티콘이든지 고마워하는 말이든지, 친구의 마지막 답으로

대화를 끝내도 되는데 한 번 더 마무리를 하는 거죠. 〈엄마, 우린 비슷하잖아. 엄마도 그럴걸?〉 사실 저도 그러거든요. 대화가 끝난 후에도 상대방이 조금이라도 아쉬운 마음이 들까 봐 그렇게 마지막 한마디로 상대방의 마음을 채워요. 마음을 채워 주는 걸 제가 또 좋아하고요.

엄마의 성향을 닮았군요.

그런 것 같아요. 첫째는 아빠하고 닮았거든요. 둘째랑 저도 서로 닮았다는 것에 위안이 돼요.

부모의 욕심은 결국
아이들을 놓고 자랑하고 싶은 욕심이에요.

스스로 좋은 엄마라고 생각하고 아이들을 대해 왔는데 아이들 생각이 다르면 보통 섭섭한 마음이 들잖아요?

최근에 깨달은 게 하나 있어요. 제가 스스로 최고의 엄마가 됐다고 얘기를 하지만 그건 제 기준이에요. 그런데 그 기준을 애들도 이해할 거라고 믿고 있었어요. 애들도 내 인생을 잘

안다고 착각했지요. 제 인생이 어떤지 어떻게 살아왔는지 알게
되면 애들도 내가 뭐가 부족한지 다 알 테니 〈그걸 극복한 우리
엄마가 참 자랑스럽다〉라고 얘기하겠죠. 하지만 애들이 내
인생을 어떻게 알아요? 스스로 기막히게 멋진 엄마라고 생각하고
애들에게 말을 붙이고 있었던 거예요. 대부분 부모들이 애들에게
〈너희들은 얼마나 행복한지 몰라〉라고 말하잖아요. 그건 〈내가
너희한테 충분히 잘해 주고 있어. 알지?〉 이렇게 말하고 긍정적인
답변을 기대하는 거나 마찬가지죠. 부모가 하는 그 말 속에는
약간의 자기만족이 있어요. 그런데 저의 큰 충격은 그 만족을
정말 나 혼자만 느꼈다는 거예요. 예를 들어서 〈아, 참 좋겠다.
이런 엄마가 너무너무 자랑스럽지 않니?〉라고 물으면 애들이
〈오케이. 맘, 고마워〉라고 건성으로 대답해요. 물론 밖에서 여러
사람을 만나 보면 〈와우, 우리 부모님 알고 보니 괜찮네〉 할 때도
있겠죠. 그런데 그런 일이 얼마나 있을까요. 애들에게는 그냥
저와 제 남편이 기준이에요. 그렇게 생각하니 갑자기 억울하고
외롭더군요. 여태까지 열심히 뛰면서 〈봐라, 봐라, 좀 봐라〉
하면서 보여 준 건 혼자 신나서 난리친 거였어요.

　　　　부모가 잘 알고 좋다고 생각하는 방향으로 아이들을
　　　　이끌 수도 있지 않나요?

제가 칼릴 지브란의 『예언자』라는 책을 좋아해서

결혼하고나서부터 몇 번을 읽었는지 몰라요. 그 안에 진리가 다 들어 있어요. 아이들에 대한 얘기도 있는데, 아이들을 화살로 표현해요. 부모는 활이고요. 부모가 활처럼 단단하고 흔들림 없이 그 역할을 할수록 화살이 더 멀리 그리고 정확히 날아간다는 거예요. 아이들을 멀리 정확하게 날아가게 하는 그 역할, 그게 우리의 역할이지요. 저희 엄마는 때가 되면 잘 키웠던 새끼 새들을 그냥 날려 보내는 어미 새에 대해 늘 말씀하세요. 그렇게 보내고는 끝이죠. 〈우리는 어미 새만큼도 못하다. 새들도 저렇게 하는데 나는 왜 못할까?〉라고 하세요. 엄마는 항상 외동딸인 저를 아직도 떠나보내지 못했다는 죄의식을 많이 갖고 계세요. 결혼했을 때 물론 서울로 떠나보냈지만 마음으로는 준비가 안 돼 있었던 거예요. 칼릴 지브란이 부모와 자식을 활과 화살로 비유했을 때 많이 도움이 되었죠. 아이들은 소유하면 안 돼요. 그 존재더러 내 꿈이 되라고 할 수는 없어요.

> 어린아이들은 아직은 자기가 뭘 좋아하는지 전혀
> 모를 때가 있잖아요. 스스로 자기가 좋아하는 것을
> 찾을 때까지 세상을 보여 주고 지도해 주는 게 부모의
> 역할인데 그 경계를 어떻게 조절하나요?

선을 잘 지켜야 해요. 하나도 손해 보지 않게 해주고 싶죠. 눈앞에 있는 기회를 한 번씩 맛보게 해주고 싶고요. 그런데 화초를

심으면 자랄 수 있게 시간을 줘야 하는데 우리는 자꾸 앞서가죠.
욕심이 있으니까요. 부모의 욕심은 결국 아이들을 놓고 자랑하고
싶은 욕심이에요. 다른 부모들이 〈우리 아이는 이거 하고 저것도
한다〉라고 하면 당연히 자연스럽게 〈우리 아이도 이것저것 하고
있다〉라는 말을 하고 싶어져요. 그래서 아이는 아직 준비가
안 됐는데 자꾸만 서두르는 거예요. 〈바로 앞에 있으니까 이걸
손으로 잡아야지! 네가 좋아하는 거잖아! 왜 기다려? 빨리 잡아.〉

엄마가 되는 데는 설명서가 없어요.

완벽한 엄마라는 이미지가 있는데 어떤가요?

그런 반응이 있다는 것만으로 참 고마워요. 그런데 엄마가 되는
데는 설명서가 없어요. 정답을 알려 주는 책이 있다면 정말
좋겠어요. 세상에 나 혼자 있는데 내 앞에는 나밖에 모르는
아이들이 있어요. 심적인 부담과 책임이 클 수밖에요. 게다가
상황이 다르니 남의 부모 자식 간을 보면서 따라 할 수도 없어요.
따라 하는 것만큼 위험한 게 없지요. 아이와의 관계는 내가 직접
찾아가야 하는 길이니까요. 남들의 모습에서 유용한 팁들은
얻을 수 있지만 남이 가진 좋은 결과에 빠지면 안 돼요. 그건

허상이에요. 어떤 것에도 무료는 없어요. 눈물, 노력, 희생이 많이
필요하죠. 완벽한 건 없어요. 그런 메시지를 많이 전하고 싶어요.

친구처럼 아이들의 이야기를 들어 주고 궁금해하기도
하면서 자연스럽게 엄마의 역할을 하네요.

인생을 살다 보면 별난 상황이 다 일어나잖아요. 유성이나
유진이나 앞으로 여러 일을 많이 겪게 될 테고요. 그게 무슨
일이라도 고민 없이 터놓고 들어 주고 같이 의논하고 싶은 존재가
되고 싶어요. 그게 다예요.

유진이가 3개월 때 두 형제의 모습.
아래는 유성이의 유치원 등원 전
찍은 사진이다.

유성이가 6살쯤 남편 광고 찍는 데
따라가서 찍은 사진.

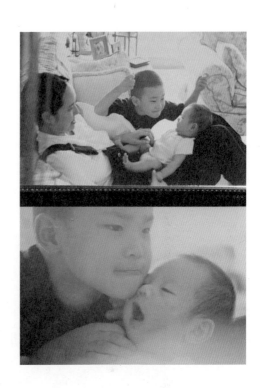

1살이 된 유성이와 롯데월드에서.

유성이가 2살 때 동부이촌동 집에 꾸민
크리스마스트리이다. 사진 속의 의자와
수납장은 아직도 잘 쓰고 있다.

When you do things
conditions. Do it becau
help.

Try to use your behavio
of communication.

Practise using positive
in the most difficult

Don't place judgement

otners, do it without
= you can

as yo

vrds of encouragement
iner.

n others. Just stay

나는 26세, 조금은 이른 나이에 결혼을 했다. 결혼에 대해 가장 많이
보이는 반응은 〈결혼을 일찍 했네요?〉이고, 바로 이어지는 질문은
〈왜 그렇게 일찍 했어요?〉이다. 〈왜〉라는 질문 뒤에는 결혼 생활은
귀찮고 힘든 것이라는 생각이 깔려 있다. 물론 맞다. 힘들다. 결혼하고
3년 후, 첫아이를 갖게 되면서부터 남편과 싸움이 잦아졌고 아이가
태어나면서부터는 워킹맘으로 사는 게 버거워 더 자주 큰소리를 냈다.
모든 부부가 그렇듯 늘 〈같은 문제〉로 싸우는 게 지겨웠다. 집에서
말수가 적어지고, 싸울 바에는 침묵을 택하는 일도 많아졌다. 사실
그게 악순환의 시작이었다는 걸 몰랐다. 싸움을 피하고 침묵으로
일관하다 보니 자연스레 부부 간 대화가 사라지고 〈소통〉이
없어졌다.

그러다 우연히 예능 프로그램으로 접한 강주은 씨의 〈만화를 통한
대화법〉이 내 눈을 사로잡았다. 강주은 부부의 신혼 시절, 한국말이
서툴고 한국 문화를 모르고 보수적인 남편으로 힘들던 때에 강주은
씨가 택한 소통 방식이었다. 그렇게까지 노력하는 그녀가 대단해
보였고, 언어를 몰라도 정확하고 위트 있게 본인의 의사를 전달하는
꽤 똑똑한 방법이라는 생각도 들었다.

기획서 한 장을 들고 만난 강주은 씨는 생각보다 훨씬 수수하고
매력적이었다. 자신감이 묻어나는 목소리에 호탕한 웃음과 미소를
가진 그녀는 남녀노소 누구나 매력을 느낄 만한 인물이었다.
만남까지는 꽤나 어려웠다고 생각했는데 그 자리에서 흔쾌히 내
제안을 수락한 그녀 덕분에 그 이후 진행은 아주 수월했다.

둘째의 출산으로 끝까지 함께하지 못했지만 10차례 가까이 이어진 인터뷰는 매번 서너 시간이 계속되었음에도 1분도 지루할 틈이 없었다. 그녀는 복잡하고 깊이 있는 문제를 직면하고 해결하며 살아온 강인한 여인이었다. 그녀와의 대화를 통해 내 소통 문제도 치유되는 느낌이 들었다. 그녀도 늘 우리를 만날 때면 이 시간이 〈테라피therapy〉 같다며 좋아했다. 순탄히 살아온 23년의 삶을 지나 낯선 문화, 낯선 공간, 낯선 이와의 생활에서 그녀는 얼마나 답답하고 힘들었을까. 우리 모두는 다 비슷한 고민과 문제를 대면하며 결혼생활을 하게 된다. 언어는 통해도 결혼생활이라는 것이 결국 〈끝이 없는 불확실함, 낯섦과 익숙해지는 과정〉이기 때문이리라. 나와 함께 인터뷰를 시작해 내가 출산으로 병원에 있을 때에도 혼자서 끝까지 그녀와 함께하고 이 원고가 인쇄소에 넘겨질 때까지 단어를 붙잡고 고민한 김미정 편집자에게 박수를 보낸다. 가독성을 높이면서도 그녀의 어투를 최대한 살리기 위해 고심하여 편집을 마쳤다. 우리의 고민과 노력이 독자들에게 잘 전해지길, 부디 이 책을 통해 많은 분이 공감하고 나처럼 치유되길 바란다.

2017년 여름

홍유진, 미메시스 대표

내가 말해 줄게요

강주은의 소통법

지은이 강주은 인터뷰 홍유진, 김미정 사진 김보리 발행인 홍예빈·홍유진 발행처 미메시스
주소 경기도 파주시 문발로 253 파주출판도시
대표전화 031-955-4000 팩스 031-955-4004
홈페이지 www.openbooks.co.kr email mimesis@openbooks.co.kr
Copyright (C) 강주은, 2017, *Printed in Korea.*
ISBN 979-11-5535-111-6 03810 발행일 2017년 8월 25일 초판 1쇄 2024년 7월 5일 초판 12쇄

이 도서의 국립중앙도서관 출판예정도서목록(CIP)은 서지정보유통지원시스템 홈페이지(http://seoji.nl.go.kr)와
국가자료공동목록시스템(http://www.nl.go.kr/kolisnet)에서 이용하실 수 있습니다.(CIP제어번호: CIP2017019326)

미메시스는 열린책들의 예술서 전문 브랜드입니다.

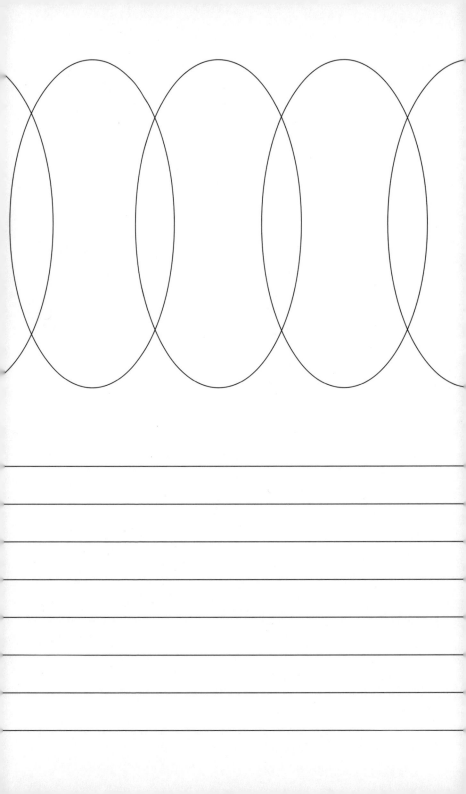

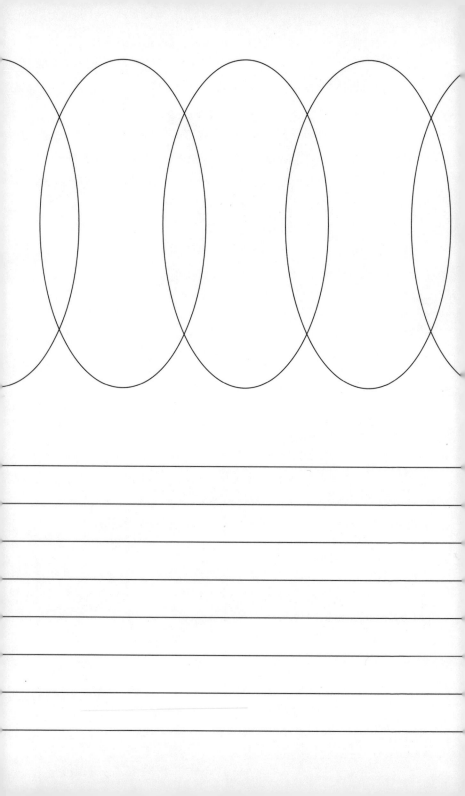